dtv

Mit beiläufigem Witz und einem unübertroffenen Gespür für Situationskomik beschwört Sky Nonhoff in seinen Geschichten die ganz großen Gefühle und erzählt von Inseln, Wundern, Unschuld und Meloneneis. Seine Geschichten treffen mitten ins Herz, dort, wo der Beat der Jahrtausendwende Gustave Flauberts ›Éducation sentimentale‹ begegnet. – »Das kommt unspektakulär daher, stilsicher, elegant und mit witzigem Understatement, romantisch auch, ohne je ins Sentimentale abzudriften. Nonhoff ist eine Literatur gelungen, die meilenweit entfernt ist von jedem schnöseligen, artifiziellen Stil, von rhetorischen Kraftakten zur Erregung öffentlicher Aufmerksamkeit. Sein Buch hätte eine mindestens ebenso große Lesergemeinde verdient wie Nick Hornbys ›About a Boy‹.« (Klaus Bittermann in der ›taz‹)

Sky Nonhoff, geboren 1962, lebt als Journalist, Herausgeber und Autor in München und St. Davids/Wales.

Sky Nonhoff

Boy meets Girl

Sieben Erzählungen
und eine Novelle

Deutscher Taschenbuch Verlag

Von Sky Nonhoff
ist im Deutschen Taschenbuch Verlag erschienen:
Schallplatten (20417)

Ungekürzte Ausgabe
Januar 2001
Deutscher Taschenbuch Verlag GmbH & Co. KG,
München
www.dtv.de
Taschenbuchausgabe mit freundlicher Genehmigung
des Rogner & Bernhard Verlages, Hamburg

Umschlagkonzept: Balk & Brumshagen
Umschlagfoto: © Doris Katharina Künster
Gesetzt aus der Cheltenham
Gesamtherstellung: C. H. Beck'sche Buchdruckerei,
Nördlingen
Gedruckt auf säurefreiem, chlorfrei gebleichtem Papier
Printed in Germany · ISBN 3-423-12856-9

INHALT

Für London Girl

Isn't it romantic?

*»Ein Song ohne Worte
ist bloß ein Stück Musik.«*

Jule Styne

VERSUCH ÜBER EINE AUTOFAHRT MIT LINO VENTURA

In diesem Sommer war alles anders. Eine klatschnasse Katze war mir über den Weg gelaufen, und die Kirche war eine Regenkathedrale, deren aschgraue Mauern von einem stumpfen Feuchtigkeitsfilm bedeckt wurden. Auf einem Sims über den Fratzen von Wasserspeiern kauerten ein paar Tauben. Immer wieder sah ich durch die Scheiben des nahezu verlassenen Hallenbades, während ich meine Bahnen zog. Außer mir waren nur zwei alte Damen da, die sich die meiste Zeit am Beckenrand aufhielten und Wasser traten.

Schließlich hatte ich genug. Ich tauchte noch ein paarmal und dachte an glotzäugige Tiefseefische, dann hievte ich mich aus dem Becken. Schöne Aussichten, dachte ich. Vom Regen unter die Dusche und wieder zurück.

Ich stand auf den nackten Fliesen und versetzte dem verkalkten Druckknopf jedesmal einen zielsicheren Karatetritt, wenn der Strahl aus der Brause zu versiegen drohte. Früher waren wir immer an die Küste gefahren, doch jetzt waren wir schon seit zwei Jahren nicht mehr am Meer gewesen, seit Dad nach der Trennung von Mom eine Stelle als Lehrer im schottischen Dundee angenommen hatte. Ich konnte es ihm nicht verübeln; mit der Zeit mußte Moms Gemecker einfach jedem auf die Nerven fallen. Ich hätte ihn gern da oben besucht, aber seine zweite Frau Helen erwartete nächsten Monat ein Baby, und die Zeit war alles andere als günstig, wie er mir am Telefon gesagt hatte. Ich schüttelte den Kopf. Dann eben nicht. Deswegen hatte ich mich auch entschieden, ab nächsten Montag für drei Wochen im Großmarkt auf dem Lager zu schuften.

Ich wedelte mit dem Handtuch in meiner Hand, als ich die Treppe zu den Umkleidekabinen hochging, und pfiff durch die Zähne. Und genau das hätte ich besser nicht getan, denn sonst hätte ich sie als erster bemerkt und vielleicht eine winzige Chance gehabt, mich zu verdrücken. Keine Ahnung, warum sie ausgerechnet heute auf die Idee gekommen waren, ein paar Runden im Pool zu drehen, aber das war jetzt ohnehin egal. Alec Reed sog die Wangen zwischen die Zähne und gebot seinen Paladinen mit einer knappen Handbewegung innezuhalten, bevor er mich ansah, als wollte er mich mit seinem bloßen Blick in Bernstein gießen.

»McNamee.« Er klang erfreut, aber ich wußte es besser. Alec war fünf Jahre mit mir in der gleichen Klasse gewesen, bevor er von der Schule abgegangen war, ein Umstand, den er in nicht unerheblichem Maße meinem Vater, Sean »Zuchtmeister« McNamee, zu verdanken hatte. Er mochte mich nicht, und ich mochte ihn nicht. »Wo hast du denn deine Brille gelassen?«

Ich faßte mir unwillkürlich an die Nase, was bei Ian Boyle einen Heiterkeitsausbruch verursachte, der sicher nicht von Herzen kam. Dick Allen schien für den Moment damit beschäftigt, über die Tätowierungen auf seinem linken Arm nachzusinnen. Innerlich verfluchte ich mich dafür, daß ich auch noch freiwillig den Hanswurst für sie spielte. Jetzt gab es nur noch eines: Augen zu und durch.

Meine nackten Füße nahmen die letzten drei Stufen nach oben, dann war ich auf gleicher Höhe mit Alec. Ich wollte ihn mit einem Eisblumenblick in den Orkus schicken, doch im entscheidenden Moment fehlte mir der Mut. Ich blickte zu Boden und drückte mich mit eingezogenen Schultern an ihm vorbei. Im selben Moment brüllte ich vor Schmerz, als mich ein beiläufiger Tritt gegen meinen Knöchel ins Straucheln brachte und auf den glitschigen Fliesenboden beförderte. Unglaublicher Zorn flackerte in mir auf, wurde aber vom gleichzeitigen Bewußtsein meiner Ohnmacht sofort wieder erstickt. Und Alec Reed stand bereit, die glimmenden Reste auszutreten.

»Ihr Schotten steht doch auf Haggiswurst«, sagte er.

»Aber nicht mehr nach dem Frühstück«, sagte ich.

Ich war bereit, die Fliege zu machen, mich mit der geballten Kraft meiner angespannten Muskeln auf die Füße zu katapultieren und loszulaufen, egal wohin, doch Ian Boyles blitzschneller Karnickelgriff machte all meine Fluchtphantasien zunichte, während Dick, den Abschluß seiner Fleischerlehre noch in weiter Ferne, unentschieden an seinem Hosenlatz herumnestelte, als wäre er selbst nicht so recht mit dem Mysterium hinter seinem Reißverschluß vertraut. Ich wand mich in Boyles Fangschlag, schlug keuchend um mich, ohne auch nur das geringste ausrichten zu können, und spürte, wie mir Tränen der Hilflosigkeit in die Augen stiegen, als das Quietschen einer Schwingtür eine geräuschvolle Schneise in das Vorhaben meiner Peiniger riß.

»Laßt ihn los!« Die Worte waren nur undeutlich zu

vernehmen, kamen seltsam gepreßt und nur halb artikuliert aus einer fremden Kehle, aber für mich klangen sie in diesem Moment wie der Gesang von Engeln. Aus dem Augenwinkel sah ich eine bärenhafte Gestalt mit Armen wie Dreschflegeln, die aus der Tür zu den Umkleidekabinen trat. Ein rotgerändertes Schnauben ließ die Silben auseinanderbersten, als der Riese seiner Forderung Nachdruck verlieh: »Laßt ihn los.«

Ian Boyle machte eine abwehrende Handbewegung und ließ mich los. Dick trat einen Schritt zurück und sah unschlüssig zu Alec hinüber, der die gedrungenen Schultern straffte, dann aber offensichtlich zu dem Schluß kam, daß er auf verlorenem Posten stand. Er spuckte auf die Fliesen, als wollte er ein vorübergehend eingebüßtes Territorium markieren, als Dick sagte: »Vergiß es, Alec. Der Typ hat 'n Schatten, Mann.«

Alec sah auf mich herunter: »Ich krieg dich sowieso, McNamee.« Er bleckte die Zähne und schüttelte den Kopf. »Und dich auch, Schwachkopf.« Er wandte mir den Rücken zu, während Dick die Tür zum Korridor öffnete. Dann waren sie verschwunden; Alecs Versprechen hallte noch von den Wänden, als ich mich auf die Beine kämpfte und mit zittrigen Knien in den Umkleideraum stolperte.

Der Riese stand vor einem Blechspind und knöpfte sein buntgemustertes Hemd auf, das Anfang der Siebziger der letzte Chic gewesen sein mochte. Er stand mit dem Rücken zu mir, während ich das gelbe Plastikarmband von meinem Handgelenk löste und den Schlüssel ins Schloß steckte. Ich nahm meine

Schuhe und meine Hose aus dem Schrank und ließ mich auf die Holzbank fallen. Ich schluckte. Mein Hals war rauh. »Danke«, sagte ich.

Ein hohles, fisteliges Lachen erklang, dann drehte sich der Riese zu mir um. Ich hatte nicht die blasseste Ahnung, wovon er sprach, als er seine Antwort über die Lippen brachte. »Wir sind nicht Manu und Roland«, stellte er fest und schob das Kinn so weit vor, daß seine Ohren zu wackeln schienen. »Aber wir sind auch nicht Siegfried und Roy.«

Es war das einzige Mal, daß ich ihn nicht stottern hörte.

Er war ein Tier, ein Monstrum, ein Goliath mit Spatzenhirn, ein Irrer, ein Schmachmathiker, ein Kretin. Sie nannten ihn den »Dachdecker«, gemäß dem gängigen Vorurteil, daß beim Verlegen von Schindeln, Glaswolle und Teerpappe nicht allzuviel Grips vonnöten ist, und natürlich, weil in seinem lädierten Oberstübchen ganze Schwärme von Meisen und Grillen ein- und ausflogen.

Es kursierten eine Menge Geschichten und Gerüchte über ihn. Mal sollten es Gehirnkrämpfe gewesen sein, die seine Ganglien bei der Geburt in Glibber verwandelt hatten, dann wiederum war er die fleischgewordene Strafe für das Lotterleben seiner Mutter, die es mit der ehelichen Treue nicht sonderlich genau genommen hatte und wenige Wochen nach ihrer Niederkunft mit einem Kurzwarenvertreter durchgebrannt war. All das war mehr als dreißig Jahre her, und keiner wußte genau, was seinem Verstand den

Garaus gemacht hatte. Seine Statur legte beredtes Zeugnis von seinen Bärenkräften ab, und als Halbwüchsiger sollten ihn drei Polizisten nur mit Mühe und Not davon abgehalten haben, den Lieferwagen des Milchmanns umzukippen, der keinen Kakao für ihn gehabt hatte. Er galt als harmloser Idiot und wurde gelitten, aber die Leute in unserem Viertel gingen ihm aus dem Weg, immer das alte Sprichwort im Hinterkopf: Man kann nie wissen, wann der Sturm losbricht.

Der Dachdecker saß in einer Ecke, ein entrücktes Lächeln auf dem bartlosen Kindergesicht, und nuckelte an einem großen Glas Newcastle Brown Ale, als ich das Butcher's Arms betrat. Ich beachtete ihn nicht weiter, steuerte auf den Tresen zu und quetschte mich neben Colin Starrett. Ich bestellte ein McEwan's bei Dianne, nickte zu Nigel hinüber, der gerade dabei war, ein paar leere Kästen nach draußen zu schaffen, und wechselte ein paar belanglose Worte mit Colin, der vor ein paar Jahren mal kurz mit meiner älteren Schwester gegangen war. Offenbar hielt er hier schon länger die Stellung, weil er bereits schwer geladen hatte. Desinteressiert folgte ich seinen Ausführungen, was diese Saison bei Leeds United falsch gelaufen war.

»He, Dianne«, brüllte er plötzlich ungeniert über die Zapfhähne hinweg, als hätte ihn von einer Sekunde auf die andere ein Geistesblitz ereilt, »was du brauchst, ist'n weißes Pferd, verstehst du.«

Sie wandte sich ihm zu. »Wieso gerade ein weißes?«

»Na, ist doch klar«, teilte Colin den Umstehenden

lautstark mit. »Lady Godiva ist ja auch nicht auf'm Rappen geritten.«

Sie lehnte sich leicht vor und schenkte ihm ein süßes Lächeln. »Aber Lady Godiva war doch nackt«, stellte sie fest, als müßte sie ihn über die näheren Umstände der Legende aufklären.

»Wie Gott sie schuf«, bekräftigte Colin.

»Aber in ihr Haar gehüllt«, sagte Dianne und zog mit vier spitzen Fingern die Kante ihres auf Kinnlänge geschnittenen Pagenkopfs nach. »So kann man das ja wohl vergessen.«

Colin griente, während er verzückt auf ihren zweiten Blusenknopf von oben starrte. »Na, das ist doch grade der Trick.«

»Das würde dir wohl so passen«, mischte sich Nigel ein und läutete die Glocke über der Theke. »Letzte Runde, Leute. Noch ein Bitter, Col?«

Und das war die reine Wahrheit. Colin hätte es ebenso gepaßt wie jedem anderen der hier versammelten Männer. Während mein Tresennachbar das Thema wechselte und über Verteidiger und Mittelstürmer schwadronierte, sah ich weiter zu Dianne hinüber, wie sie dem alten McCourt sein Wechselgeld herausgab, wie sie die Tische abräumte, die Aschenbecher leerte und eine leere Streichholzschachtel vom Tisch des Dachdeckers nahm, wie sie mit einem Lappen über die Spüle wischte, wie sie sich bückte und eine Flasche Mackeson Stout aus dem Regal nahm.

Sie bediente jetzt seit einem Dreivierteljahr im Butcher's Arms; noch keine achtzehn, knapp ein halbes Jahr jünger als ich, war sie die feuchte Phantasie von allen, die sich die Ohren noch nicht trockenfrottiert hatten, und der Unschuldstraum aller, die schon lange schuldig geworden waren, all der Colins und Silk-Cut-Raucher dieser Welt, die pausenlos darüber nachdenken, wie es wäre, noch einmal von vorn anzufangen und alles richtig zu machen, auch wenn es wieder auf dasselbe hinausläuft. Man konnte sehen, daß sie ein pummeliges Kind gewesen war; ihre Hüften, die sich unter dem enganliegenden Rock und der Kellnerschürze abzeichneten, waren vielleicht eine Spur zu rund, und ihr herzförmiges Gesicht mit den schmalen Lippen mochte den Verdacht aufkommen lassen, daß es in zwanzig Jahren feist, möglicherweise schwammig sein würde. Aber das war eine verdammt lange Zeit, und wenn sie dann immer noch diese Augen hatte, konnte einem das eigentlich ziemlich egal sein. Blaßgrün. Wenn sie sie morgens aufschlug, läutete sie eine neue Ewigkeit ein.

»Gott, schau dir das an«, grunzte Colin, bevor er mir auf die Schulter schlug, ein paar Scheine auf die Theke legte und ging. »Schau dir an, wie das wippt.«

Unter der weißen Seidenbluse zeichneten sich die Träger ihres BHs ab. Sie stand vor den Regalen mit Bass Mild und Stone's Bitter, Theakston's Peculiar und Caffrey's Irish Ale, und der ganze Raum verzehrte sich nach ihr. Sicher, da gab es diejenigen, die sich damit brüsteten, ihr unters Hemd gefaßt zu haben, und Vic Fowler behauptete gar, bis unterhalb ihres Nabels vorgedrungen zu sein. Aber Vic war ein Aufschneider, und es galt als sicher, daß außer ein paar Knutschereien auf Parkbänken und Parties nichts passiert war. Danny Moore vertrat die These, daß sie auf den Richtigen wartete, wer immer das sein mochte. Die Seidenbluse. Zweiter Knopf von oben. Und wir alle standen am Tresen und warteten auf ihre Entscheidung. Eines Tages würde es soweit sein.

Der Richtige. Ich war es sicher nicht. Vielleicht hatte ich eine winzige Chance, wenn ich mir Kontaktlinsen zulegte.

Ich schob meine John-Lennon-Brille zurecht, zahlte und ging. Ich schlenderte die regennasse Straße entlang, überlegte, wie ich Mom aus dem Weg gehen konnte, die sicher noch, wie jeden Abend, an der Nähmaschine saß, und kickte eine leere Dose Lucozade über den Asphalt, als ich jemanden hinter mir rufen hörte. Es war eine dumpfe, gaumenverklebte Stimme, die wie das gedämpfte Brüllen eines Moschusochsen klang.

Der Dachdecker.

Verdammt, das hatte mir gerade noch gefehlt. Allein auf nächtlicher Straße mit einem, der keine einzige Tasse mehr im Schrank hatte. Aber immer noch besser, als Alec Reed zu treffen. Und immerhin hatte ich es dem Riesen zu verdanken, daß ich mit heiler Haut davongekommen war.

»Gefieder«, sagte er atemlos, als er zu mir stieß.

»Was?« Mir ging die Muffe, und ich wollte, daß er mich in Ruhe ließ.

»Gefieder«, stieß er wieder hervor. Das Wort stürzte geradezu von seinen Lippen, und er hob die Hände, als wollte er es auffangen. Dann kicherte er. »Das Moorhuhn. Es ist dick und braun und gutartig.«

»Ist schon okay«, sagte ich vage.

Er faßte mich mit einer seiner Tatzen am Oberarm, während er mir rauh ins Ohr stotterte, als wollte er mich über etwas ganz Besonderes ins Vertrauen ziehen. »Das Moorhuhn«, sagte er, »es ist überall. Deshalb ist es ja auch so berühmt.«

Und dann ging mir ein Licht auf. Er meinte das Federvieh auf der Whiskyflasche. *Famous Grouse*, den schottischen Rachenputzer, den es natürlich auch im Butcher's Arms gab.

Ich hatte keine Ahnung, was er mir damit sagen wollte. Vielleicht hatte er die fixe Idee, daß das Moorhuhn die Welt beherrschen wollte.

»He, Manu«, sagte er urplötzlich. »Ich muß mit dir reden.«

»Ich bin nicht Manu«, sagte ich. »Ich heiße Julian.«

»Du kannst es aber sein«, sagte er, zumindest war es das, was ich verstand. Jeder Satz war ein Kraftakt für ihn, als würde er mit Wassermelonen jonglieren.

»Wer, zum Teufel, ist dieser Manu?« sagte ich.

»Er ist tot«, raunte er dunkel, und diese drei Silben verstand ich nur zu genau. Ein leiser Schauder überfiel mich, während ich mich verstohlen umsah. Kein Mensch war außer uns auf der Straße.

»Manu«, sagte er. »Die Festung. Handgranaten.« Und dann fing er an zu erzählen, während er neben mir herschlurfte. Ich hörte zu, weil mir klar war, daß ich ihn ohnehin nicht loswerden würde; zuerst mußte ich mich konzentrieren, um dem zähen, schleppenden Fluß seiner Worte zu folgen, doch bald merkte ich, wie die Silben aus seinem Mund einen eigenen

Rhythmus entwickelten – ein verquerer Singsang, der durch die klamme Nachtluft zu mir herüberdrang.

Es ging um zwei Männer, Manu und Roland, die beide in dieselbe Frau verliebt waren, Letitia. Manu ist der schöne von den beiden, ein Pilot – so, wie er es aussprach, wurde aus einem Doppeldecker ein Dreifachdecker –, der Schwarm aller Frauen, und Roland ein Schrotthändler, schon älter, ein bulliger Typ mit breiter Nase und großen Ohren. Zusammen mit der Frau gehen sie nach Afrika und heben dort einen Goldschatz, aber die Frau wird dabei von Gangstern umgebracht.

Ich dachte mir, daß es sich um einen Film handeln mußte, den er irgendwann mal gesehen hatte, und in diesem Moment heulte der Dachdecker vor Wut und Verzweiflung laut auf. Er beschrieb, wie die beiden Männer Letitias Leiche, in einen Taucheranzug gehüllt, im Meer versenken. Seine Zähne klapperten so laut, daß ich befürchtete, jeden Moment würden irgendwo die Fenster aufgehen, doch dann riß er sich wieder zusammen. »Sie kommen zurück«, sagte er. »Ohne Letitia.«

Eines Tages treffen sich die beiden Männer wieder, auf einer Festung mitten im Meer. Aus dieser Festung wollte Letitia ein Restaurant machen, und Roland hat das Fort gekauft. Wieder tauchen die Gangster auf. Manu wird tödlich verwundet, und ein triumphierendes Leuchten erschien in den Augen des Dachdeckers, als er schilderte, wie Roland die Bösen mit Handgranaten ins Jenseits befördert. Er holte weit mit den Armen aus und warf imaginäre

Sprengkörper gegen die Klinkerwände der umstehenden Mietshäuser. Dann hielt er abrupt inne und sah mich starr an. »Aber ... aber eines weiß Manu nicht.«

Manu liegt im Sterben, und er will nur noch eines wissen – mit wem Letitia ihr Leben verbringen wollte, mit ihm oder Roland. Und Roland sagt, he, mit dir natürlich, auch wenn er weiß, daß alles ganz anders war, damals in Afrika, daß sie mit ihm gehen wollte. Er tut es für Manu, damit dieser in Frieden die Augen schließen kann. Doch Manu ahnt die Wahrheit, und er sagt noch einen letzten Satz, bevor sein Herz zu schlagen aufhört.

»Lieber alter Lügner«, hallte die Stimme des Dachdeckers über die Straße. »Lieber alter Lügner.«

Ich hatte einen Kloß im Hals, nicht nur, weil ich – mein mir von ihm zugedachtes Alter ego – gerade gestorben war, und der Dachdecker feuerte noch eine Handgranate über die Autodächer der am Straßenrand geparkten Wagen, bevor er sich wieder an mich wandte: »Lino – er ... er war ein Freund, verstehst du.«

»Roland«, berichtigte ich ihn.

Er sah mich an, als wäre ich nicht ganz bei Trost, als hätten wir plötzlich und wundersamerweise die Rollen getauscht. Er runzelte die Stirn, so daß seine Augenhöhlen fast vollständig hinter seinen Brauen verschwanden, kam ganz nahe an mein Gesicht und tippte sich mit dem Zeigefinger seiner Rechten gegen die Schläfe, bevor es aus ihm herausbrach: »Es war Lino!« Ungläubig bewegte er den Kopf hin und her, als könnte er meine Begriffsstutzigkeit einfach nicht fassen. »Lino Ventura!«

Jetzt dämmerte mir, worüber er mich aufklären wollte. Klar, es ging um einen Film, einen Film mit Lino Ventura. »Und wer war Manu?« fragte ich.

»Du!« Er stieß mir seinen Zeigefinger gegen die Brust. »Du bist Manu!« Und dann erteilte er mir eine Lektion in Logik, der ich nichts entgegenzusetzen hatte. »Geht ja auch nicht anders. Ich bin Lino Ventura.«

Bereits zwei Tage später sah ich ihn wieder. Ich sollte Moms Toyota aus der Werkstatt holen, ein Auftrag, der mir ziemlich entgegenkam, da ich so den Wagen den ganzen Tag für mich hatte, während Mom in der Reinigung Sakkos und Kostüme, Bettlaken und Kissenbezüge in Empfang nahm; sie arbeitete wieder, seit Dad die Scheidung eingereicht hatte. Mein Führerschein war erst vier Monate alt, und es war die Gelegenheit, in aller Ruhe meine Fahrkünste zu testen.

Es war ein diesiger Vormittag, und die Stadt lag unter einer lauwarmen Dunstglocke, als ich mit den Autoschlüsseln in der Hand aus dem Werkstattsbüro kam. Der Parkplatz lag direkt an der Straße; ich verstellte den Fahrersitz auf James-Hunt-Niveau und kurbelte das Fenster herunter. Ich ließ den Motor an und wollte gerade losfahren, als der Dachdecker die Straße entlangkam. Er mußte mich gewittert haben – jedenfalls schien irgend etwas seinen Blick in meine Richtung zu lenken, und plötzlich starrte er mich direkt durch die Windschutzscheibe an.

»He, Lino«, sagte ich aus irgendwelchen unerfindlichen Gründen, als er ans Seitenfenster trat; vielleicht wollte ich einfach nur nett sein.

Er ignorierte das. »Nimm mich mit!«

»Ich kann dich nicht mitnehmen«, sagte ich unwillig, doch er sah mich so beschwörend an, daß ich im selben Augenblick mit einer halb wegwerfenden, halb einladenden Geste auf den Beifahrersitz wies. »Na los, dann steig schon ein.«

Es dauerte eine Viertelstunde, bis wir auf der Landstraße waren. Felder und Farmhäuser, Schafweiden, Traktorschuppen und Ginsterhecken huschten vorbei, während ich den Arm aus dem Fenster hängen ließ, Ausfahrten wie Claxton und Flaxton, Harton und Barton passierte und mich fragte, wer diesen Orten ihre hirnrissigen Namen verpaßt hatte. Ab und zu warf ich einen Blick zu meinem Beifahrer hinüber. Er hatte bislang kein einziges Wort fallenlassen und sah, den Kopf vorgestreckt, mit verwunderter Miene auf die vorbeiziehende Landschaft, als würden dort draußen, hinter den Einfriedungen der Äcker, Kreaturen tanzen, die nur er allein wahrnehmen konnte.

Doch dann räusperte er sich plötzlich, als ich einen langsam daherzockelnden Schweinetransporter überholte. »Ich kenn 'n Witz«, sagte er und gluckste in sich hinein, als hätte er aus heiterem Himmel einen Schluckauf bekommen.

Er stieß mich leicht von der Seite an. »Fährt 'n Mann durch York«, sagte er. »Da wird er von 'nem Polizisten angehalten. ›Kann ich mal in Ihren Kofferraum sehen?‹ sagt der Polizist. ›Kein Problem‹, sagt der Mann. Er steigt aus und macht den Kofferraum auf. Und in dem Kofferraum« – ein stakkatoartiges Kichern stieg aus seiner Kehle –, »da sitzen zehn Pinguine drin.

Da sagt der Polizist zu dem Mann: ›Also, jetzt fahren Sie aber mal ganz schnell in den Zoo.‹«

Er ließ sich in seinen Sitz zurückfallen, prustete los und schlug sich mit seinen Pranken auf die Schenkel; er krümmte sich vornüber und gab eine dröhnende Lachkanonade von sich, die in ein ungezügeltes Wiehern überging.

»Und weiter?« fragte ich, als er sich wieder halbwegs beruhigt zu haben schien.

Das hatte nur einen weiteren Heiterkeitsausbruch zur Folge. Er lachte, daß ich selbst grinsen mußte. Er lachte, als würde er sich jeden Augenblick in ein Dampfschiff verwandeln.

Das hatte ich nun davon. Unterwegs in einem rollenden Irrenhaus, neben mir den amtierenden Weltmeister im Pointenversauen. Ich schaltete das Radio an.

Hinter Old Malton überquerten wir den Derwent, und als ich das Wasser sah, wußte ich, daß ich ans Meer wollte. Rillington lag ausgebleicht in der Mittagssonne; die verlassenen Pubs an der Straße wirkten, als würden sie wieder öffnen. East Heslerton, Willerby, Staxton, Flixton – alles Orte, in denen niemand halten mochte, nur zur Durchfahrt bestimmt, seltsam verwaschen anmutende Weiler, die im Rückspiegel erstarben, Ortsausgänge, an die sich niemand erinnerte. Den Dachdecker kümmerte es nicht. Er schnippte rhythmisch mit den Fingern, während irgendein Hit aus den siebziger Jahren aus den Boxen drang.

Und dann tauchte das Meer auf, eine Küste, deren klare blaue Konturen zu einem anderen Kontinent zu gehören schienen, nicht zu jenem diffusen, trägen Landstrich, dessen lähmendes Licht, egal zu welcher Tageszeit, immer nur abzunehmen schien, jenem Yorkshire aus Schulhöfen und Expressreinigungen, Waschanlagen und Fernsehgeschäften, Küchenstudios und Kundendiensten. Ich ließ den Wagen am Straßenrand ausrollen, und der Dachdecker stolperte hinter mir her, während ich über den mattgrauen Sand auf die sanft hereinrollende Brandung zuging. Nicht weit entfernt spielten zwei Mädchen Ball; ein mittelgroßer Mischlingshund sprang um einen Mann herum, der einen Ast hoch in die Luft warf. Ich ließ mich in den Sand fallen und zog mein T-Shirt aus. Ich verfolgte die Bewegungen der Mädchen, das Flattern ihrer Haare im Wind, und als ich meinen Blick in die andere Richtung lenkte, sah ich den Dachdecker an der Uferlinie entlangtrotten und dabei irgendwelche unbekannten Wurfobjekte über die Wellen schleudern. Wahrscheinlich hatte er einen Satz Phantomhandgranaten dabei.

»He, wo willst du hin«, rief ich ihm hinterher, doch er schien Besseres zu tun zu haben, als sich um eine Antwort zu bemühen.

Ich ließ mich zurücksinken und genoß es, wie die Sonne meinen Körper erwärmte, während das Lispeln der Wellen gedämpft an meine Ohren trieb. Die Mädchen. Ich dachte an Claire, mit der ich im Frühsommer knapp sieben Wochen zusammengewesen war, aber ohne große Überzeugung, ohne irgendein überwältigendes Verlangen – ich war dazu verdammt, ein Novize des Unerreichbaren zu bleiben, ein blaßgesichtiger Brillenträger, der immer nur irgendeine sommersprossige Rothaarige mit Überbiß abbekam. Und dann schob sich ein anderes Bild über das von Claire, eine Blondine mit kinnlangem Pagenschnitt und einem Gang, der Männer dazu veranlaßte, ihr Stout so schnell wie möglich zu kippen, nur um ihr dabei zuzusehen, wie sie das nächste aus dem Regal hinter sich holte.

Dianne. Ich lag am Strand, und sie kniete über mir; ihre anbetungswürdigen Brüste streiften meinen Bauch, meine Rippen, meinen Brustkorb, und meine Hände glitten die Rückseiten ihrer Oberarme hinauf, während ihre Haarspitzen federngleich über meine Wangen strichen. Ihre Zehen rutschten unter meine Oberschenkel, als sie die Knie um meine Hüften klammerte; ein Flüstern ungesagter Worte flatterte über meinen Hals, als ihr Atem mein Schlüsselbein entlangflirrte, bevor ihr Daumen über meine Lippen fuhr und die obere leicht anhob - Berührungen, die sie allein unendlich machen konnte.

»Tahiti«, sagte eine Stimme neben mir.

Ich öffnete die Augen einen Spalt und blinzelte in die Sonne. Der Dachdecker. Wer sonst?

Er ließ sich neben mir in den Sand fallen und kreuzte die Beine. »Du hast viele Worte zum Sagen. Rarotonga. Muracatoque. Maoupiti.«

Das mußte er sich auf seinem Spaziergang ausgedacht haben. Es waren irgendwelche Orte in der Südsee, von denen er sprach, und er zeigte auf die Dünung, während er die Lippen vorwölbte und leise durch die Zähne zischte. Er beugte sich leicht zu mir, ohne mit dem Zischen aufzuhören, und dann begriff ich, daß er das Rauschen eines Ozeans nachahmte. Es war, als würde er mir eine Kaurimuschel ans Ohr halten.

»Viele Orte sind blau«, sagte er. »Und nur blaue Orte haben Namen, die singen.« Er hielt kurz inne, als würde er nach einem passenden Beispiel suchen. »Paramaribo. Oahu. Stiller Ozean.«

Er mußte den halben Weltatlas auswendig kennen. Er schwieg und beobachtete ein paar kreisende Möwen, während ich wieder zu den Mädchen hinübersah. Sie hatten ihre Sachen gepackt und schlenderten am Ufer entlang.

»Mann«, sagte ich, Kenner markiger Sprüche, halb zu mir selbst. »Schau dir an, wie das wippt.«

Das Lächeln auf seinem Gesicht war weniger dümmlich als versonnen. »Sie haben Tauben unterm Hemd«, sagte er in einem Ton, als wollte er mich über eine biologische Tatsache aufklären, von der ich bislang nichts gewußt hatte. Er winkte ihnen zu, und die Mädchen winkten zurück.

»Tauben?« sagte ich verständnislos.

»Manchmal auch Schwalben«, sagte er. »Hast du kein Mädchen?«

»Im Moment nicht.«

»Es gibt nur ein Mädchen«, sagte er. »Und wenn du sie siehst, dann weißt du es. Du mußt immer bei ihr bleiben.«

»Wenn es die Richtige ist«, sagte ich.

»Die Richtige.« Er schwieg einen Moment. »Wenn es die Richtige ist, mußt du ihr etwas geben.« Sein Stammeln war jetzt fast vollständig verschwunden, nur hinter den Kommas kam seine Zunge ins Straucheln. »Wenn du weißt, daß sie dich wirklich will. Dann ... dann gibst du ihr das hier.« Er zog eine Pakkung Zündhölzer aus der Hosentasche.

»Streichhölzer?«

»Keine mehr drin«, sagte er und schüttelte die Pakkung, um mir zu beweisen, daß sie leer war; dann schob er das Innere der Schachtel heraus. »Du brauchst Platz. Hier kommt der Vogel rein.«

Er förderte einen Filzstift aus seiner Jacke zutage, hielt die Schachtel in seiner Linken und zeichnete mit sieben, acht Strichen die Umrisse eines langschnäbligen Vogels auf die graue Innenseite. Er sah ungefähr so aus:

»Was ist das für ein Vogel?« fragte ich.

»Was du willst«, sagte er. »Ein Kakadu. Ein Rabe.« Er dachte kurz nach. »Das ist ein Pelikan.«

»So sieht doch im Leben kein Pelikan aus«, sagte ich.

»Das ist ein Pelikan. Er hat Fische im Schnabel«, beharrte er. »Du mußt ihn nur malen, dann ist der Taschenkäfig fertig.«

Er kicherte leise, und zuerst kam es mir vor, als

würde er sich einen Witz auf meine Kosten machen, doch dann spürte ich, daß es nur seine Begeisterung über den rundäugigen Vogel war. »Der Taschenkäfig«, fuhr er fort. »Du gibst ihn ihr. Und du sagst ihr, sie soll ihn immer offenstehen lassen. Der Vogel ist treu. Er fliegt nie weg.«

»Du meinst, er bleibt immer bei ihr.« Ich griff nach der Streichholzschachtel in seiner Riesenhand, doch er hielt sie außerhalb meiner Reichweite. »Komm«, sagte ich, »jetzt gib schon her.«

Er steckte den Taschenkäfig wieder ein. »Selber malen«, sagte er. »Wenn du die Richtige triffst.«

Damit war das Thema für ihn erledigt. Er zog seine Treter aus, rollte die Hosenbeine seiner sowieso auf Hochwasser stehenden Jeans hoch und lief zum Wasser. Ich beobachtete ihn, wie er verdorrte Zweige vom Sand aufklaubte und hoch über seinen Kopf ins Wasser schleuderte, während ich geistesabwesend mit meinem Zeigefinger Linien in den Sand zog. Als ich zwischen meine Beine sah, schüttelte ich nur den Kopf über mich selbst, bevor ich mit der Handfläche über den Sand fegte, um meine Spuren zu verwischen. Das konnte doch nicht wahr sein. Ich hatte einen Vogel gemalt.

Am späten Nachmittag fuhren wir zurück. Ich trat aufs Gaspedal und ließ den Wind in meinem Hemd flattern, während er neben mir saß und an den Radioknöpfen herumdrehte. In West Heslerton fuhr ich an eine Texaco-Tankstelle, füllte Sprit nach und beobachtete durch die Glasscheibe des Ladens, wie er durch die Regalreihen mit Motoröl und Schokoriegeln streifte. Ich tankte für fünf Pfund, hängte den Stutzen in die Halterung und ging hinein.

»Gehört der zu dir?« fragte der Tankwart, ein schweißgesichtiger Mann mit Schnauzbart, dem die Adern an der Stirn hervortraten.

»Nummer vier«, sagte ich und legte fünf Münzen fein säuberlich gestapelt vor ihn auf den Tresen.

»Seht zu, daß ihr euch vom Acker macht«, sagte er, und während ich mich noch fragte, was ihm über die Leber gelaufen sein mochte, sah ich meinen Begleiter, mit klatschnasser Jeans und aus der Hose hängendem Hemd, mit offenem Mund vor einem Famous-Grouse-Werbeplakat stehen. Wo immer man auch hinkam, das Moorhuhn war immer vor einem da.

»Dick und braun und gutartig?« sagte ich.

»Der hat doch 'n Rad ab«, sagte er.

»Wieso?« sagte ich und merkte, wie ich wütend wurde. »Das stimmt doch.«

»Komm, Junge«, sagte er und wedelte ungeduldig mit der Hand. »Nimm den Schwachkopf mit. Das hier ist 'ne Tankstelle und kein Irrenhaus.«

Und plötzlich packte mich der Zorn. »Das ist kein Irrer«, sagte ich mit mühsamer Beherrschung und spürte, wie ich unwillkürlich die Augen zusammenkniff vor Wut und Empörung über die Ungerechtigkeit dieser Welt. Kleingeistige Arschgeigen ohne die geringste Ahnung, aber sofort mit einem Urteil bei der Hand. »Das ist Lino Ventura. Aber wahrscheinlich haben Sie nie von ihm gehört.«

Den Dachdecker schien das alles nicht anzufechten. Im Wagen wiegte er seinen Kopf hin und her, während eine Schmachtnummer von Marvin Gaye aus dem Radio drang und ich hinter Scagglethorpe meine Berufung zum Rennfahrer entdeckte. Ich ging so hart in die nächste Kurve, daß ein paar herabhängende Zweige gegen den Außenspiegel peitschten, und stieg auf die Bremse, als ich sah, daß vor uns ein paar Wagen hinter einem Heulaster herkrochen.

Ab nächsten Montag hatte ich einen Achtstundenjob im Großmarkt. »Das war's dann wohl mit Strand«, sagte ich.

Zuerst dachte ich, der Dachdecker fände das lustig, weil er meine Bemerkung mit einem dumpfen Kichern bedachte. Doch dann berührte er mich leicht an der Schulter, als wäre da noch etwas Wichtiges, was er mir zu sagen vergessen hatte.

»Steht der Polizist wieder an derselben Stelle, als der Mann am nächsten Tag wieder vorbeifährt. Da hält er ihn wieder an. ›Kann ich mal in Ihren Kofferraum sehen?‹ ›Kein Problem‹, sagt der Mann. Er geht nach hinten und macht den Kofferraum auf. Und da sitzen zehn Pinguine mit Sonnenbrillen drin. Da sagt der Polizist: ›Hab ich Ihnen nicht gestern gesagt, Sie sollen die in den Zoo fahren?‹« Der Dachdecker rang nach Luft, aber es dauerte noch drei Sekunden, bevor wir so lachten, daß es mir vorkam, der Wagen müßte sich jeden Augenblick in ein Cabrio verwandeln. »›Da war'n wir doch‹, sagt der Mann. ›Gestern war'n wir im Zoo, und heute fahr'n wir an den Strand.‹«

Vormittags stand ich meist an der Rampe, nahm Kisten mit gefrorenen Hähnchen und Gurkengläsern, Gemüse und Konservendosen entgegen, trug Lieferscheine zum Abzeichnen ins Lagerbüro und ließ mich von stiernackigen Fahrern aufziehen, die nur selten wieder ins Führerhaus kletterten, ohne launige Kommentare zu meiner schmächtigen Figur abzugeben. Nachmittags hetzte mich Terry Barrett, ein drahtiger Leuteschinder, der seine gesamte Freizeit bei der Freiwilligen Feuerwehr verbrachte, durch die endlosen Reihen von Stahlregalen, damit ich die nächsten Paletten entsorgte. Wenn ich mich schließlich auf mein Fahrrad schwang, spürte ich jeden einzelnen Muskel, und wenn ich morgens aufwachte, kam es mir vor, als hätte ich ununterbrochen von Gabelstaplern geträumt.

Die Lagerarbeiter waren wortkarge, großspurige Männer, die mir deutlich zu verstehen gaben, daß ein achtzehnjähriger Bengel mit Nickelbrille nie zu ihnen gehören würde. Das hier war ihr Terrain, sie diktierten die Regeln, und das erste Gesetz hieß, daß sie unter sich bleiben wollten. Am Donnerstag zählte ich bereits die Stunden bis zum Wochenende, und als ich in der Mittagspause an der grölenden Meute auf der Rampe vorbeischlich, zog ich unwillkürlich den Kopf ein, als ich meinen Namen hörte. »He, Kleiner«, blaffte Eddie Ward, »hast du vielleicht 'nen Witz auf der Pfanne?« Den hatte ich. Das Quartett auf der Ladefläche röhrte los, daß die Halle bebte, und Terry Barrett schlug mir auf die Schulter, als wollte er mir das Schlüsselbein zerschmettern. Kurz vor Feierabend warf er mir ein Dosenbier zu.

Ich saß jetzt fast jeden Abend im Butcher's Arms, zum einen, weil ich so Moms permanenten Nörgeleien entging, zum anderen, weil es mir das Gefühl gab, zur arbeitenden Bevölkerung zu gehören. Zweimal sah ich den Dachdecker, wie er andächtig an seinem Tisch saß und mit abwesenden Augen das Treiben um sich herum verfolgte. Ich winkte ihm zu, wenn ich hereinkam, und es war mir egal, was die anderen dachten. Nein, das war kein Irrer, dachte ich. Er wußte genau, was er tat, selbst wenn er eine Pointe über mehrere Stunden hinauszögerte. Colin Starrett riß mich aus meinen Gedanken, als er mich in die Seite stieß, um mir zu zeigen, wie man aus einer Serviette mit vier Handgriffen einen Behelfs-BH macht.

Ich erfuhr es am nächsten Tag, als ich das Butcher's Arms betrat. Als ich mich durch die Menge drängte, merkte ich, daß eine andere Atmosphäre als sonst herrschte.

Nigel stand hinter dem Tresen und redete mit ernster Miene auf die Umstehenden ein. Er schüttelte den Kopf, zog an seiner Zigarette und stieß Rauch über die Theke. »Ich weiß nicht, was ohne ihn passiert wäre«, hörte ich. »Und ich will's mir auch gar nicht vorstellen.«

»Diese verdammten Mistkerle«, sagte eine Frau. »Aber wenigstens hat er bekommen, was er verdient.«

Es dauerte eine Weile, bis ich mir aus Gesprächsfetzen, Namen und lautstarken Forderungen nach schärferen Gesetzen zusammengereimt hatte, was geschehen war. Nigel stellte unaufgefordert ein McEwan's vor mich hin, aber ich rührte es nicht an, starrte nur zu der Stelle hinüber, wo der Dachdecker gesessen hatte.

Das Arms war bereits geschlossen und Nigel auf dem Nachhauseweg gewesen, als Dianne das Licht ausgeschaltet und noch ein paar Flaschen auf den Hof gebracht hatte. Dort war sie auf Alec Reed und Ian Boyle gestoßen; möglich, daß die beiden es lediglich auf ein paar Gratisflaschen Bier abgesehen hatten, nachdem nirgendwo mehr etwas Trinkbares zu bekommen war. Der Anblick des Mädchens hatte sie jedoch auf völlig andere Gedanken gebracht. Sie hatte nicht einmal um Hilfe rufen können.

Ian hielt ihr den Mund zu, und Alec riß ihr die Kellnerschürze vom Leib; doch dann hatte sie Ian in die Hand gebissen und geschrien, und Alec hatte sie mit einem Faustschlag zum Schweigen gebracht. Er zerfetzte ihre Seidenbluse und zwang sie zu Boden, als Tristram MacLeish in der Hofeinfahrt auftauchte.

Es war das erste Mal, daß ich seinen wirklichen Namen hörte.

Tristram MacLeish war ein Hüne, aber als er herankam, hatte Alec Reed eine Bierflasche in der Hand. Und er war schnell. Mit dem ersten Schlag brach er MacLeish den Unterkiefer. Mit dem zweiten schlug er ihm das linke Auge aus. Er hatte sich mit Leibeskräften gewehrt, als der Riese die Arme um ihn schlang und ihn an seine Brust drückte, als wollte er ihn nie wieder loslassen. Als Tristram MacLeish ihn von sich stieß, landete er rücklings auf einem Stapel Weinkisten, von dem er nicht wieder aufstehen sollte.

Ian Boyle war in diesem Moment schon nicht

mehr auf dem Hof gewesen. Sie holten ihn später bei seinen Eltern ab. Und Alec Reed wurde noch in der Nacht operiert. Der Aufprall hatte einen Lendenwirbel pulverisiert. Es hieß, er würde nie wieder gehen können.

Ich starrte auf mein unberührtes Glas. Menschen. Alles, was wir über sie sagen konnten, war nur ein Versuch - ein Versuch, sie zu begreifen.

Ich hörte nicht mehr zu. Ich ließ sie einfach stehen und ging. Vorbei an den niedrigen Tischen und dem verwaisten Flipperautomaten, von dem ein zähnefletschender Saurier zu mir herüberblinkte. Die Schwingtür quietschte hinter mir, als ich auf die Straße trat. Tristram MacLeish, dachte ich.

Noch so ein Name, der sang.

Es war noch hell. Ein verbleichender Schein ergoß sich über die Backsteinreihenhäuser und Ladenfronten, und eine ohrenbetäubende Stille umfing mich, als ich mein Rad die Stanhope Street hinunterlenkte und die Mauern des alten Friedhofs hinter mir ließ. Es war ein plötzlicher Impuls, der mich antrieb; er hatte damit zu tun, daß sie eine Frau war, mit der Angst, die nichts änderte, mit den Schwimmbädern und Hinterhöfen und den Alec Reeds und Tristram MacLeishs dieser Welt, mit dem unsichtbaren Band, das uns alle aneinanderfesselte. Ich bog in die Pontefract Road ein.

Natürlich wußte ich, wo sie wohnte. Jeder von uns weiß, wo die Richtige wohnt.

Eine alte Frau in einem dunkelblauen Kleid öffnete - ihre Großmutter, wie ich annahm. Die Wohnung roch nach Einbauschränken, Sofakissen und Möbelpolitur, nach nichts, was ich mit ihr in Verbindung gebracht hätte. Die alte Frau klopfte an eine weiße Zimmertür, von der der Lack abblätterte. »Dianne?«

Sie schien nicht einmal überrascht, mich zu sehen. Sie trug Jeans und T-Shirt und saß mit angezogenen Beinen auf ihrem Bett; an der Wand hinter ihr hing ein Spandau-Ballet-Plakat, und im Aschenbecher glimmte eine Zigarette. Sie war so blaß, daß sie nackt wirkte, und die rotlackierten Nägel ihrer bloßen Füße ließen sie noch verletzlicher erscheinen. Ein Gefühl der Scham überkam mich, als ich merkte, wie sehr ich sie begehrte. Und hatte ich auf meinem Weg noch tausend Worte gehabt, brachte ich jetzt keinen Ton heraus.

Und dann sah ich das, was alles änderte. Auf ihrem Nachttisch stand eine Streichholzschachtel, deren Innenteil zu etwas mehr als der Hälfte herausragte; auf dem Bücherbord am Kopfende ihres Betts standen die gleichen Schachteln, sieben oder acht davon, und in all diesen Schachteln saßen Vögel, Vögel mit geschwungenen Schnäbeln und runden, sanften Augen, die direkt auf mich gerichtet waren.

Ich mußte das Schweigen brechen, und jetzt wußte ich auch, wie. »Tahiti«, sagte ich.

Sie begegnete mir mit einem Blick, als würde sie gerade aus einem Traum erwachen, einem Traum, den niemand außer ihr kannte. Und mit den nächsten beiden Worten ließ sie mich in ihren Traum ein.

»Stiller Ozean«, sagte sie.

KAPITEL SIEBEN: BOOGIE NIGHTS

»Ich stehe hinter dem Vorhang
und sehe auf den verlassenen Pfad, während
das Telefon weiterklingelt.«
Laura Hird, »Nail«

Anneke sieht immer noch gut aus. Auch schon über vierzig, einige Jahre sogar, aber mit ihrem blonden Pferdeschwanz und dem makellosen Teint geht sie jederzeit noch für Mitte Dreißig durch. Ich gehe ihr entgegen, während sie die Heckklappe des metallicblauen Kombis öffnet und eine Spankiste mit Immergrün-Gestecken aus dem Fond holt. Sie trägt eine Gärtnerschürze mit Firmenaufdruck über der Brust; ihre Augen sind hell und tun so, als wüßten sie nichts von den Linien um ihren Mund. Unsere Hände berühren sich kurz, als ich ihr die Blumen abnehme.

»Sag mir einen Satz über das Leben«, sagt sie.

»Immer wenn wir dran denken, liegt es schon wieder ein paar Sekunden zurück«, sage ich. »Die Dinge passieren, und im selben Moment sind sie schon wieder Erinnerung.«

»Eigentlich schade«, sagt sie, »daß jeder Augenblick schon vorbei ist, wenn er gerade erst angefangen hat.«

»Überhaupt nicht«, sage ich. »Das Gute daran ist, daß man ihn sich immer wieder zurückholen kann.«

»Na ja«, sagt sie. »Deshalb bin ich ja hier.«

Wirklich druckreif, aber mal ganz ehrlich, so redet doch kein Mensch. Höchstens die Figuren in einem der Romane, die ich so lese, auf der letzten bittersüßen Seite, wenn das Schicksalskontrollamt sich gnädig erweist und Léon und Cécile, älter geworden, ihre Einsichten in das Rotgold ihrer Worte einfassen. Manchmal, wenn ich mich in meinem Korbsessel zurücklehne, kommt mir in den Sinn, daß wir nur das halbe Leben haben. In den Büchern ist das ganze Leben. In den Büchern steht all das, was möglich wäre.

Aber wie man so sagt: Das Leben selbst ist ein Roman – und glauben Sie mir, von Romanen verstehe ich etwas –, nur ein unvollständiger, ein Fragment, denn wenn wir noch mal zu Kapitel sieben zurückblättern, fällt uns plötzlich ein, welche Szene wir noch hinzufügen wollten, welchen Dialog wir vergessen haben.

Nehmen wir nur mal Anneke. Unvorstellbar, daß ich sie nun schon über dreißig Jahre kenne. Merkwürdig, daß ich mich nicht mehr richtig erinnern kann, wie sie als Mädchen aussah, nur, daß sie immer den Kopf in den Nacken warf und ihre blonde Mähne schüttelte, wenn sie lachte. Heute macht sie das nicht mehr, aber daran, wie sich ihr Kinn ganz leicht hebt, vielleicht einen halben Millimeter, erkennt man, wie es früher war. Der Anflug eines Nachgedankens, auch wenn sich die Zeiten geändert haben. Ich fahre ja auch keinen Motorroller mehr, wie damals nach meiner Lehre, auch wenn es mich manchmal in den Fingern juckt, das Gas noch mal voll aufzudrehen.

Anneke übergibt mir die Kiste mit den Blumengestecken und sieht mich an.

»Ist das dein Ernst?« fragt sie.

»Sicher«, sage ich. »So wie früher. Wie damals, als wir auf Martinens gestrandeten Kutter gestoßen sind.«

»Es war wunderschön«, sagt sie. »Der Mond, und all das Treibeis draußen. Und du hast weit ausgeholt und mit dieser John-Wayne-Stimme gesagt: Eines

Tages wird das alles dir gehören.« Sie lächelt wissend. »Spinner.«

»An was du dich alles erinnerst«, sage ich. »Aber vergiß diesmal deinen Schal nicht.«

»Oh«, sagt Anneke. »Diesmal werd ich ihn *absichtlich* vergessen.«

Eine gute Idee, wie ich finde, aber leider stammt auch dieser kurze Austausch aus dem Reich der freien Erfindung, wo die Romane an den Bäumen wachsen und der alte Martinen, Gott hab ihn selig, mit anderem Hintergrund und wohlfeilerem Namen auftauchen würde, sagen wir, als in La Rochelle geborener Fischer namens Le Vasseur, der im Zweiten Weltkrieg Waffen für die Résistance geschmuggelt hat. Das ist eben der Unterschied zwischen Romanfiguren und wirklichen Menschen. Die einen schreiben ihre Geschichte, während die anderen mit dem Bügeln von Polohemden, dem Braten von Fischstäbchen und dem Liefern und Annehmen von Blumengestecken beschäftigt sind.

Die einen Dinge könnten so sein, die anderen sind nicht so. Anneke bläst warme Luft zwischen ihre Hände; ich kann ihren Atem in der Luft sehen.

»Ziemlich kalt geworden«, sagt sie.

»Blumen brauche ich erst wieder im März«, sage ich. »Ich warte nur noch, bis der letzte Gast abreist, dann schließe ich.«

»Terstegen meint, das Silvestergeschäft kann man sich nicht entgehen lassen«, sagt sie.

»Der hat ja auch in Sauna und Swimmingpool investiert«, sage ich. »Der Aufwand lohnt sich nicht für mich.«

»Ach ja, du liest lieber«, sagt sie. »Manchmal glaube ich, du bist der einzige hier, der Bücher liest.«

»Ich hab halt jede Menge«, sage ich. »Was machen Rob und die Kinder?«

»Du weißt doch, jede Frau sucht sich ihre Strafe selbst.« Sie lächelt ironisch. »Und sonst?«

»Alles klar«, sage ich. »Erinnerst du dich, was Arne Thormeelen früher immer dazu gesagt hat? Jedesmal, wenn das jemand fragt, meint er damit eigentlich: Du kannst mich mal.«

Und da ist sie wieder, diese Bewegung, bekannt, ja vertraut, dieses kaum wahrnehmbare Zucken ihres Kinns, während sie den Hals dreht, ganz leicht, der Pferdeschwanz schwingt wie in Zeitlupe nach vorn, berührt fast ihre Schulter; möglich, daß ich es mir einbilde, aber bevor sie den Mund öffnet und lacht, sieht es einen Lidschlag lang so aus, als wäre da ein anderes, geheimes und verletzlicheres Lächeln, das sich um ihre Mundwinkel ausbreitet, aber dann ist es auch schon wieder verschwunden. Ich falle in ihr Lachen ein, sie steckt mich an, und ich spüre das Grinsen auf meinem Gesicht, als ich zum Haus gehe und hinter mir der Dieselmotor des Kombis anspringt.

Wir betreiben die Pension nun schon seit mehr als drei Jahrzehnten. Mit ›wir‹ meine ich unsere Familie, obwohl meine Eltern nun auch schon länger nicht mehr unter den Lebenden weilen. Am Anfang war die Zimmervermietung nur ein Nebenverdienst, standen für Gäste nur zwei Räume unter dem Dach zur Verfügung. Später kamen die Zimmer im ersten Stock dazu, und schließlich überredete ich meine Mutter, am hinteren Ende der damals gerade neu ausgebauten Lobby eine kleine Bar einzurichten, ein bißchen auch, weil mir die Vorstellung gefiel, hinter dem polierten Tresen Daiquiris und Manhattans zu mixen. (Im wirklichen Leben bestellen die meisten Leute dann doch nur Aquavit und Bier.)

Inzwischen mache ich fast alles allein. In den Sommermonaten, zur Hochsaison, geht mir Clara Schiffmacher zur Hand. Sie wohnt nur drei Häuser weiter und besorgt den Etagendienst mit der Präzision eines Marinesoldaten; was das Aufschütteln von Kissen und Einschlagen von Laken angeht, ist ihre Akkuratesse nicht zu übertreffen. Ich beschäftige mich mit den Buchungen, stehe an der Rezeption, telefoniere mit dem Fremdenverkehrsamt, erledige die Einkäufe und übernehme die Warenausgangskontrolle. Morgens bereite ich das Frühstück, und abends – außer sonntags – stehe ich von sieben bis elf hinter den Zapfhähnen, plaudere mit den Gästen, lache über ihre Witze, gebe einen aus, empfehle Restaurants, fachsimple über Automarken und krame Aspirin aus der Hausapotheke. Viele meiner Gäste kommen jedes Jahr wieder. Sie wissen, daß ich für sie da bin.

Wann immer ich eine freie Minute habe, lese ich.

Von der Theke aus sieht man auf die Wand mit den Büchern. Ich habe nie gezählt, wie viele es insgesamt sind, aber das Regal geht über eine Breite von fast vier Metern, vierundzwanzig an den Enden mit Winkelbuchstützen gesicherte Bücherböden aus gebeizter schwarzer Esche, die etwa einen halben Meter über dem Parkett beginnen und bis unter die Decke reichen. Auf der rechten Seite des Regals, in der Ecke, befindet sich mein Platz, ein aus Kolonialzeiten stammendes Ungetüm von einem Korbsessel, dessen Knarren – vor allem im Winter, wenn die Straßen hier so zufrieren, daß nicht einmal entfernte Motorengeräusche die Stille durchbrechen – mich manchmal denken läßt, daß alle Bars und Bibliotheken dieser Welt doch nur Wartezimmer der Zeit sind. Rattan kann man nicht ölen.

Ich verteile die Immergrün-Gestecke auf den Tischen und bleibe, wie so oft, vor dem Regal stehen, lasse meinen Blick über die Buchrücken schweifen. Schon meine Mutter war sehr belesen, und eine ganze Reihe der vorhandenen Titel, annähernd die Hälfte, stammt aus ihrem Nachlaß, wie etwa die Buchclubausgaben von Pearl S. Buck, all die Catherine-Cookson-Bände oder ihr Lieblingsroman – wie sollte es anders sein – »Menschen im Hotel«. Bei den anderen Werken handelt es sich um Taschenbücher mit rissigen Rükken, viele mit Remittendenaufdruck auf dem Schnitt, die Gäste auf ihrem Zimmer zurückgelassen haben, Einweg-Lektüre, die mit dem letzten Satz wahrscheinlich schon vergessen war, dynamitgeladene Abenteuer mit bis an die Zähne bewaffneten SAS-Spezialkommandos, eine eselsohrige, von einer Freundin zur nächsten weitergereichte Ausgabe von »Salz auf unserer Haut« oder schwedische Liebesgeschichten aus den siebziger Jahren, die ich nicht durch Entsorgung zensiert habe, ganz im Gegenteil zu einem englischsprachigen, tatsächlich mit Bleistiftanstreichungen versehenen Paperback mit dem Titel »Hard

Cock Nazi Masters«, das ein junger, sehr ruhiger Mann, Typ Traum aller Schwiegermütter, vor einigen Jahren auf dem Spülkasten in seinem Bad liegengelassen hat. Ich spielte kurz mit dem Gedanken, es an seine Heimatadresse zu schicken; schließlich muß hier jeder ein Anmeldeformular ausfüllen.

Meist sind es die Bestseller von gestern, die hier liegenbleiben, nicht mehr ganz taufrische Ware mit Inhalten und Umschlägen, die ein wenig aus der Mode gekommen sind. Im Laufe der Jahre habe ich so viele Perry-Mason-Romane gelesen, daß ich Kurse in amerikanischem Strafrecht geben könnte, dann häuften sich die herrenlosen Nick-Carter-Taschenbücher, und »Bonjour Tristesse« müßte eigentlich »Adieu Françoise« heißen, so oft, wie es hier zurückgelassen worden ist. Die Tiergeschichten von James Herriot füllen allein fast ein halbes Regalbrett, und anscheinend ist heute niemand mehr der Meinung, daß die Welt morgens um sieben noch in Ordnung ist – ich habe sechs identische Ausgaben davon. Jilly Cooper, Barbara Cartland, Judith Krantz, durchgeblättert, verschlissen, abgegriffen, ausgelesen, weggelegt. Mit Büchern ist es wie mit Hotels. Jedes hat seine Saison.

Ich habe sie fast alle gelesen; wer nicht hier lebt, weiß nicht, wie lang so ein Winter an der Küste sein kann, und in jedem Sommer sammeln sich wieder gut zwei Dutzend Bücher an. Die meisten halten, was sie versprechen. Und so sitze ich hier, eine *bewegende Geschichte mit unvergeßlichen Figuren* vor Augen, während draußen der Schnee fällt, vertiefe mich in *das faszinierende Porträt einer außergewöhnlichen Frau*, verliere mich in einem *zutiefst anrührenden Roman über die erlösende Kraft der Liebe und die unberechenbaren Gezeiten des Glücks* und all den Sätzen über das Leben, die vielleicht nur halb wahr sind, aber möglich, ja: möglich.

Das ist wahrscheinlich auch der Grund dafür, warum ich allein geblieben bin. Es gab eine ganze Reihe von Frauen in meinem Leben – Karen, mit der ich fast fünf Jahre zusammen war, Kristin, die einen englischen Soldaten geheiratet hat und heute in Sheffield lebt, oder Astrid, die sogar im Testament meiner Mutter bedacht worden ist –, aber am Ende wollte mich wohl keine mit Victoria Holt und Danielle Steel teilen. Romane waren jedenfalls nicht ihre Welt, und dazu fällt mir dieser Sinnspruch ein, den ich mal auf einem Abreißkalender gelesen habe. Entweder du umarmst ein Buch, oder du liest eine Frau. Klug gesagt. Womöglich muß man sich wirklich für das eine oder das andere entscheiden.

»Kann ich einen Drink bekommen?«

So geht das, wenn man liest. Die eine Welt verschwindet in der anderen; irgendwann bin ich aufgestanden, um die Beleuchtung über der Bar und die am dritten Bücherbord befestigte Leselampe anzuschalten, aber seitdem habe ich mich nicht mehr bewegt, höchstens die Beine übereinandergeschlagen oder das Kissen in meinem Rücken zurechtgeklemmt. Der Korbsessel quietscht, als ich mich umdrehe und zur Tür sehe.

»Sicher.« Meine Stimme klingt, als wäre ich gerade

aufgewacht, und ich räuspere mich. »Was darf's denn sein?«

»Ein Martini.«

»Bianco oder rosso?«

»Bianco. Ohne Eis.«

Der letzte Gast des Jahres. Penelope Irgendwas, den Nachnamen habe ich mir nicht gemerkt. Sie trägt diese neumodischen Turnschuhe mit Fünf-Zentimeter-Gummisohlen und eine dieser albernen Samthosen mit Schlag, wie wir sie in den Siebzigern getragen haben; als sie ihren grauen Doppelreiher-Mantel aufknöpft und den Schal von ihrem Hals wickelt, kommt eine glänzende weiße Kunststoffbluse mit langem Kragen zum Vorschein, mit der die Chronik von Perlon und Dralon ins nächste Jahrtausend fortgeschrieben wird. Ein lächerlicher Aufzug, der jeder Beschreibung spottet. Eine absurde, durch einen Gürtel mit großer schwarzer Plastikschnalle abgerundete Montur, die sie unglaublich sexy aussehen läßt.

Und das ist ein Kapitelanfang, sie weiß es nur nicht. Kein erstes Kapitel, das siebte oder achte vielleicht, auf jeden Fall noch im ersten Drittel, mit Figuren, die bereits bekannt sind. Es handelt nicht von ihr.

»Da draußen fühlt man sich wie am Ende der Welt«, sagt sie, zieht die Zitronenscheibe vom Glasrand ab und legt sie in den Aschenbecher. »Ich bin bis zu den Klippen gelaufen, ohne einer Menschenseele zu begegnen.«

»Im Sommer ist mehr los«, sage ich. »Da können Sie schon frühmorgens die ersten Surfer beobachten.«

»Penny«, sagt sie. »Nennen Sie mich einfach Penny.« Sie schüttelt den Kopf. »Ist schon in Ordnung. Ich wollte einfach nur allein sein.«

Ich rühre meinen Gin Tonic um. Jetzt weiß ich, warum sie hier ist. Sie versucht, ein paar Sätze in ihrem Kopf umzuschreiben. Das macht man immer, wenn man allein sein will.

»Hier kommt man sich vor wie in *Bates' Motel*«, sagt sie.

»Gut, daß Sie's sagen.« Ich wölbe die Unterlippe vor, lasse den Mund leicht offen stehen und verdrehe die Augen. »Ich wollte noch in den Keller, mich um meine Mutter kümmern.«

Sie lacht. »Cheers.«

»Na ja«, sage ich, während ich auf die Regale deute. »Einen Unterschied zwischen Norman und mir gibt's schon. Norman hatte keine Bücher.«

Sie ist scheu. Scheu, schön und frech. Ihr Teint ist immer noch leicht gerötet von der Kälte, und die paar Sommersprossen auf ihren Wangen bilden einen aparten Kontrast zu ihren blaßblauen, leicht herausfordernd blickenden Augen, in denen sich ihr Alter spiegelt, dreiundzwanzig, so jung, so leichtsinnig, so ernsthaft, so *erwachsen*, wie sie es nie wieder sein wird. Ich kenne sie, und ich kenne diese Geste, mit der sie sich zwei Strähnen aus der Stirn streicht, die gar nicht da sind, aber das gehört zu dieser Bewegung. Ich kenne dieses Parfum, ich kenne dieses Kopfschütteln, ich kenne diese Art, wie sie die linke Hand in die Seite stützt. Ihr Mantel steht offen, und ihre Brust hebt sich sacht unter der weißen Bluse, während sie ihr Gewicht von einer Plateausohle auf die andere verlagert.

Ich kenne diesen Moment, dieses kurze Flimmern, und ich weiß auch, was sie gleich sagen wird.

»Laß uns zum Nordstrand runterfahren«, sagt sie.

»Ich weiß nicht, ob das eine gute Idee ist«, sage ich. »Meinst du, Rob wäre so begeistert davon?«

»Wohnt Gott zur Miete?« sagt sie. »Hank, ich brauch einfach jemanden zum Reden, das ist alles.«

Sie hat recht, es ist nichts dabei. Wir kennen uns schließlich schon seit Ewigkeiten, seit der dritten Klasse, als sie mit ihren Eltern hierhergezogen ist und zwei Tische vor mir saß, kariertes Kleid und Zöpfe, ohne daß ich weiter auf sie geachtet hätte, während ich, flankiert von Robbie Weymeersch, damit beschäftigt war, den alten Streber Petterson mittels gebündelter Krampenartillerie, zusammengehalten vom Speichelfluß früher Verachtung, für die nächste große Pause und sein ganzes Leben zu demoralisieren, wenn wir nicht gerade Fußballbilder auf der großen Treppe tauschten. Es war die endlos lange, mädchenlose Zeit, als wir uns selbst genügten und jeder Packergriff in die Weichteile des anderen ein intuitiver Akt der Selbsterkenntnis war. Ich öffne Anneke die Autotür, und sie langt herüber und zieht den Knopf auf der Fahrerseite hoch, als ich zur anderen Seite des Commodore hinübergehe.

Aufgefallen ist sie uns erst später. Im Jahr zuvor hatten uns die Engländer im Weltmeisterschaftsfinale geschlagen, doch dann standen wir plötzlich selbst im Abseits, wenn die Mädchen aus unserer Klasse, die eben erst noch bei »Himmel und Hölle« gestolpert waren, mit nach Schulschluß aufgelegter Schminke auf den Rücksitzen frisierter Maschinen verschwanden, die Arme unterhalb der Rippen jener verschränkt, deren Koteletten in den Jahren gewachsen waren, die wir damit verschwendet hatten, der Pfeife Petterson die Luft aus den Reifen zu lassen. Robbie zerbrach die Georgie-Fame-Platte, die er zusammen mit dem Dual-Plattenspieler zu Weihnachten geschenkt bekommen hatte; wir teilten uns eine Zigarette bei offenem Fenster und hörten »Substitute« von den Who. Ich weigerte mich, jemals wieder meine braune Kordhose anzuziehen, was mir eine schallende Ohrfeige von meinem Vater einbrachte. Meine erste Freundin hieß Britt und wollte keine Zungenküsse geben. Meine zweite hieß Inga und wollte. Die Zeiten änderten sich. Bald sollten sie noch ein bißchen anders werden.

Im zweiten Lehrjahr hatte ich das Geld für einen gebrauchten Motorroller zusammen. Ein paar Tage später kreuzte ich damit vor Verplancks Bootshalle auf, holte meinen Kamm aus der Tasche und kämmte mir die Haare nach hinten; die anderen auf dem Asphalt aufgereihten Maschinen glänzten matt im noch hellen Licht des Tages, und von Nordosten wehte ein warmer Wind. Arne Thormeelen und Frank Olsen standen vor der Tür, und ich nahm einen tiefen Schluck aus der angebotenen Bierdose, bevor ich ins Halbdunkel des Raumes trat.

Und von dieser Sekunde an hing sie an meinem Arm. Superkurzer Rock und knielange Stiefel, verschränkte sie die Hände in meinem Nacken, während

»I Can Hear Music« aus den Lautsprechern drang, und das konnte ich wirklich, als sie in mein Ohr flüsterte, ihr Atem meine Haut streifte, sie mich anlachte und ihr Haar zurückwarf; die Bässe dröhnten durch meine Adern, ich beugte mich zu ihr, die Hand auf ihrer Hüfte, während ich zusah, wie sich ihre Lippen im Stroboskoplicht teilten, ohne zu wissen, ob sie überhaupt etwas sagte. Es war egal, es war genug. Nein, war es nicht, als ihre Brust meinen Oberarm berührte; ich zog sie enger an mich, um sie sofort wieder freizulassen, zu sehen, ob sie zurückkommen würde, und dann war sie wieder bei mir, nur der Hauch einer Erwiderung, aber ich spürte ihn, fing ihn auf, im gleichen Moment, als sich mein Lächeln in ihrem fortsetzte, ihr Blick, der sich senkte, um sich wieder zu heben und zurückzukehren, gleichzeitig mit den Innenseiten ihrer Finger, die sich sanft krümmten, als sie ihre Hand ausstreckte und um meinen Unterarm schloß.

In diesem Augenblick wußte ich es. Die Dinge passierten nicht, weil sie es sollten. Sie passierten, weil sie es mußten.

Aber vor allem passierten sie *langsam.* »I Close My Eyes and Count To Ten« ging in »For Once in My Life« über, und ich hielt sie fest, zuerst so, daß sie es sich immer noch anders überlegen konnte, doch dann legte sie ihren Kopf an meine Schulter. Das Flackern ihrer Wimpern zuckte über meinen Hals, und ihre Hände lagen auf meinen Schulterblättern, preßten mich gegen sie; die Fingerspitzen meiner Rechten erkundeten ihre Nackenlinie, und mein Daumen tastete sich über die geschmeidige Kurve ihres Kinns zu der Mulde unterhalb ihrer Lippen, ehe ich ihren Mundwinkel erreichte, ganz außen, ohne daß ich es gewagt hätte, weiter vorzudringen, als ich erst ihre Stirn, dann ihr Jochbein an meiner Wange spürte und alles ineinanderfloß, ihr Mund, der sich vorsichtig öffnete, meiner, der alles richtig machen wollte, bevor sich ihre behutsame Zungenspitze mit meiner traf. Ich wollte dich schon immer, schoß es durch meinen Kopf, obwohl ich vorher nie daran gedacht hatte. Als wieder ein schnelleres Stück kam, machte sie sich von mir los, sah mich aus traumverlorenen Augen an und verschwand durch die Menge der Tanzenden auf der Toilette. Arne stieß mich von hinten in die Nieren und bedeutete mir durch eine Kopfbewegung, ihm nach draußen zu folgen.

Als ich wieder hereinkam, passierte alles gleichzeitig. Ich sah sie sofort, zurück auf der Tanzfläche, und es kam mir vor, als würde ich mich selbst beobachten, wie sie die Arme um mich schlang, meinen Blick suchte, aber es war Robbie, der da an meiner Stelle stand, nein, Rob, da legte er Wert drauf, so wie aus mir Hank geworden war, wir waren schließlich keine Kinder mehr. Sie war vollkommen in ihn versunken, und seine Hand glitt über ihren Hintern, während seine halblangen Haare ihr Gesicht verdeckten, ohne verbergen zu können, was hinter diesem Vorhang geschah. Gelächter und Satzfetzen drangen an meine Ohren, aber ich hörte nichts außer dem Refrain von »Honey«, der meine Schläfen zum Pochen brachte und mich schier verrückt werden ließ. Ich schmeckte Sand und Lehm. Ein Knebel aus Unglauben und Ohnmacht verschloß meine Kehle, und auf dem Weg zu meiner Maschine kamen Wut, Haß und Verzweiflung dazu. Dann fuhr ich los.

Ich bin oft gefahren in dieser Zeit. Kurz darauf hörte ich, daß Anneke und Rob zusammen in Kopenhagen waren. Als sie zurückkamen, war sie schwanger, doch das wußte sie damals noch nicht. Vier Monate später bat mich Rob, sein Trauzeuge zu sein. Ich stand neben ihnen, lächelte und umarmte sie. Viel Glück für euch beide. Hundertvierzig Kilometer weiter hielt ich an einer Tankstelle an. Der Tankwart fragte, ob ich nicht frieren würde. Mein Sakko stand offen. Ich tastete nach den Knöpfen. Sie waren kalt. Nicht mehr lange, sagte er, dann fällt der erste Schnee.

»Ich glaube, ich nehme noch einen«, sagt sie.

»Was?«

»Einen Martini.«

»Bianco«, sage ich. »Ohne Eis und ohne Zitrone, stimmt's?«

»Sie sind ja richtig lernfähig«, sagt sie. »Wissen Sie, Sie sehen gar nicht aus wie jemand, der viel liest ... hm, Lesebrille und so, Sie verstehen schon.«

»Ich hatte schon immer gute Augen«, sage ich. »Das letzte Mal, daß ich beim Sehtest war, muß irgendwann Anfang der Siebziger gewesen sein.«

»Die siebziger Jahre«, sagt sie, hakt die Daumen um ihren Gürtel und dreht sich einmal um die eigene Achse. »Todschick. Donna Summer, Disco-Fieber und die ganzen Sachen.«

Sie stemmt die Ellbogen in die Hüften, läßt die

Schultern gegeneinander kreisen und schnippt mit den Fingern. »Hey, Boogie Nights.«

Fransenjacken, Mittelscheitel, K-Tel-Sampler. Super-8-Filme, Batikhemden, Kompaktanlagen. Die Möwe Jonathan. Sie hat keinen blassen Schimmer, denke ich, aber das ist ja eigentlich auch kein Wunder. »Das Beste an den Siebzigern war Schweinchen Dick«, sage ich und mache eine Kunstpause, bevor ich mit Quäkstimme fortfahre: *»Und immer schön fröhlich bleiben.«*

Jetzt fahre ich wieder, in meinem königsblauen Commodore Baujahr 66 mit Lenkradschaltung, der meinen Motorroller vorletztes Jahr abgelöst hat; am Ortsausgangsschild vorbei Richtung Nordstrand, hinaus aus den letzten fünf Jahren und wieder hinein. Anneke zieht nervös an ihrer Zigarette und redet. Sie redet von ihren Eltern, die von ihr wollen, daß sie in zwei, drei Jahren die Gärtnerei übernimmt, Kränze winden und Chrysanthemen beschneiden, schließlich hat sie ihre Ausbildung zur Floristin ja nicht umsonst gemacht, daß sie sich lebendig begraben fühlt in diesem Kaff, daß sie das alles nur für ihre Kleine tut, Jennifer, die sie nach dem Mädchen aus »Love Story« benannt hat, fast fünf ist sie schon, und ob ich mich an die Szene erinnern würde, in der sich Ryan O'Neal und Ali McGraw mit Schneebällen bewerfen. Nein, sage ich. Ich habe den Film gar nicht gesehen.

Sie erwähnt Rob nicht, mit keinem Wort, so als käme er in ihrem Leben gar nicht vor, und ich frage auch nicht nach, immerhin weiß ich, daß er seit anderthalb Jahren auf einer Bohrinsel arbeitet und nur alle sechs Wochen nach Hause kommt, ein Knochenjob, der aber gutes Geld bringt, schließlich hat er ja Familie. Nur, daß Anneke kein bißchen nach Kindergarten, Sonderangeboten und Tiefkühlkost aussieht; in ihren Augen ist kein Platz dafür. Sie klappt die Sichtblende herunter und zieht sich die Lippen im Spiegel nach. Ich biege auf den kleinen Parkplatz am Ende der Straße ein. Anneke geht mir voran die Treppen hinunter, die zum Strand führen. Kurz dreht sie sich um, dann bin ich neben ihr.

Der Sand ist gefroren, und nichts ist zu hören außer dem leisen Knirschen unserer Schritte. Auf dem Meer treiben Eisschollen, fahl funkelndes Stückwerk auf einer blanken schwarzen Ebene; die Nacht ist so hell, daß ich die Schneewehen in den Dünen sehen kann, während wir am Ufer entlanglaufen. Mit einer Hand hält sie den Kragen ihres Mantels um ihren Hals zusammen, mit der anderen hakt sie sich bei mir ein.

Wir gehen schweigend, aber es ist kein Schweigen, das zwischen uns hängt, kein tonloses Warten, sondern eine leichte, sanfte Stille, die mit ihren Atemfetzen zu mir herübertreibt, eine Stille, in der nichts fallen, alles aufgefangen wird, in der wir uns langsam, leise staunend drehen.

Weit vor uns kann ich die Umrisse von Martinens gestrandetem Kutter erkennen, der vorgestern von Jorgensen und den anderen weiter auf den Sand gezogen worden ist, aber es kommt mir vor, als würde ich gerade die Augen öffnen und mich einen Moment lang wundern, mich einen Moment lang wundern und gleichzeitig fragen, warum man sich nicht immer wundern kann.

»Manchmal wünschte ich, ich könnte wieder da anfangen, wo ich aufgehört habe.« Sie flüstert es fast, als wären ihre Worte gar nicht für mich bestimmt, aber gleichzeitig schließt sich ihre Hand fester um meinen Arm.

»Wenn du weißt, wo das war.« Ich bleibe stehen und deute vage die Uferlinie entlang. »Aber du kannst dir auch einen neuen Punkt aussuchen, von dem du wieder anfangen kannst.«

»Ich muß ihn nur finden«, sagt sie.

»Man fährt einfach los«, sage ich und weiß im selben Moment, daß es eine Lüge ist. »Wir haben das ganze Leben noch vor uns. Irgendwo kommen wir schon an.«

»Ich bin dreiundzwanzig«, sagt sie, »aber es kommt mir vor, als müßte ich mich dauernd in den Arm kneifen, um es nicht zu vergessen.« Sie läßt mich los. »Vielleicht ist auch einfach nur niemand da, der mich daran erinnert.«

Ich klaube eine Muschel vom Boden auf und werfe sie ins Wasser. »Das ist einfach«, sage ich. »Soll ich dir 'nen Knoten in den Schal machen?«

Sie lacht, tritt zwei Schritte zurück und öffnet, die Hände in den Taschen, ihren Mantel, steht mit ausgebreiteten Armen da und kommt auf mich zu. »Ausgerechnet jetzt«, sagt sie und schüttelt ihr Haar nach hinten, halb, als könnte sie es nicht fassen, halb, weil sie weiß, wie gut sie so aussieht. »Ich hab ihn nämlich bei dir liegenlassen.«

Dann ist sie bei mir, und eine Bewegung geht in die andere über, als sie im Sand umknickt und ich sie auffange, die eine Hand um ihre Hüfte lege und ihr Rückgrat durch die weiße Bluse spüre; einen Augenblick lang verharrt sie so, während sie mit der Linken nach meinem Mantelaufschlag greift und dort Halt sucht, dann hat sie ihre Balance wiedergefunden, steht mir gegenüber, sieht zu mir auf, und es ist dieses Lächeln, das ich eigentlich festhalten will, als ich den Mantel um sie lege. Einen Moment lang wünsche ich mir, ich wäre stumm geboren, aber das sage ich ihr jetzt ausnahmsweise nicht.

»Weißt du, was das Gute hier draußen ist?« sagt sie. »Daß hier keine Mobiles von der Decke hängen.«

»Nur Sterne«, sage ich und finde, daß es sich töricht anhört, wie die letzte Durchsage vom Kap der Narrenkappe, aber es ist genau das, was sie hören will.

»Sieben-drei-fünf-drei«, sagt sie in einem Ton, als hätte sie mich genau durchschaut. »Sterne hängen nicht, sie schweben.«

Wir sind weitergegangen, aber das war später, als sie meinen Schal trug und ich unterwegs stehenblieb, nur um ihr nachzusehen, einfach nur zu beobachten, wie sie ihren Weg fortsetzte, bis sie mir zurief, wo ich denn bleiben würde. Ich dachte nicht über Siege und Niederlagen nach, sondern nur, daß die Dinge wirklich passieren müssen. Wir redeten allen möglichen Unsinn, über gräßliche und schöne Namen, standen im Windschatten von Martinens Kutter und suchten den Großen Wagen, aber der war gerade auf Liefertour, und sie erzählte mir, was Sieben-drei-fünf-drei heißt; tippen Sie die Zahl einfach mal in den Taschenrechner, dann drehen Sie ihn um. Nein, sie hat mich nicht »Honey« genannt. Solche Dinge kommen nur in Romanen vor.

Natürlich habe ich sie wiedergetroffen, mit Jenny auf der Strandpromenade, vor irgendwelchen Schaufenstern an der Hauptstraße, am Briefkasten vor der alten Post. Man sieht sich, unser Ort ist schließlich nicht sehr groß. Hier kennt jeder jeden. Ich saß mit Larsen Donath beim Bier, als Rob mir im Vorbeigehen auf die Schulter schlug, bevor er die nächste Runde Dartspfeile auf die Zielscheibe fliegen ließ. Lange nicht gesehen. Das Tempo dieser Zeit ist keine Kleinigkeit.

Annekes zweites Kind war eine Frühgeburt. Es war ein Mädchen und kam an einem Sonntag im September 1975 zur Welt, Sternzeichen Jungfrau, zuverlässig, treu, erdverbunden, wie es in den Büchern steht. Anneke lag noch auf der Entbindungsstation, als ich Rob auf der Straße traf. Ich verstand nicht, warum er nur den Kopf schüttelte, als ich ihm gratulierte. Er sah aus, als hätte er tagelang nicht geschlafen, und dann fing er an, unzusammenhängend über Chromosomen und Namen zu reden, über Anomalien und Melodien; vielleicht war es auch so, daß er alles ganz normal erklärte, nur daß ich die Worte nicht zusammenfügen konnte. Ich stand nur da und starrte ihn an, ohne irgend etwas zu begreifen.

Er redete über Namen. Daß sie sich monatelang Gedanken gemacht hatten, weil Anneke wollte, daß ihr zweites Kind einen besonderen Namen bekam, weil Namen das Leben bestimmen, schon ihr Klang weht in die Zukunft voraus. Sie hatte lange überlegt, aber schließlich hatte sie gewußt, wie ihre Tochter heißen sollte. Melody. Melodie, weil alle Töne nur Zufall sind, wenn man sie nicht singen kann. Aber jetzt hatte sie sich für einen anderen Namen entschieden, einen französischen, den ich vorher noch nie gehört hatte.

Wie durch weißes Rauschen drang das Wort zu mir herüber.

»Elodie«, sagte Rob. »Sie heißt Elodie.«

»Elodie?« Ich hatte das Gefühl, mit einemmal nicht mehr sprechen zu können. »Warum?«

Er schüttelte nur immer weiter den Kopf. »Weil was fehlt, Hank«, sagte er. »Weil was fehlt.«

Im darauffolgenden Winter habe ich angefangen zu lesen. Ich hatte Zeit, und es standen ja genug Bücher herum, Bücher, von denen manch einer behauptet, sie wären nur drittklassiger Schund für Leute, die auf der Flucht vor der Wirklichkeit sind. Aber das stimmt nicht. Wer etwas vergessen will, kann genausogut die nächste Bar aufsuchen, und ich habe sogar meine eigene. Ich sitze in meinem Korbsessel und lese dort weiter, wo ich aufgehört habe. Ich lese, um mich zu erinnern.

Elodie wird nie erwachsen werden. Sie lebt in einem Heim mit großem Park, in einem Zimmer mit hellen Möbeln und Bildern von Pferden an den Wänden. Freundlich und ruhig ist es dort, und manchmal, wenn Rob auf Montage ist, nimmt Anneke mich mit. Wir sitzen in ihrem Kombi und reden belanglose

Dinge, über die Gärtnerei, meine Gäste oder den Hundesalon, der neulich aufgemacht hat. Sonst sehe ich sie sowieso einmal die Woche, wenn sie die Blumen vorbeibringt. Wenn sie mir die Gestecke überreicht, berühren sich unsere Hände. Und so beiläufig diese Berührung auch sein mag, erinnert sie mich immer an Sieben-drei-fünf-drei, an Februar und September und daran, daß man für manche Dinge keinen Taschenrechner braucht.

Es ist spät geworden. »Zeit zu schließen«, sage ich.

»Ich glaube, ich bleibe noch einen Tag länger«, sagt das Mädchen in der weißen Bluse. Genau, Penny. »Es hat doch was für sich, wenn nichts los ist. Ich konnte Surfer sowieso noch nie leiden.«

»Aber drehen Sie den Schlüssel zweimal um«, sage ich. »Man weiß nie, wer plötzlich hinter dem Duschvorhang auftaucht.«

Sie lacht. »Jetzt haben wir die ganze Zeit über Bücher geredet, und ich weiß immer noch nicht, was Sie gerade lesen.«

»Das Glück ist eine seltene Münze«, sage ich. »Guter Titel, nicht?«

»Wollen Sie mich verarschen?« sagt sie und nimmt ihren Mantel von der Stuhllehne. »*Trainspotting*, das ist ein guter Titel.«

»Nie gehört«, sage ich. »Gute Nacht, Penny.«

Da steht sie, den Mantel über den Arm gelegt, schon halb auf dem Weg zur Treppe. »Gute Nacht, Norman Bates.«

»Sagen Sie einfach Hank.«

Ich stelle die Gläser in den Ausguß, bevor ich auf

den Barhocker ganz außen deute. »Und vergessen Sie Ihren Schal nicht.«

Die Beleuchtung über der Bar muß noch ausgeschaltet werden. Während ich die Gläser spüle, denke ich mir, daß ich noch ein paar Seiten lesen werde, schließlich will man ja wissen, wie es weitergeht. Ich denke, daß ich noch nicht müde bin. Ich denke, daß die Dinge passieren. Ich denke an Vornamen. Ich denke an Penny und frage mich, welches Buch sie hier vergessen wird.

MAN KANN NUR STAUNEN

Ich habe Ihr Werk über die *Groupe des Six* gelesen.« Der französische Botschafter schnippte mit dem Ringfinger ein nicht vorhandenes Stäubchen von seinem Smoking. *»Un livre formidable!* Es hat mir insbesondere die Augen geöffnet, was Georges Auric anbelangt. Ich hatte ihn immer, nun, sagen wir, für ein wenig manieristisch gehalten.«

William lächelte. »Charme und Eleganz mögen zuweilen so wirken«, sagte er. »Aber manche Dinge sollten nie aus der Mode kommen.«

»In der Tat.« Der Botschafter wandte sich an Judith. »So wie die Schönheit. Ich darf mir die Bemerkung erlauben, daß Sie hinreißend aussehen, Mademoiselle. Einfach *ravissante!*«

»Madame«, korrigierte ihn Judith und drehte ihre Hand, so daß er den Brillantring an ihrer Linken sehen konnte. »William und ich haben vor drei Monaten geheiratet.«

»Dann lassen Sie mich Ihnen meine Glückwünsche aussprechen.« Der Botschafter hob seine Champagnerflöte. »Sie sind wirklich zu beneiden. *A votre santé*, William. Und auf die Schönheit ihrer reizenden Gattin.«

»Schönheit ist die Verweigerung von Gewohnheit«, sagte Judith, während die Männer mit ihr anstießen. »Das gilt sowohl für die Musik als auch für Ehefrauen.«

»Ein fabelhafter Trinkspruch, Madame von Faber. Wirklich bedauerlich, daß die hohe Kunst des Bonmots langsam auszusterben scheint.« Der Botschafter rückte seine randlose Brille zurecht. »Und womit werden Sie sich in Ihrem nächsten Buch beschäftigen, William?«

»Wieder mit einem Ihrer Landsmänner, Monsieur. Mit Charles Koechlin. Ein herausragender Komponist mit einer höchst erstaunlichen Bandbreite von Techniken, die sich zwischen Melodik, Polytonalität und Atonalität erstrecken. Ich denke, es ist an der Zeit, daß sich jemand eingehender mit seinem Œuvre befaßt.«

»Ich glaube, ich habe von ihm gehört«, sagte der Botschafter. »Hatte er nicht eine Affäre mit Lilian Harvey? Dem Ufa-Star?«

»Eine Affäre würde ich es nicht nennen«, sagte William. »Er hat 1934 einen Film mit ihr gesehen und dann sein Opus 139 komponiert, eine Serie von Stükken für sie. Er war bereits ein alter Mann, fast siebzig, aber geradezu überwältigt vor Leidenschaft. Er hat ihr wieder und wieder geschrieben, aber sie hat nie geantwortet.«

»Also auch eine Liebesgeschichte«, sagte der Botschafter.

»Eine solitäre *amour fou*«, sagte William. »Sie war sein Wunder, und nach seinem ›Album de Lilian‹ hat er nie wieder zu ähnlicher Expressivität gefunden.«

»Lassen Sie uns nicht zu lange auf Ihr Buch warten, mein Lieber.« Der Botschafter warf einen Blick auf seine Uhr. »Entschuldigen Sie mich, aber ich muß gehen. Man sollte die Dame des Hauses nie warten lassen.« Er verabschiedete sich mit einem formvollendeten Handkuß von Judith und schüttelte William die Hand. »Ich habe ganz vergessen, Ihnen zu sagen, wie hervorragend ich Ihre Laudatio fand. *Parfait, mon ami!*«

Judith sah ihm hinterher, wie er die Marmortreppe

zum Foyer hinuntereilte. »Ein echter Gentleman«, sagte sie, während sie sich bei William einhakte. »Genau wie du.«

»Er hat uns zu seinem Sommerfest im August eingeladen.« William legte seinen Arm um ihre Taille. »Er spielt übrigens vorzüglich Klavier. Wahrscheinlich wird er es sich nicht nehmen lassen, die eine oder andere Kostprobe seines Könnens zu geben.«

»Ich würde auf Schumann tippen«, sagte sie. »Er hat so einen leicht melancholischen Zug um die Augen.«

»Das täuscht. Er schwärmt für Gershwin.«

»Keine schlechte Wahl.« Sie lehnte sich an ihn und senkte die Stimme. »Hast du nicht vorhin gesagt, du würdest mir das Kleid am liebsten sofort wieder ausziehen?«

»Um dich mit stillen Worten zu bedecken«, sagte er. »Ich lasse uns ein Taxi rufen.«

»Außerdem müssen wir früh los«, sagte sie. »Unsere Maschine nach Hamburg geht um Viertel vor zehn.«

Er erinnerte sich. Ein ganz normaler Flug, der trotzdem eine vage Irritation in ihm auslöste, ein Gefühl wie bei einer nicht ganz sauber gespielten Septime, einer Klaviersaite, die eine Nuance zu hoch gestimmt war.

Hamburg, das war die Stadt, in der er seine Kindheit und Jugend verbracht hatte; dort stand der Blüthner-Flügel, auf dem ihm seine Mutter die ersten Etüden beigebracht hatte, die Gustav-Mahler-Biographie, die er gelesen hatte, bevor er nach Paris gegangen war, und er hörte die Schritte seines Vaters, die über den Parkettboden näherkamen, um im Salon von einem vierhundert Jahre alten Kelim verschluckt zu werden.

Sein Vater. Alles war so einfach gewesen.

Und da stand Judith, in ihrem dunkelblauen, enganliegenden Kleid aus Rohseide, die Perlenkette um den Hals, die er ihr zur Hochzeit geschenkt hatte. Judith, die alles erst initiiert hatte. Judith, deren blonde Haare leicht nach vorn schwangen, als sie sich zu ihm drehte und ihm genau jenes zwischen Anmut und wissender Ironie oszillierende Lächeln schenkte, mit dem sie ihn angesehen hatte, als sie ihm vor zweieinhalb Jahren von seinem Freund Schenckenberg im Cuvilliés-Theater vorgestellt worden war.

»Holst du mir meinen Mantel?« sagte sie.

»Und du hast noch nicht einmal ein Foto von ihm gesehen?«

Sie hatten auf weißen Plastikstühlen vor einem Café an der Uferpromenade von Maccagno gesessen. Um sie herum duftete es nach italienischem Frühling, Schwäne trieben lautlos an ihnen vorbei, und vom Lago wehte eine Vorahnung des Abends herüber. Judiths Armreifen klimperten, als sie ihre Hand fragend in seine Richtung drehte.

»Nein.«

Ein Ton von Verwunderung mischte sich in ihre blaßblauen Augen. »Aber es muß dich doch interessiert haben, wie er aussieht.«

»Ehrlich gesagt, nein.« Er fühlte sich wie ein kleiner Junge, der bei etwas Unanständigem ertappt worden war. »Irgendwie ist mir all das immer ziemlich belanglos vorgekommen.«

»Aber es handelt sich um deinen Vater«, sagte Judith. »Ich dachte immer, das wäre die wichtigste Bezugsperson im Leben eines Mannes.«

»Du hast meinen Vater kennengelernt.« Er nippte an seinem Grappa, während für einen Moment die hagere Gestalt Eduard von Fabers vor seinem inneren Auge auftauchte. »Ich habe mich immer als seinen Sohn betrachtet. Ich hatte nie auch nur den geringsten Grund, an seinen Gefühlen mir gegenüber zu zweifeln.«

»Ich weiß, wie nahe ihr euch steht«, sagte Judith. »Trotzdem ist er dein Stiefvater. Und du hast nie den Wunsch gehabt, deinen wirklichen Vater zu treffen?«

»Meinen Erzeuger«, sagte William. »Ein drittklassiger Musiker, dessen Spermien einen Zufallstreffer produziert haben, nur weil damals nicht über Verhütung geredet wurde.« Der leidenschaftslose Klang seiner Worte löste ein diffuses Gefühl der Scham bei ihm aus. Er räusperte sich. »Meine Güte, sie war ein völlig unerfahrenes junges Mädchen. Sie hat ihn zufällig getroffen. Sie haben gerade mal ein paar Wochen miteinander verbracht.«

»Hinterher reden sich alle immer auf den Zufall heraus«, sagte Judith. »Aber Zufälle sind doch nur die Ausreden derjenigen, die nicht die Verantwortung für ihre Absichten übernehmen.«

»Was meinst du damit?«

»Ob drittklassig oder nicht, immerhin war er Musiker. Und du bist einer der renommiertesten Musikwissenschaftler Europas. Wie der Vater, so der Sohn, oder?«

»Der Apfel fällt nicht weit vom Stamm.« Er gab ein trockenes Lachen von sich. »Mal im Ernst, so wie ich ihn mir vorstelle, beherrschte er gerade mal ein paar Akkorde auf einer billigen Gitarre.«

Die Ironie bestand darin, daß er ihn sich nie vorgestellt hatte. Er war fünfzehn gewesen, als er es erfahren hatte, ein hochaufgeschossener, schlaksiger Junge mit kurzen blonden Haaren, der Partituren wie mathematische Gleichungen durchging; eine Art höfliches Desinteresse hatte sich seiner bemächtigt, gepaart mit einer peinlichen Regung, die von einem dunstigen Gefühl der Unwirklichkeit erstickt wurde. Mit stocksteifen Gliedern hatte er den Worten seiner Mutter gelauscht, die seine Trommelfelle zu dehnen, aber nicht zu durchdringen schienen.

Sie war damals erst Mitte dreißig gewesen, aber natürlich war sie ihm, wie jedem Jungen seines Alters, viel älter erschienen; eine aschblonde, hochgewachsene Frau, deren Schlüsselbeine sich unter ihrer weißen Bluse abzeichneten, während ihre Unruhe wie elektrischer Strom in die konzentrischen Bewegungen ihrer Zigarette floß.

Sie hatte ihn im Spätsommer '60 kennengelernt. Matt Vaughan war unmaßgeblich älter als sie, einer von unzähligen britischen Musikern, die von der Insel herübergekommen waren, um in rauchgeschwängerten Reeperbahn-Löchern vor Teddyboys, Zuhältern und grell geschminkten Dirnen knallige Standards zum Besten zu geben. Matt spielte Gitarre, und sie hatte sich Hals über Kopf in ihn verliebt – ein lachendes Mädchen mit schulterlangem, offenem Haar in einem kurzen schwarzen Rock, wie sie auf alten Schwarzweißfotos zu sehen war, Arm in Arm mit einer Freundin auf den Stufen eines Vororthauses, verloschene Erinnerungen, die wie aus weiter Entfernung aufgenommen wirkten.

Natürlich hatte sie es nicht ernst genommen. Es passierte einfach, eine stürmische Affäre kurz vor Semesteranfang, mit einem hübschen Jungen, dessen gebrochenes Deutsch ihn um so unwiderstehlicher machte. Ein paar Wochen später war das Engagement seiner Band, der »Crimson Shadows«, beendet; sie hatten im Klingsor gespielt, einem Kellerlokal in einer Seitenstraße der Großen Freiheit, das der Konkurrenz nicht hatte standhalten können und nur wenige Monate später geschlossen worden war. Sie hatte von vornherein gewußt, daß es keine Sache für die Ewigkeit war, und nachdem Matt in seine Heimat zurückgekehrt war, hatte sie sich in ihre ersten Vorlesungen vertieft. Ein harter Widerhall schwang in ihren Worten, als sie dort vor den Regalen stand, und Williams Blick schweifte über die Buchrücken, Gracq, Breton, Mallarmé, nackte Namen, an denen man sich festhalten konnte, während ihre Sätze ihn schwindeln ließen. »Du bist neunzehn«, sagte sie, als spräche sie nicht über sich selbst, sondern von jemandem, den sie vor langer Zeit entfernt gekannt hatte. »Es geht alles so schnell, verstehst du.«

Er verstand nicht. Er war fünfzehn. Die Silben zogen sich auseinander wie die wehleidige Melodie eines

Schifferklaviers. Er sah keine junge Frau, nur das straff zurückgekämmte Haar seiner Mutter, hörte eine Geschichte, die vor Langsamkeit nicht enden wollte.

Nicht lange nach seiner Abreise hatte sie festgestellt, daß sie schwanger war. Einen ärztlichen Eingriff hatte sie nie in Erwägung gezogen, doch das konsternierte Unverständnis ihrer Eltern wich einer wartenden Gelassenheit, als Eduard von Faber, Sproß einer Kaufmannsfamilie, die durch Gewürzimporte aus Ostindien zu nicht unbeträchtlichem Vermögen gekommen war, ihrer Tochter seine Aufwartung machte. Sie war ihm gegenüber von Anfang an offen gewesen, doch der junge Architekt, der kurz vor Abschluß seines Studiums stand, hatte sich von diesen Umständen nicht beirren lassen. Sie hatten im Februar '61 geheiratet.

William sah ihn vor sich. Den Mann, der immer sein Vater bleiben würde, ob nun biologisch oder nicht, seine alterslose Erscheinung, die hohen Schläfen, die grauen Augen, in denen eine Besonnenheit lag, die jedes Geschick des Lebens unmittelbar auszubalancieren schien. Von ihm hatte er alles gelernt, vor allem aber, was es hieß, sich einer Sache mit Ausdauer und Hingabe zu widmen. Er hatte sich zu ihm gesetzt und mit ihm geredet, als er beim Üben Griegscher Kadenzen schier verzweifelt war, und er hatte ihm die »Duineser Elegien« geschenkt: »Lies langsam, und wenn du ab und zu die Augen schließt, merkst du, wie die Zeilen schweben.«

Er war der Sohn dieses Mannes, und nur sein Name, eine exotische Reminiszenz, ein Anflug anglophilen

Sentiments, wirkte zurück in eine Vergangenheit, mit der seine Mutter abgeschlossen hatte, in jene flüchtigen, selbstvergessenen Momente, die für ihn - und wohl auch für sie selbst - wie sepiafarbene Aufnahmen aus dem Leben einer Fremden waren. Die Musik ihres Lebens stammte von Brahms und Mendelssohn, nicht von unreifen jungen Männern, die ihre Verstärker bis zur Schmerzgrenze aufdrehten, um ihr technisches Unvermögen zu verbergen.

1960. Für ihn war es nie die Zeit selbsternannter Rebellen gewesen, die auf gebrauchten Instrumenten eine neue Zeit einläuten wollten. In diesem Jahr war Benjamin Brittens »Mittsommernachtstraum« uraufgeführt worden, und man hatte über Pendereckis »Threnos für die Opfer von Hiroshima« diskutiert. Ein blondes Mädchen aus einem Patrizierhaus an der Außenalster war über einen gewissen Matt Vaughan gestolpert. Zu Fall gebracht hatte es sie nicht.

Seine Mutter erwähnte den Namen nie wieder, und manchmal dachte er, daß er ihn am liebsten nie erfahren hätte. Er erinnerte sich an ihre lapidaren, seltsam resonanzlosen Worte, die ihm nichts bedeutet, ihn nur verlegen gemacht hatten. Sie war nie wieder auf den Mann zurückgekommen, der sein wirklicher Vater war. Das, was in ihm nachhallte, war ihr ruhiger, bedachter Ton, der ihn von seiner eigenen Kindheit verabschiedete, ihr halbherziger Versuch, eine Brücke der Sachlichkeit über die Distanz der Jahre zu schlagen. Sein Gesicht war glühend heiß vor Beklommenheit gewesen; es war ihm unerträglich, sie so befangen zu sehen. Vielleicht lag darin der Grund, warum er nie das Bedürfnis verspürt hatte, ihr weitere Fragen zu stellen.

Die Fragen hatte Judith gestellt. Mehr als zwei Jahre war es jetzt her, daß er ihr am Ufer von Maccagno davon erzählt hatte, und seitdem hatte sie die Geschichte nicht mehr losgelassen. Mit geradezu kindlicher Neugier hatte sie immer wieder über Matt Vaughan gerätselt, darüber sinniert, was aus ihm geworden war. Auch das hatte mit Hingabe zu tun, und er mußte lächeln, wenn sie ihre Phantasie schweifen ließ, der ehemalige Musiker als im ländlichen Sussex lebender Tierarzt auferstand, der alle Jahre wieder bei Tanzfesten zur Gitarre griff, um die Damen des grafschaftlichen Ortes mit dem Lied von Rocky dem Waschbär zu betören.

»Das Leben ist ein Roman, nicht wahr?« sagte sie.

Und bei all dem blieb sie vollkommen ernst. Es faszinierte sie, daß sein Vater in der Erinnerung Cristinas – sie nannte seine Mutter immer beim Vornamen – auf ewig ein Zwanzigjähriger bleiben würde. Sie meinte, daß William seiner Mutter gar nicht ähnlich sehen würde; wahrscheinlich hätte er seine Augen von seinem Vater geerbt. Er erinnerte sich genau, wann er wirklich verstanden hatte, worum es ihr ging. Er war nach Hause gekommen und hatte ein Buch auf dem niedrigen Glastisch im Wohnzimmer vorgefunden. Es war die schmale autobiographische Skizze eines englischen Autors namens Blake Morrison, und er schüttelte nur den Kopf über Judiths Beharrlichkeit, als er den Titel las: *Wann hast du zuletzt deinen Vater gesehen?*

Einen Wink mit dem Zaunpfahl nannte man das wohl.

Dann, vor ein paar Monaten, hatte sie ein Fax von einer Freundin erhalten, die auf ihre Bitte in Hamburger Zeitungsarchiven herumgestöbert hatte. Auf den zwei Seiten Thermopapier befanden sich ein fotokopierter Artikel aus dem Abendblatt vom 24. August 1960 und ein vergrößertes, in der Ausgabe vom selben Tag abgedrucktes Pressefoto von vier schemenhaften Gestalten in Jeans und hüftlangen Lumberjacks, deren grob gerasterte Gesichter sich bei der Übertragung in grauen Schnee aufgelöst hatten. Die Bildunterschrift lautete: Die CRIMSON SHADOWS – Colin Donovan (Bass), Johnny Calder (Gesang), Matthew Vaughan (Gitarre) und Scott Tennant (Schlagzeug).

Der Artikel war zwei, von einer Reklame für Silvetta-Brunnenlimonade unterbrochene Spalten lang. Unter der Headline »Man kann nur staunen« schrieb ein Journalist namens Werner Sikorski über die Band:

Es ist brütend heiß im »Klingsor« in der Schmuckstraße. In der drangvollen Enge des Kellerlokals haben sich junge Leute versammelt, Maschinenarbeiter, Anlernlinge, Hafenarbeiter. Es sind dieselben, die auf dem Dom die Raupenbahn belagern. Sie tragen Lederjacken, mal mit, mal ohne Schlips; die Haare haben sie mit viel Pomade zu dekorativen Tollen aufgetürmt. Ein paar Mädchen sind auch dabei, in kurzen, engen Röcken, und ab und zu sieht man eine Haarspange in den Rauchschwaden der Zigaretten aufblitzen.

Die »Crimson Shadows« kommen aus London, und sie spielen Beat. Stücke, die nur aus Rhythmus bestehen, in denen kaum eine Melodie zu erkennen ist. Es ist eine proletarische Musik, die hier zu hören ist, hart im Zweitakt stampfend und direkt in die Magengrube gezielt. Und mittendrin in diesem Hexenkessel der Anspruchslosigkeit steht das Publikum, das sich in Twistbewegungen zum organisierten Lärm der elektrisch verstärkten Instrumente windet.

Und doch sind es keine Krawallbrüder, die hier auf der Bühne stehen. Der Sänger und Blickfang der Mädchen, Johnny Calder, entpuppt sich als schüchterner junger Mann, der mit leiser Stimme über seine »Helden« redet – Jerry Lee Lewis, Chuck Berry, vor allem aber Eddie Cochran. Vielleicht ist er auch einfach nur müde. Schließlich stehen die »Crimson Shadows« jede Nacht bis drei auf den Brettern, die für sie die Welt bedeuten. Und wer weiß, ob nicht eine große Karriere vor ihnen liegt.

Man kann nur staunen, mit welcher Energie und trommelfellerschütternder Wucht das britische Quartett sein Publikum zum Toben bringt. Und das könnte es sein, was dieses Phänomen ausmacht: In der fiebrigen Ekstase entladen sich die Komplexe einer jungen Generation, die erst noch zu sich selbst finden will. Sie hat ihre eigenen Riten, um Abschied von den Eltern zu nehmen.

Aber nur zeitweise. Denn wenn der Lehrlingslohn ausgegeben ist, schätzt sich so mancher froh, an Mutters Fleischtöpfe zurückkehren zu können.

Judith argwöhnte, daß Werner Sikorski schon ein älteres Semester gewesen war, mußte sich jedoch eines Besseren belehren lassen, als sie ihn schließlich – von ihrem Faible für das Naheliegende geleitet, hatte sie einfach ins Hamburger Telefonbuch gesehen – zu sprechen bekam. Sikorski war zum Erscheinungszeitpunkt des Artikels erst zweiundzwanzig gewesen und als Volontär des öfteren zu Beat-Konzerten geschickt worden. Ein amüsiertes Lächeln spielte um Judiths Lippen, als sie William von der Geschichte erzählte. »Ich kann mich genau erinnern«, hatte der nach zwei Herzinfarkten im Vorruhestand lebende Redakteur gesagt. »Für damalige Verhältnisse war der Artikel sogar ausgesprochen positiv. Für die waren das doch alles Rowdys und Halbstarke. Der Ressortleiter hat mich erst zur Schnecke gemacht, und danach hat er den Artikel zusammengestrichen und persönlich umgeschrieben.«

»Erinnern Sie sich noch an die Gruppe?« fragte Judith.

»Nein, beim besten Willen nicht«, sagte Sikorski. »Sie haben keine Ahnung, wie viele Bands ich in den Sechzigern gesehen habe. Und sie spielten alle das gleiche. ›Sweet Little Sixteen‹, ›Money‹, den ›Summertime Blues‹. Damals war das alles brandneu, aber im Nachhinein besehen doch völlig austauschbar.«

»Aber irgend jemand muß die Bands doch betreut haben«, sagte Judith. »Jemand, der in näherem Kontakt zu ihnen stand.«

»Lassen Sie mich überlegen«, sagte der ehemalige Journalist. »Ja, der Graf hat damals eine Menge Bands nach Hamburg geholt. Gerald Luckner hieß er, so wie der Admiral, deswegen nannte man ihn den Grafen. Er war Agent und ist dauernd nach England rübergefahren, um irgendwelche Combos anzuwerben. Möglicherweise kann er ihnen weiterhelfen – vorausgesetzt, daß er noch lebt. Na ja, das ist fast vierzig Jahre her, Geschichte, wenn Sie so wollen. Ich sehe mal, was ich für Sie tun kann.«

Zwei Adressen hatte er ihnen besorgt. Und jetzt steuerte William den gemieteten Alfa Romeo durch den Nieselregen über den Ring. Ihr erster Kontakt hatte überhaupt nichts ergeben; der ehemalige Zapfer des Klingsor, nach einem Schlaganfall an den Rollstuhl gefesselt, hatte nur mit ein paar belanglosen

Anekdoten aufwarten können. Er warf einen Blick zu Judith hinüber, die sich auf dem Beifahrersitz über den Stadtplan beugte. Es war ihr Wunsch, seinen Vater zu finden, nicht seiner. Es mochte ein romantischer Impuls sein, ein Hinabtauchen in eine verklärte Nacht, die nur in ihrer Vorstellung existierte. Er schüttelte den Kopf. Ein paar Hormone hatten verrückt gespielt, das war alles.

Im Radio lief Mahlers sechste Symphonie. Dirigiert von Claudio Abbado; er kannte die Aufnahme. Aus dem Augenwinkel nahm er wahr, wie Judith sich eine Haarsträhne aus der Stirn strich.

Er liebte diese Bewegungen. Und er hatte ihr noch nie einen Wunsch abschlagen können.

»Ja, ich habe sie alle über den Kanal geholt«, sagte Luckner, während er eine Zigarre aus der Brusttasche seines Hemdes fischte. »Für jeden Geschmack etwas. Skiffle-Bands waren ein ganz großes Ding damals, auch wenn sie nicht alle die Klasse von Tommy Steele oder Tony Sheridan hatten. Wer's ein bißchen exotischer wollte, holte sich welche von diesen Calypso-Brüdern ins Haus, Steeldrums und so, Sie wissen schon. Dann die ganzen Elvis-Imitatoren, fragen Sie mich nicht, wo die alle herkamen. Klar, und die ganzen Beatbands. Unglaublich, 'ne echte Invasion. Meine Herren, wir hatten mehr Tommys hier als im Mai '45.«

Er war ein behäbiger, kurzatmiger Mann mit dünnen weißen Haaren, hängenden Wangen und einer riesigen Hornbrille, die die enormen Tränensäcke unter seinen Augen noch vergrößerte. Sein ungesund geröteter Teint ließ darauf schließen, daß er zuviel trank. Er blies eine Rauchwolke in die abgestandene Luft seines Büros. »Ist lange her. Seit Mitte der Sechziger mache ich in Immobilien. Hab den Schritt nie bereut, und nächstes Jahr übernimmt mein Sohn die Firma.«

»Aber so ganz haben Sie mit der Vergangenheit anscheinend doch nicht abgeschlossen«, sagte Judith mit Blick auf die Wand hinter ihm, an der sich unzählige gerahmte Schwarzweißportraits von Bands und Musikern befanden.

»Wer kann das schon?« Luckner wandte sich in seinem Drehsessel um und wies auf das Foto eines jungen blonden Mannes mit langen Koteletten, der sein Pferdegebiß gewinnend in die Kamera reckte. »Das hier hat mir Rory Storm gewidmet, als ich ihn nach 'ner Schlägerei mit 'nem Luden bei der Polizei rausgeboxt habe. Onkel Schupos nannte man die Jungs in Grün damals, aber die konnten ziemlich ungemütlich werden, vor allem, wenn's um Engländer ging. Die hatten den Ruf, daß sie immer bloß auf Randale aus waren.«

Er nippte an seinem Kaffee. »Das war kein Zuckerschlecken auf dem Kiez. Sehen Sie, die Jungs kamen hierher, viele von ihnen fast noch Kinder, gerade mal siebzehn, achtzehn Jahre alt. Sie waren für zwei Monate gebucht, mußten jeden Abend viereinhalb Stunden auf die Bühne, am Wochenende sechs Stunden. Um das durchzustehen, mußte man schon röhrchenweise Preludin schlucken. Und die meisten von ihnen hatten nicht mal 'ne Arbeitserlaubnis, von 'ner Krankenversicherung ganz zu schweigen. Alle naselang fing sich einer 'nen Tripper ein. Na ja, manchmal hab ich die Jungs nachts von ihrem Quartier zum Arzt geschafft – auch wenn's nicht gerade der Arzt ihres Vertrauens war. Oder es gab einfach eine Spritze im Hinterzimmer bei Gretel und Alfons – und am nächsten Morgen ging man gleich wieder zum Frühstücken hin.«

»Ein paar ihrer Bands haben doch auch im Klingsor gespielt«, sagte Judith.

»Eine ganz üble Kaschemme.« Luckner lehnte sich zurück. »Dagegen kam man sich im Indra vor wie in der Bar vom Atlantik. Schwarz gestrichene Wände, ein paar hingeschmierte Bilder mit nackten Mädchen in akrobatischen Posen, ein paar rote Funzeln auf den Tischen. Die Bühne war so winzig, daß jedes Quartett Platzangst bekommen mußte, mal abgesehen davon, daß ja meistens noch ein Mädel dabei war, das seine Titten schwang, damit die Freier und Seeleute auch was zu sehen bekamen.« Er lachte trocken. »Das war 'ne Schule fürs Leben. Pausenlos Prügeleien, wenn die Besatzungen von den britischen Kriegsschiffen Landgang hatten, und an manchen Abenden konnten die Bands vor vier oder fünf Schnapsleichen spielen. Das einzige, was Klasse hatte, war der Name des Ladens. Klingsor – ich weiß nicht, wer sich das ausgedacht hat, aber es hatte das gewisse Etwas, gar keine Frage.«

»Klingsor ist eine Figur Wolfram von Eschenbachs, die auch in Richard Wagners ›Parzival‹ vorkommt«, sagte William. »Ein Magier, der sich selbst entmannt, weil er Gralsritter werden will.«

»Der Gral.« Luckner zuckte mit den Schultern. »Na, in dem Loch hätte er lange danach suchen können. Wie auch immer, den Laden hat's höchstens zweieinhalb Jahre gegeben. Am Ende wurde er von der Sitte dichtgemacht.« Er sah Judith an. »Aber sie haben recht. Ich habe tatsächlich ein paar Bands an das Klingsor vermittelt. Iain & The Sharp Turns zum Beispiel. Grauenhafte Musiker, dauernd auf Speed. Die spielten ›Too Much Monkey Business‹, als hätten sie die Langspielplattenversion immer nur auf 45 Umdrehungen gehört.«

»Wir sind wegen einer anderen Band hier«, sagte Judith. »Den Crimson Shadows.«

»Das haben Sie ja schon am Telefon gesagt.« Luckner sog wieder an seiner Zigarre. »Und ich erinnere mich tatsächlich an die Band. Nicht, weil sie besonders gut gewesen wären, ganz im Gegenteil. Die droschen die üblichen Dutzendnummern herunter, ›Honey Don't‹ von Carl Perkins, ›Blue Suede Shoes‹, ›Fever‹, na, eben genau das, was die Leute hören wollten. Ich hatte sie in irgendeinem Club in London gesehen und engagiert, weil der Sänger echte Shouterqualitäten hatte. Keine Ahnung, wie er hieß. Aber an einen erinnere ich mich genau. An den Gitarristen. Ein ruhiger Typ, sehr sensibel, aber auf der Bühne detonierte er wie eine Splittermine.«

»Matthew Vaughan«, sagte Judith.

»Ja, genau. Matt, so wurde er von allen genannt.« Luckner erhob sich, ging an ein Schränkchen und nahm eine Whiskeyflasche heraus. »Kann ich Ihnen etwas anbieten?«

»Danke, nein«, sagte Judith.

»Ein Gläschen auf die alten Zeiten«, sagte Luckner, goß zwei Fingerbreit in ein geriffeltes Glas und kehrte zu seinem Sessel zurück. »Nun ja, Matt war mit Stu befreundet, Stu Sutcliffe. Das sagt Ihnen doch sicher etwas.«

Judith schüttelte den Kopf.

»Stu spielte Bass bei den Beatles.« Luckner zog die Augenbrauen hoch. »Die spielten damals im Kaiserkeller, eine völlig unbekannte Band, keinen Deut besser als die anderen. Man muß sich das mal vorstellen: Der ganze Laden voll mit Loddeln, Bordsteinschwalben, Schlägern, Tresenhängern, und direkt vor ihnen wurde Geschichte gemacht.« Er nahm das Glas zwischen Daumen und Mittelfinger und ließ den Whiskey darin langsam kreisen. »Stu und Matt hatten eine Menge gemeinsam. Sie machten beide auf Existentialisten, schwarze Hose, schwarze Jacke, und man sah sie fast nie ohne Sonnenbrille. Sie waren beide ein bißchen maulfaul, lebten mehr in ihren Köpfen als die anderen, wenn Sie verstehen, was ich meine. Und sie hatten beide deutsche Freundinnen. Nichts gegen Frauen, aber in gewisser Weise war das für beide das Ende.«

»Wie meinen Sie das?« fragte Judith.

»Stu war mit Astrid zusammen, Astrid Kirchherr, der Fotografin, die all diese berühmten Fotos von den Beatles gemacht hat. Wegen ihr ist er in Hamburg geblieben. Ich kann's verstehen. Sie war eine Schönheit.« Luckner schwieg für einen Moment. »Niemand von uns weiß, was das Schicksal mit ihm vorhat. Von allen Beatles hatte Stu das größte Charisma, und ausgerechnet er ist ausgestiegen. Aber auch das hat eine gewisse Größe, finden Sie nicht? Wie auch immer, von ihrem kometenhaften Aufstieg hat er nichts mehr mitbekommen. Er ist an einem Hirntumor gestorben, noch bevor ihre erste Single auf den Markt kam.«

»Und Matt Vaughan?« sagte Judith.

»Ja, Matt«, sagte Luckner, als wäre der Name eine Art Gedächtnisstütze für ihn. »Er war ebenfalls mit einem deutschen Mädchen zusammen. Ich habe sie nie kennengelernt, aber gemessen an dem, wie er über sie redete, muß sie die begehrenswerteste Frau auf dem ganzen Planeten gewesen sein. Sie war Matts ganzes Leben. Er wollte bei ihr bleiben, und ich glaube, kurzzeitig haben er und Stu sogar darüber nachgedacht, hier in Hamburg eine eigene Band zu gründen. Er betete sie an, und es war nicht bloß so eine vorübergehende Schwärmerei. Nein, Matt meinte es todernst. Er war davon überzeugt, daß sie füreinander bestimmt waren, so wie im Märchen.«

Luckner beugte sich vor. »Ich will Ihnen was sagen. Jeder Bursche mit Lederjacke und Gitarre konnte Mädels ohne Ende haben, von sechzehnjährigen Schülerinnen bis zu den Damen vom Kiez, die durchaus nichts gegen die eine oder andere Gratisnummer einzuwenden hatten. Frauen stehen auf Musiker, und keiner von ihnen war ein Kind von Traurigkeit. Aber nicht so Matt. Er war ein Träumer. Er wollte nur dieses eine Mädchen. Er hat ein Stück nach dem anderen geschrieben, alle für sie. Eines davon kennen Sie vielleicht sogar.«

Judith schlug die Beine übereinander. »Ja?«

»Matt und Stu waren damals öfter in der britischen Seemannsmission unten am Hafen. Matt spielte auch ein bißchen Klavier, und im Raum hinter der Bar stand ein altes Piano, das die britische Truppenbetreuung zur Verfügung gestellt hatte. Reiner Zufall, daß ich an dem Tag ebenfalls dabei war; ich wollte ein paar Takte mit Lennon reden, weil sich eine andere Band für ihn interessierte. Auf jeden Fall saß Matt am Klavier und spielte ein paar Akkorde aus dem Stegreif, und dann fing er an zu singen, mit einer Stimme, die einem durch Mark und Bein ging, obwohl sie so leise war. Und ich weiß heute noch, was er gesungen hat. ›Close your eyes, and I'll kiss you, tomorrow I'll miss you‹, so fing es an. So etwas konnte nur jemand schreiben, dessen Herz am Überlaufen war, und ich schwöre, daß ich nie wieder etwas Ähnliches gehört habe. Ich bin kein Freund großer Worte, aber es war einfach ergreifend, das läßt sich nicht anders sagen.«

Er räusperte sich und genehmigte sich noch einen Schluck Whiskey. »Na ja, wie gesagt, Lennon war auch da, und Jahre später habe ich diesen Beatles-Song im Radio gehört, ›All My Loving‹. Nein, nicht daß Sie glauben, der alte John hätte es geklaut, so einer war er nicht. Wahrscheinlich war die Melodie einfach bei ihm hängengeblieben. Natürlich spielten die Beatles den Song anders, mit ein bißchen mehr Tempo, aber ich habe ihn sofort wiedererkannt; als Matt ihn spielte, klang er ein bißchen wie Chet Baker. Auch der Text war verändert, aber die Anfangszeilen waren die gleichen.«

Er summte ein paar Takte der Melodie. »*Remember I'll always be true.* Hört sich ein bißchen pathetisch an, zugegeben, aber genau so war Matt. Und eines sage ich Ihnen: Jeder, der dabei war, hat ihm jedes Wort geglaubt.«

»Ein Romantiker«, sagte Judith.

»Schlimmer«, sagte Luckner. »Einer, der an seinen Gefühlen zerbrechen mußte. Und genau so ist es dann auch gekommen. Er hatte sich dieses Luftschloß gebaut, ohne zu begreifen, daß sie dort gar nicht wohnen wollte.«

»Weshalb?« sagte William. Seine Stimme drang wie aus weiter Entfernung zu ihm herüber, als würde er durch eine dieser mannshohen Betonröhren rufen, in denen er sich als Kind manchmal versteckt hatte.

»Wie gesagt, ich kannte das Mädchen nicht.« Luckner schob seine Brille zurecht. »Aber wenn Sie mich fragen, kam sie aus irgendeiner besseren Familie. Die Große Freiheit war nicht ihr Ziel; sie hat sich dorthin verirrt, in das große Wunderland aus Schmutz und Ruhm, und während ihr noch schwindelig war von dem, was sie dort sah, lief sie diesem Musiker in die Arme, Matt Vaughan. Das fühlte sich alles neu an, erregend, elektrisierend, aber als die Dinge dann langsam aufhörten, sich um sie zu drehen, hat sie gemerkt, wie billig das alles war, alles aus zweiter Hand, Talmi, Flitter, Ramsch. Meine Güte, wenn ich mich recht entsinne, war er der Sohn irgendeines Schlachters oder Schreiners aus dem Süden von London. Er hätte ihr die ganze Welt zu Füßen legen können, und es hätte trotzdem nichts gebracht. Er war nicht ihr

Leben, verstehen Sie. Irgendwann ist sie aufgewacht, und dann hat sie ihm den Laufpaß gegeben.«

»Das klingt alles so einfach«, sagte Judith.

»Vielleicht war es so«, sagte Luckner. »Aber für Matt war es nicht einfach, das kann ich Ihnen sagen. Ich weiß noch, wie er damals zu mir kam. Sie wissen, wie nahe einem manche Dinge gehen, wenn man zwanzig ist, aber er hatte nicht bloß Liebeskummer. Er sah aus wie ein Gespenst, unrasiert, ausgemergelt, in ein paar Tagen um Jahre gealtert, und seine Augen sahen aus wie Bombentrichter. Die übrigen Shadows waren stinksauer auf ihn, weil er sie vier Tage lang im Regen stehengelassen hatte. Und da steht er vor mir und fängt plötzlich an zu heulen, er zitterte am ganzen Körper. Und ich fasse ihn an den Armen, schüttle ihn durch und sage: ›Verdammt noch mal, reiß dich endlich zusammen! Da draußen gibt's Tausende von Bräuten, die nur auf dich warten!‹ Und er hat mir eine geklebt. Unfaßbar – aus heiterem Himmel hatte ich plötzlich eine hängen. Dann war er auf einmal vollkommen ruhig. Ich hab ihm einen Kaffee gemacht und mit ihm geredet. Schließlich wollte ich, daß die Jungs ihren Vertrag erfüllen. Aber er hat mich nur angesehen und gesagt: ›Es geht nicht. Ich habe keine Musik mehr.‹ Ich habe ihm vorgeschlagen, einfach zwei Nächte drüber zu schlafen, aber er sagte bloß immer wieder, er hätte keine Musik mehr. Ich dachte, da kommt er schon wieder drüber weg, aber als er mir dann erzählte, daß er seine Rickenbacker verschenkt hatte, wußte ich, daß er es ernst meinte. Tja, und das war's dann. Als ich am nächsten Tag noch mal mit ihm reden wollte, hatte er bereits morgens das Schiff genommen.«

»Die Crimson Shadows haben ihr Engagement im Klingsor also nie zu Ende gebracht«, sagte William.

»Klar haben sie das«, sagte Luckner. »Jeder ist ersetzbar, das war früher auch nicht anders. Ich habe ihnen einen anderen Gitarristen besorgt, und nach zwei mal Proben hatte er die Stücke genausogut drauf wie jeder andere. Die Shadows haben noch 'ne Woche hier gespielt, vielleicht auch zwei, ich weiß es nicht mehr, und danach ging's zurück nach London. Keine Ahnung, was aus ihnen geworden ist. Damals hat sich eine Band nach der anderen die Klinke in die Hand gegeben. Und an einer Wahrheit gibt's nichts zu rütteln, das gilt heute genau wie damals: Die nächste Band spielt bestimmt.«

»Wissen Sie«, sagte William, ohne so recht zu wissen, wen er überhaupt damit ansprach, »es gibt eine Herbstsuite von Darius Milhaud, die er Anfang der dreißiger Jahre komponiert hat. Sie beginnt mit ›September‹ und steigert sich langsam im Mittelteil. Die Blätter tanzen. Der letzte Satz heißt ›Adieu‹.«

»Ich habe nie von dem Mann gehört«, sagte Luckner, während er William ansah, als würde er ihn erst jetzt bemerken. »Aber ist nicht das ganze Leben so?«

Judith sah zu den nach Westen ziehenden Zirruswolken hinauf; ein pastellfarbener Blauton kündigte den Mond an. Sie trug hochhackige Sandalen mit weißen Lackriemchen und ein schlichtes, ärmelloses Kleid aus Leinen. Sie hielt den breitkrempigen Sommerhut in der Hand, und ihre Wange streifte sacht Williams Schulter, als sie sich bei ihm einhakte.

»Du hattest recht«, sagte William, während er vage in Richtung der anderen Gäste wies, die unter den Lampions miteinander plauderten. »Er hat tatsächlich Schumann gespielt.«

»Nenn es weibliche Intuition«, sagte sie. »Man muß nur lernen, in Blicken zu lesen.«

»In der Hinsicht werde ich wohl immer ein Analphabet bleiben.« Er griff in die Innentasche seines Jacketts und tastete nach den Umschlägen, entschloß sich aber, noch ein paar Augenblicke zu warten, während er dem Botschafter entgegensah, der über den manikürten Rasen auf sie zukam.

Ein leichter Wind war aufgekommen. Der vorletzte Abend im August. Ein Bild flackerte vor seinen Augen auf. Er selbst, wie er an den Landungsbrücken gestanden hatte. Ein Dutzend Meter von ihm entfernt hatte ein Austernfischer auf einem Poller gesessen, ein zerzauster Vogel mit krummem Schnabel und mißtrauischem Blick.

»William.« Der Botschafter breitete die Hände aus. »Sie wissen nicht, wie sehr ich mich freue, Sie zu sehen.« Er ergriff Judiths Hand und verneigte sich. »Madame von Faber, wie sehr doch der Abend verblaßt, wenn Sie in ihn eintreten. Ich hoffe doch, meine kleine Darbietung hat Ihnen gefallen.«

»Nur ein Virtuose kann Frauen so schmeicheln wie Sie, Monsieur.«

Ihr Lächeln schwang sich wie ein Mauersegler in die noch warme Luft. »Aber ich hatte eigentlich erwartet, daß wir etwas von Gershwin zu hören bekommen würden.«

»Das hat Ihnen William erzählt, nicht wahr?« Der Botschafter hakte sich auf der anderen Seite bei ihr ein, während sie in Richtung des Buffets flanierten. »Aber manchmal muß man sich einfach von seinen Impulsen leiten lassen. Ich wollte tatsächlich eine *petitesse* von Gershwin spielen – zunächst hatte ich ›Embracable You‹ ins Auge gefaßt –, aber dann kam mir plötzlich der Gedanke, daß Schumann eher dem Flair dieses Abends entsprechen würde.«

»Deshalb also die ›Träumerei‹ «, sagte William.

»Ein ganz spontaner Akt«, sagte der Botschafter. »*Mais oui*, natürlich war meine Frau nicht ganz unschuldig an dieser Wahl. Sie hat gesagt, ich solle einfach meinen Bauch sprechen lassen.«

»Der Verstand irrt, das Gefühl nie«, sagte Judith.

»Ich würde es nicht ganz so kategorisch ausdrükken«, sagte der Botschafter. »Aber natürlich sollten wir Männer auch die weiblichen Sichtweisen verstehen lernen.«

»Der Satz stammt von Schumann selbst.« Sanfter Spott klang in Judiths Stimme, als sie sich von den beiden Männern losmachte und stehenblieb. »Ich glaube, Sie haben ganz in seinem Sinne gehandelt, Monsieur.«

»So charmant bin ich noch nie entwaffnet worden.« Der Botschafter schüttelte den Kopf. »Wie auch immer, jede Komposition gehört in ein bestimmtes Ambiente, *n'est-ce pas?* Schließlich ist es die Umgebung, die einen prägt. Was wäre wohl geschehen, wenn Schumann seine Ausbildung tatsächlich in London begonnen hätte, wie es ursprünglich vorgesehen war? Hätte er in dieser Stadt gelebt, wäre es vielleicht nie zu seiner ›Träumerei‹ gekommen.«

»Doch, ich glaube schon.« William griff in seine Jackettasche. »Pardon, Monsieur, aber das erinnert mich an etwas.« Er nahm die Umschläge mit den Flugtickets heraus und reichte sie Judith. »Vielleicht sollten wir einen Regenschirm mitnehmen.«

»Was ist das?« fragte sie, aber gleichzeitig konnte er eine leise Ahnung in ihren Augen erkennen.

Die Landungsbrücken. Und dann flog der Vogel auf einmal los. Er hatte dagestanden, den obersten Knopf seines Hemds aufgemacht und ihm nachgesehen.

Was machen Austernfischer im September?

Er sah Judith an. Vielleicht wollte er sich einfach ein paar Fragen stellen.

TIERE,
DIE DEM KAISER
GEHÖREN

für Marcus Ingendaay

1. SCHARF NACHDENKEN

Nathan denkt öfter nach. Er ist mehr der nachdenkliche Typ. Momentan denkt er darüber nach, was Stella wohl macht. Er darf gar nicht dran denken.

Wir schreiben die vierziger Jahre, so kommt es Nathan jedenfalls vor. Eigentlich ist die Uhr schon ein paar Jahrzehnte weiter vorgerückt. Das Radio liefert aber keinen Anhaltspunkt dafür. Es ist so verstaubt, daß man nur noch einen Sender einstellen kann, und auf diesem laufen ununterbrochen sentimentale Schlager aus jener Dekade, als die Männer Fedoras trugen und bei Chruschtschows die Schuhe noch unter dem Tisch blieben. »Love in Bloom«, »Moon Glow«, »Pennies from Heaven«, patinierte Artefakte aus den Schmalzgründen der Tin Pan Alley, vorgetragen von lange verblichenen Belcanto-Baritonen mit träumerischem Timbre und schmachtenden Geigen-Eskorten. Nathan hört nicht hin, doch dann, nach einem kurzen Exkurs über die Narren, die sich in Gefilde wagen, die selbst Engel meiden, schleicht sich eine Frage an seine Ohren, wie sie heimtückischer wohl kaum sein kann. »I wonder who's kissing her now.«

Draußen ist wieder der Jackenschneuzer unterwegs, wie Nathan durchs Ladenfenster erkennen kann. Er lungert an der 148er-Bushaltestelle vor der Pfandleihe herum, zieht seine Kreise um den Abfalleimer und wartet auf sein nächstes Opfer. Sein System ist höchst demokratisch; vor ihm sind alle Menschen gleich. Er wartet ab, dann folgt er seinem Auserwählten, vorzugsweise Passanten, die ihr Jackett lässig über der Schulter tragen, greift mit spitzen Fingern nach dem Stoff, als hätte er gerade einen Webfehler entdeckt, um sich dann – im Gleichschritt mit seinem Zielobjekt – ausgiebig den verschleimten Rüssel zu wischen. Er hat seine Taktik so verfeinert, daß die meisten nicht mal was merken, aber gestern hat es ihn wieder erwischt, und zwar in Form des Aktenköfferchens einer aschblonden Elitebraut, Typ Wirtschaftsanwältin, das mit der Präzision eines Marschflugkörpers auf sein Jochbein gedonnert war. Der Jackenschneuzer ist trotzdem wieder da – unbeeindruckt von dem zeitweiligen Rückschlag auf seiner Mission.

Wie auch immer, es handelt sich nicht gerade um die Mahagonimeile der Stadt. Nathan wendet sich ab. Er denkt sich, daß das mit dem Denken so eine Sache ist. Vor drei Wochen hat er noch gedacht, den schlimmsten Job hätte er hinter sich. Texten bei dieser Familienzeitschrift, einem dieser Magazine für Mutters Bar & Grill, wie man sie im Supermarkt an der Kasse kaufen kann. Hits mit Huhn, heiß auf Haschee. Backspaß à la carte, Köstlichkeiten mit Krokant. Auf Dauer hält das niemand aus, und so handelt es sich um eines der weniger erbaulichen Kapitel aus Nathans Biographie, mit einem Schlußdialog, der, abgerundet mit einem geistesblitzartig eingeflochtenen, leicht abgewandelten Zitat aus Nathans Lieblingsfilm, durchaus als transzendierend bezeichnet werden darf, da er seine Aushilfsbefugnisse bei weitem überschreitet. Zweiter Sprecher: der Ressortleiter. Tonfall: Kreide auf Schiefer. Folge: Pack deine Sachen. Termin: sofort.

RL: Wie lange soll ich denn noch auf die Singles-Rezepte warten?
Nathan: Tut mir leid, aber ich bin erst bei Rumpsteak mit Nußhaube.
RL: Du warst doch vorhin schon bei Eier im Spinatbett. Mach, daß du in die Puschen kommst, sonst ist Schmorgurke mit Hack angesagt.
Nathan: Du willst mich erledigen? Aber nicht mit dem Maul. Da mußt du was tun, Bursche. Du mußt ziehen.

Endstation: Brodskys Hundesalon. Denn Jobs sind rar, gerade in diesen Zeiten der Rezession. Brodsky ist aushäusig unterwegs, um seinen reinrassigen Rüden bei einer läufigen Labradorhündin aufreiten zu lassen und damit ein kleines Zuhälter-Zubrot beim Züchter zu verdienen. Sein polnisches Urvertrauen, gekoppelt mit einer abschließbaren Registrierkasse, erlaubt es ihm, Nathan die Führung des Tagesgeschäfts zu überlassen. Und so steht er hier zwischen den Regalen mit Kaustangen und Hundebiskuits, Fleischdrops und Büffelhautknochen, plastikverpacktem Vollwertfutter und eingedosten Doggie-Dinners, um jenes Schicksals zu harren, das ein zorniger dunkler Gott für ihn auserkoren hat. Und dieses Schicksal trägt einen Namen: Hundewäsche.

Die flache Wanne befindet sich im Hinterraum, einer hellgrün gefliesten Naßzelle von ausnehmender Ungemütlichkeit, die das Ambiente einer frisch desinfizierten Solokabine mit dem Charme einer Abdeckerei verbindet; kein Wunder also, daß der beste Freund des Menschen seine Pfoten nicht mit der gebotenen Vorfreude über die Schwelle setzt. Zugegeben, es liegt durchaus im Rahmen der Möglichkeiten, daß ein hundertjähriger Spaniel gesenkten Blicks die klamme Kammer betritt oder ein von Flatulenzen und Überdruß geschüttelter Bobtail mit eingefallenen Schultern zu den an der Wand hängenden Drahtstriegeln, Kardätschen und Gummibürsten aufsieht. Und es gibt Schlimmeres als einen panischen Afghanen, der im Angesicht der Brause die Kontrolle über seine Gedärme verliert. Aber frag mal einen Transkaukasischen Owtscharka, der mit dumpfem Argwohn den Maulkorb in deiner Hand fixiert, wie seine Laune heute ist. An guten Tagen einfach gräßlich.

»Aber der tut doch nichts!« Nathan weiß nicht, wie oft er diesen Satz in letzter Zeit gehört hat, egal ob von graumelierten Jägerhüten mit Schuhbürstenschnäuzern, die ihre Schäferhunde zu Hause wahrscheinlich »Blondie« nennen, oder von sparschweingesichtigen Mittvierzigerinnen mit Vuitton-Handtaschen und Pelzmänteln, in denen ganze Nahrungsketten verarbeitet worden sind. »Er will doch nur spielen.« Es ist ja nur ein 160 Pfund schwerer Mastino Neapolitano mit einer Doppelwamme, die einem Kaffernbüffel alle Ehre machen würde, und einem zärtlichen Schnauben, das klingt, als würde Idi Amin seine Freunde von Amnesty International zum Nachmittagstee bitten. »Satan ist ein bißchen empfindlich, junger Mann. Ich hole ihn dann in einer Stunde wieder ab.«

Die Misere seines Lebens, so könnte man es nennen; die Welt und er haben anscheinend ein paar Probleme. Von Kartoffelgerichten (»Tolle Knolle«) und

Nudelgenüssen (»Presto Pesto«) im Expreßtempo in die Tölengruft, und dazu noch die Sache mit Stella. Im Radio läuft jetzt auch noch »You better go now«, und er könnte sich endlos ohrfeigen und unsanft in den Hintern treten, wenn er daran denkt, was er jetzt versäumt. Und dabei fallen ihm im Schnelldurchlauf zehn Dinge ein, die man mit Stella machen kann.

1) Vor dem großen Spiegel in ihrem Zimmer die Robert-de-Niro-Masche abziehen. Arme leicht nach unten hängen lassen und dann extrem angewidert aussehen, ohne einen Gesichtsmuskel zu verziehen. Stellas Lachen klingt wie die grünen Ohrringe, die sie trägt. Eigentlich steht sie mehr auf Sean Penn.
2) Dem Ernst des Lebens ins Auge sehen, aus dem Fenster des Universums spähen und sehen, was da hinten auf einen wartet. Feierlich schwören, niemals Schuhspanner zu benutzen. Stella streckt ihre Füße mit den Plateautretern aus. Sie ist zweiundzwanzig Jahre alt.
3) »Diese Party. Erst erzählt er die ganze Zeit von Kafka, und dann will er auch noch zu ›Stairway to Heaven‹ mit mir tanzen. Ehrlich, du warst meine letzte Rettung.« (Stella)
4) Aus Pippi Langstrumpf vorlesen. Die Szene, wo der Wachtmeister sein Fett abkriegt, und noch was dazudichten: *Hasta la vista, Baby!*
5) Sich immer wieder fragen, wie sie das macht. Barfuß vor dem Kühlschrank hocken und dabei irre gut aussehen.
6) Sich immer wieder fragen, wie sie das macht. Die

Jeans ausziehen, ohne dabei die Hände zu Hilfe zu nehmen.
7) Verschiedene wissenschaftliche Studien belegen, daß das alles nur an den Pheromonen liegt. Aaaaah.
8) »Das hab ich noch nie mit jemandem gemacht.« (Stella)
9) Sich Las Vegas zeigen lassen. Stella steht über ihm, streckt das Becken vor, läßt die Hüften kreisen und formt mit den Händen Körbchen für ihre Brüste. Geht leicht in die Knie und läßt einen unsichtbaren Hula-Hoop-Reifen rotieren. So etwa eine Million Dollar wert, aber nicht so wichtig wie
10) Amrum besichtigen.

Stellas Haar fällt über seine Schulter, während sie in seinem Arm liegt, ihr linkes über sein rechtes Bein gelegt. Sie sagen nichts – es ist dieses gewisse Schweigen, das sich wie ein Baldachin über den Moment breitet und über ihnen schwebt, während sich aus der Ferne das warme Vibrieren eines anfliegenden Düsenjets nähert. Das Haus liegt direkt in der Einflugschneise zum Flughafen, und Stella mag nichts lieber, als wenn Nathan in genau dem Augenblick kommt, wenn ein Jumbo über die Dächer donnert. Er spürt, wie sie sacht den Kopf bewegt. Ihre Lippen berühren seine Halsbeuge, und dann stellt sie ihm die fatale Frage, die alles aus dem Lot bringt.

»Wirst du mich immer lieben?«

»Hm?«

»Wirst du mich immer lieben, Nathan?«

»Ich glaub schon.«

»Jetzt red dich nicht raus.«

»Weißt du das so genau?«

»Klar.«

»Stella ...«

»Ich dachte, du wüßtest es auch.«

»Aber wir kennen uns doch erst seit sechs Wochen.« Und damit hat er sich definitiv und unwiderruflich ins Aus gegrätscht. Der Dialog entwickelt eine absurde Eigendynamik, und im Verlauf des Wortgefechts erweist sich Stella als Logikerin von geradezu aristotelischem Format, bevor ihr hinreißender Hintern hinter Levi Strauss' doppelt aufgenähten Taschen verschwindet. Doch obwohl Nathan die Folgerichtigkeit ihrer erkenntnistheoretischen Lektion längst erkannt hat, ist er nicht in der Lage, endlich mit seinem Geständnis herauszurücken. Also auch keine Rehabilitation. Stella lockert die Daumenschrauben, indem sie ihm sagt, daß er es sowieso nicht ernst meint. Aber ... kein Aber. Sie will jetzt allein sein.

Es nützt alles nichts, wie Brodsky zu sagen pflegt.

Nathan sieht aus dem Fenster. Die nächste Hundewäsche, 15:30 Uhr, fast hätte er es vergessen. Eddie Roulette steigt aus der weißen Limousine und öffnet den hinteren Wagenschlag, dem ein fuchsfarbenes Ungetüm mit dreieckigen Ohren und hoch aufragender Rute entsteigt. Der Blick des Hundes fliegt in einer Diagonale über die nachmittägliche Straße; er bleckt die Reißzähne, als hätte er gerade eine Dose Pal auf Beinen erspäht.

Definieren Sie das Wort Nostalgie. In drei Worten. Schollenfilet im Früchtesud.

»Ratten«, sagt Eddie Roulette. »Damals, als ich in Amerika war, mußten wir die Häuser rattensicher machen. Das war irgendwo in Pennsylvania. Wir mußten unter die Häuser robben, man konnte grade mal den Kopf heben, und dann da unten alles mit Beton abdichten. Und das Ganze für vier Dollar die Stunde. Dagegen hast du doch hier das große Los gezogen.«

Natürlich heißt Eddie nicht wirklich so; er hat aber früher als Kartengeber und Croupier im Casino gearbeitet, bis er wegen ein paar gröberen Unpäßlichkeiten das Feld räumen mußte. Inzwischen ist er Mädchen für alles bei Cesar Cansino, dem Großen Vorsitzenden der lokalen *malavita*, die nicht nur bei den Pizzabäckern der Umgebung abkassiert.

»Das Leben ist nun mal kein Pfirsich«, sagt Eddie. »In Los Angeles hab ich dann als Bananenschneider gejobbt. Nee, nicht was du denkst. Lauter arbeitslose Schauspieler, die für 'nen Werbespot für Frühstücksflocken vorsprechen mußten. Erst hieß es die Bananen mundfertig machen, und nach jedem Take durfte ich den Eimer hinhalten, wenn die Pampe durchgekaut war. Nach zwei Tagen war ich soweit, daß ich beim Anblick des nächsten Obststands Amok laufen wollte.«

»Und damit wollen wir uns bescheiden«, sagt Nathan düster. »Wie heißt unser vierbeiniger Freund denn?«

»Paavo«, sagt Eddie. »Ist 'n finnischer Hund, und der Padrone kennt sonst keine finnischen Namen.

Paavo Nurmi, du weißt schon, der Weltrekordläufer. Aber er hier ist mehr der Weltmeister im Bellen.«

Als wollte es dafür den unmittelbaren Beweis antreten, schlägt das Tier an, mit einem heiseren, unermüdlichen Blaffen, in dem Erregung und die Erinnerung an nordische Weiten eine unmelodiöse Allianz eingehen. Es sieht nicht so aus, als wollte es so schnell wieder aufhören.

»Denk dir nichts dabei«, sagt Eddie. »Wenn du mich fragst, hat der mal zu lange in der Sauna gesessen. Einmal Waschen ohne Haareschneiden, ich hol ihn dann in 'ner Stunde wieder ab.«

Und schon ist Nathan wieder allein, geworfen in die allumfassende, gähnende Tristesse der modernen Hundepflege, doch dann reißt ihn eine erneute Rachenkanonade seines caninen Klienten schlagartig aus der aufkommenden Depression. Er hebt eine Hand mit ausgestrecktem Zeigefinger, und der Hund verstummt, beobachtet ihn aus unergründlichen grünen Augen, während Nathan ein alkalifreies Shampoo mit Brennessel- und Ulmenrinde-Extrakten aus dem Regal nimmt. Ein wohlmeinender Geist gewährt ihm vier Sekunden Stille, bevor ein weiterer lautstarker Alarm seine Trommelfelle zum Flattern bringt.

Die Hitliste der Tölen, die Nathan an seine Grenzen treiben. 3) Rottweiler (beißt halbe Arme ab), 2) Riesenschnauzer (steht auf Golden Showers), und an unumstrittener Nummer 1) *dieser* Hund. Mit gezückter Shampooflasche fährt er herum, um dem Biest Klartext anzusagen und es zum Schweigen zu bringen.

»Du laberst mich an? *Du laberst mich an?* Kann das

sein, daß du mich meinst? Du redest mit mir? Mit wem kannst du Arsch in diesem Ton reden?« Er legt mit dem Shampoo an. »Ach ja? Okay.«

»He, das ist doch aus *Taxi Driver*«, sagt eine Stimme hinter ihm, und just in dem Moment, als Nathan über die Schulter sieht und seinen Cousin Offer erkennt, der in der offenen Ladentür steht (natürlich hat er ihn bei dem Höllenlärm nicht gehört), macht der Hund, einem spontanen Entschluß folgend, einen Satz nach vorn und fegt an Offers Beinen vorbei nach draußen, wo er einen Sprint hinlegt wie, na ja, wie Nurmi in seinen feuchten Träumen, bevor er hinter der nächsten Straßenecke verschwindet, während Nathan über die Schwelle stolpert und Offer wie vom Donner gerührt auf dem Linoleum erstarrt.

»Oh, Mann«, sagt Nathan, in einem Tonfall, der mit dem Fuß aufstampft, um dabei nur noch tiefer in einem dumpf schmatzenden Morast aus Frust und Verzweiflung zu versinken. Nachdem er Offer weitere zwanzig Mal als Schraubenzieher, Riesenroß und Birnenpflücker tituliert hat, bricht es aus ihm heraus, einfach alles, der Brodsky-Blues, seine Sehnsucht nach Setzeiern und Spinatomeletts, die schleichende Dementia, die Strafe der Götter, das Schoßtier des Padrone und natürlich die Sache mit Stella. Er wünscht sich einfach nur weit weg. Aber Amrum liegt Lichtjahre von ihm entfernt.

»Eigentlich wollte ich nur eine mit dir rauchen«, sagt Offer.

»Ich hab letzte Woche aufgehört«, sagt Nathan.

Schweigen.

Und dann, kurz nach halb fünf, stellt Eddie Roulette eine entscheidende Frage.

»Lassen Sie ihn doch einfach in Ruhe«, sagt Offer. »Er hat Liebeskummer.«

»Bald hat er noch ganz anderen Kummer«, sagt Eddie.

3. BLUMEN OHNE DUFT

Zuerst erkennt Nathan nur Schemen. Die fünf Männer in der Qualmwolke sitzen um einen mattgelben Lichtkegel herum, in dessen Mitte sich das Bargeld für ein mittleres Einfamilienhaus befindet; auf der Tischplatte liegen Zigarettenpackungen und Spielkarten. Im Ascher kopulieren die Kippen, und ein dicht behaarter Arm schenkt gerade aus einer Whiskeyflasche nach. Während Nathans Augen die ersten Konturen ausmachen, fragt er sich, was ihm an der Szenerie so bekannt vorkommt. Die Antwort liegt in seinen Fingern. Nur einmal schnippen, aber das läßt er jetzt lieber bleiben.

Die massige Gestalt mit dem bis zum Brustbein aufgeknöpften Seidenhemd und den hochgerollten Ärmeln ist Cesar Cansino, der Brötchengeber der ortsansässigen *citrullos*, der italienischstämmigen Halsabschneider, Finsterlinge und Schlagetots; in Hollywood würde man seine Rolle wahrscheinlich mit Paul Sorvino besetzen, schon des jovialen Tonfalls wegen. Man erzählt sich, daß Cesar seinen Namen trägt, weil er eine besonders schwere Geburt war und nur durch das Skalpell entbunden werden konnte; fest steht, daß er es einer ganzen Reihe anderer Leute auch nicht eben leicht gemacht hat. Und tatsächlich besteht eine lose, der Rubrik »Erlogen und erstunken« entstammende Verbindung zur Traumfabrik: Um verschiedene Ecken soll Cesar mit Rita Hayworth verwandt sein, dem rothaarigen Glamour Girl, die ihre Verträge mit Cansino unterschrieb, als sie noch als spanische Tänzerin arbeitete.

»Sie hatten sich in Havanna getroffen, im Hotel Nacional.« Der Padrone nimmt einen tiefen Zug von seiner krummen Paroli-Zigarre. »Meyer Lansky, Frank Costello, Charlie Fischetti, Joe Adonis, sie waren alle da – fast fünfzig Jahre ist das jetzt her. Bugsy hatte ein bißchen zu hoch gepokert, und Charlie sollte sich der Sache annehmen. *Il bacio finale*, wie wir es in der alten Heimat nennen.

Bugsy war von Vegas nach L. A. geflogen und in der Villa von Ginny Hill in Beverly Hills abgestiegen. Ginny war nach Paris geflogen, weil er sie mal wieder nach Strich und Faden vermöbelt hatte, die Wohnung stand also leer. Bugsy betritt die Diele und merkt sofort, daß alles nach Jasmin riecht, bloß daß da weit und breit außer ein paar Plastiknarzissen keine Blumen zu sehen sind. Ein paar Stunden später hat's ihn dann erwischt, neun Ladungen Schrot durchs Wohnzimmerfenster. Wenn ihr mich fragt« – er läßt seinen Blick durch die Runde schweifen –, »hat er die Gebinde von seiner eigenen Beerdigung gerochen.«

Nathan läuft es arktisch kalt den Rücken herunter, während Eddie Roulette sich so leise räuspert, als würde er lieber gar nicht bemerkt werden, aber doch laut genug, um fünf Augenpaare zu aktivieren, die sich wie Überwachungssatelliten in seine Richtung lenken.

»Der Spitz ist weg«, bringt Eddie das Dilemma auf den Punkt, um im Anschluß eine faktisch nüchterne, aber für Nathan kaum vorteilhafte Schilderung der unglücklichen Ereignisse zum Besten zu geben. Auch ohne Orchesterbegleitung erkennt Nathan das alte Lied mit dem Gassenhauerrefrain, daß einem das Hemd näher als die Hose ist.

»Wie oft muß ich dir eigentlich noch erklären, daß das kein Spitz ist?« sagt der Padrone, und für Nathan klingt es wie eine Aufnahme aus der Praxis von Dr. Guillotin, als er seine Hosenträger gegen die Brust schnacken läßt. »Paavo gehört zur Gattung der *Finnen*spitze, und mit seinen Ahnen haben sie früher Bären und Elche um die Seen gejagt. Er ist ein hochtrainierter Killer, eine wandelnde Adrenalinbombe; deshalb bellt er auch die ganze Zeit. Sein Vater hieß Sisu – was soviel heißt wie: der, der bis zum Ende kämpft.«

»Ein stolzes Tier«, sagt sein Nebenmann, wobei er unruhig ein Päckchen Karten auf Kante stößt.

»Ein königliches Tier«, berichtigt der Padrone, »von edelstem Geblüt. In Finnland küren sie jedes Jahr den Bellkönig, *Haukkuningas*. Seine Lungen sind so mächtig, daß selbst Wölfe und Bären zu Salzsäulen erstarren, wenn er ihnen mit seinem Gefolge gegenübertritt. All das tut er nur für seinen Herrn, und es gibt nun mal nur einen, der über dem König steht.

Vielleicht hat unser junger Freund hier ja eine leise Ahnung, wer das sein könnte – oder willst du ihm auf die Sprünge helfen, Eddie?«

Und in genau diesem Moment fällt der Groschen bei Nathan; endlich weiß er, woher dieses nagende Déjà-vu-Gefühl rührt. Es läuft gedämpfte Musik im Hintergrund, eine saccharingesättigte, sonor vorgetragene *Canzone* von Mondschein, Sternen, klingenden Glöckchen und Bella Napoli. Es ist der gleiche Sender wie in Brodskys Salon, der Himmel hängt voller Mandolinen, und mit einem Mal wird Nathan klar, daß er dem Padrone seit wenigstens zwei Strophen nicht mehr zugehört hat.

»Dean Martin«, stammelt er. »*That's Amore.*«

Fünf betretene Mienen, die den Test zu knacken versuchen. Welcher Klassiker wird hier gegeben? Multiple Choice, drei mögliche Antworten:

- Der Untergang des Abendlands
- Das Sein und das Nichts
- Die Geburt der Tragödie aus dem Geiste der Musik

»Sein Mädchen hat ihn verlassen«, versucht Eddie den Erklärungsbedarf zu decken.

Das Gesicht des Padrone ist so bewegt wie eine Steilwand in den Abruzzen, als er langsam den Kopf schüttelt. »*Nessuno è piu stolto di un giovanotto innamorato*«, sagt er. Kein größerer Narr unter der Sonne als ein Jüngling mit loderndem Herzen.

Nathan versteht kein Wort, schließlich spricht er kein Italienisch. Doch dann greift der Pate zu einem

Stapel Karten, und während er Könige, Damen und Asse in einer virtuellen Zieharmonika von einer Hand in die andere gleiten läßt, sieht er von weiteren sizilianischen Sprichwörtern ab, um Nathan auf ein paar harte, kalte Fakten seines jungen Lebens hinzuweisen.

»Bis Mitternacht ist der Hund wieder hier«, sagt er. »Sonst bist du Holz.«

4. NORDSEEINSELN

Weit hinter den Städten liegt Amrum. Sprich das mal aus, sagt Stella immer. Amrum. Merkst du, wie weich das Wort ist? Halt mich fest, sag's mir ins Ohr, und dann sieh mich an und sag's noch mal. Deine Lippen sind so schön, wenn du das sagst.

Amrum liegt irgendwo in der Nordsee und gehört zu den nordfriesischen Inseln, so wie Föhr und Rømø. Krabbenfischer leben dort, Männer, die ihre Augen gegen das Licht der untergehenden Sonne abschirmen und dem Kreischen der Möwen lauschen. Orte tauchen aus dem Nebel auf, und so heißen sie auch. Durch die Dünen kommt man zum Strand, der Kniepsand genannt wird, deshalb, weil er unter den Fußsohlen quietscht. Im Wattenmeer kann man manchmal Pinguine sehen, sagt Stella. So ist Amrum. Da kann einfach alles passieren.

Nathan war nie dort. Aber die Umrisse kann er genau vor sich sehen.

Stella hat dieses Muttermal; es befindet sich zwei Fingerbreit über ihrer rechten Leiste, ein paar hundert

Seemeilen südwestlich ihres Nabels, nicht weit von ihren Schamhaaren entfernt. Das Muttermal war schon immer dort, und als Stella noch klein war, vielleicht vier oder fünf, hat ihre Mutter ihr erklärt, daß das Amrum ist, genauso sieht die Insel von oben aus, und Nathan hört Stellas Lachen, als sie erklärt, daß sie sich in der Schule mal den Maßstab ausgerechnet hat. Hier oben, sagt sie, kann man die schönsten Muscheln finden, und hier – seine Augen folgen ihrem zielgerichteten Fingernagel – legt die Fähre an. Amrum. Und Nathan denkt sich, daß ihre Haut vielleicht deshalb wie das Meer riecht.

23:07 Uhr. Ein verschwiegenes Eiland am Ende der Welt, genau dahin wünscht Nathan sich jetzt, während der Zeitpunkt seiner angekündigten Dekonstruktion näher und näher rückt. Zuerst war er bei Brodskys Hundesalon, in der vagen Hoffnung, der Bellkönig sei zum Startblock seines Rekordlaufs zurückgekehrt, dann hat er in einer Ein-Mann-Rasterfahndung das Viertel durchkämmt, Block für Block, Straße für Straße, immer die Ohren am Äther, für den Fall, daß plötzlich das mächtige Organ des passionierten Bärenschrecks die Häuser in ihren Grundfesten erschüttert. Doch die Stadt macht auf Leisetreter, über den Dächern summt der Zentrumsverkehr wie ein Stromaggregat, und Nathan hört nichts außer seinem Atem und dem Echo seiner langsamer und langsamer werdenden Schritte, es hat eh keinen Zweck mehr, ihn fröstelt, er zieht die Jacke etwas enger, aber da ist irgendein Widerstand, ein kaum wahrnehmbares Zerren, ein fast unmerkliches Zupfen, und noch im

Herumfahren geht Nathan siedend heiß auf, welcher Schrecken der Nacht da hinter ihm schleicht. Richtig getippt, es ist der unangefochtene Champion im Synchronschreiten, der letzte Aufrechte im Kampf gegen die Diktatur des Taschentuchs, den diesmal eine Abreibung erwartet, von der er noch seinen Urenkeln erzählen wird.

»He, nun mach aber mal halblang.« Der Jackenschneuzer tritt einen Schritt zurück und streckt abwehrend die eine Hand aus, während er mit der anderen neben sich deutet. »Ich dachte, das wär dein Hund.«

Und Nathan glaubt, seinen Augen nicht trauen zu können. Da sitzt der Bellkönig und gibt ein zartes Fiepen von sich, während er den Kopf schieflegt und sein Gegenüber mit erstaunten grünen Augen mustert. Haben wir uns heute nicht schon mal gesehen?

»Äh, ja«, sagt Nathan. »Na ja, nicht direkt. Eigentlich gehört er dem Kaiser.«

»Dem gehören viele Tiere. Aber nicht alle hören auf ihn«, sagt der Jackenschneuzer, doch das bekommt Nathan, überwältigt vom Wiedersehen mit seiner dreiecksohrigen Nemesis, gar nicht mit, weil er gerade einen Brief verfaßt, eine von Herzen kommende Epistel in kühn geschwungener Schrift, auf deren Wellenkämmen man mit geschlossenen Augen surfen kann. Oh Welt, schreibt Nathan, und ich habe gedacht, wir wären geschiedene Leute. Sicher, nach einem Vierteljahrhundert hat man sich nicht mehr soviel wie früher zu sagen, aber immerhin weiß man, was man voneinander zu halten hat. Ich bin wirklich froh, daß du den ersten Schritt getan hast. Klar, manchmal kann ich einfach nicht aus meiner Haut, und, ja, auch in Zukunft werde ich nicht immer nachgeben. Nein, es war nicht in Ordnung, als ich letztens so getan habe, als würde ich dich nicht bemerken. Aber deswegen habe ich dich nicht vergessen. Wie könnte ich? Nathan.

Die Welt antwortet per Expresskurier; bitte hier unterzeichnen, der Herr. Sieht so aus, als hätte sie es auf die Schnelle diktiert: Beim nächsten Ton ist es 23 Uhr, 27 Minuten und 40 Sekunden. Sieh zu, daß du schleunigst die Töle ablieferst. Wir sehen uns, wie immer – W.

Ja, das sind lapidare Worte, vielleicht schwingt sogar ein unversöhnlicher Klang in ihnen mit, aber Nathan ist das jetzt egal, er braucht einfach jemanden, den er an seine Brust drücken kann, und so schlingt er jäh die Arme um den Jackenschneuzer, um seine Sympathiebekundung dann aber doch rasch zu verkürzen, als er den schniefenden Trichter seiner neuen Bekanntschaft auf Tuchfühlung mit seinem Revers gehen spürt. Und zwischen ihnen steht der Bellkönig, der, stumm angesichts der um ihn herum erklingenden Gefühlsfanfaren, zwei Reihen makelloser Zähne entblößt, zwischen denen sich in einem herzhaften Gähnen eine rosarote Zunge zeigt.

»Ein verständiges Tier«, sagt der Jackenschneuzer, »'n echt kecker Blecker.«

Große letzte Worte. Es wird Zeit zu gehen. Dem denkwürdigen Moment folgt unweigerlich die Trennung, die beiden Männer gehen auseinander, zwei solitäre Gestalten vor dem schwarzen Samtvorhang der Nacht, die sich ein letztes Mal verbeugen, bevor sie stoisch einer neuen Bestimmung entgegenschreiten. Die Leine in der geschlossenen Faust, läuft Nathan los, den Bellkönig neben sich, der ihn aus heiserer Kehle anfeuert, komm, Junge, das packst du, du liegst gut in der Zeit, ich hab dir immer gesagt, flach atmen, nicht gleich am Anfang alle Energien vergeuden, um die nächste Ecke, vorbei an Zigarettenautomaten, Spielhallen, Kassenhäuschen, Haltestellen, Bankfilialen, Plakatwänden, dem Parkeingang, der All-Night-Tankstelle, der Padrone wartet, gerade mal noch drei Straßen und gut zwanzig Minuten in der Hinterhand, er kennt hier sowieso jeden Riß in jeder Bürgersteigplatte, jedes Graffito, jeden Kanalisationsdeckel, jeden Gitterrost, ist ja auch kein Wunder, hier wohnt sie, Miss Bittersüß mit den blau lackierten Fingernägeln, ja, unter genau dieser Laterne haben sie hemmungslos herumgeknutscht und sich bereits halb ausgezogen, bevor sie das erste Mal zu ihr hinaufgegangen sind.

Nathan sieht hoch zum fünften Stock. Stella ist da. Er denkt gar nicht lange nach, er tut es einfach, er will ihr nur eben sagen, daß er nachher noch mal vorbeischaut, sie müssen reden. Der Hauseingang ist sowieso nie abgeschlossen, und so steht er plötzlich, flankiert vom ungerührten Gott des Radaus, vor ihrer Tür; da lehnt Stella, in einem kurzen, selbstgenähten Rock und einem bauchnabelfreien Top, Kurzbeschreibung in drei Worten: magisch, unwiderstehlich, überwältigend.

»Oh, ist der süß«, sagt Stella und kniet sich hin, um den Bellkönig hinter den eitlen Ohren zu kraulen.

Wie macht sie das bloß, daß es ihm immer wieder vorkommt, als sähe er sie zum erstenmal? Wie kommt es, daß er plötzlich in der Mitte ihres Zimmers steht, zwischen dem an der Wand lehnenden Spiegel und dem zerwühlten Bett, ohne zu wissen, wie er dort hingekommen ist?

Nathan schluckt. »Ich wollte dich nicht verlieren«, sagt er.

»Da hast du sowieso keine Chance.« Ihre Armreifen klimpern, als sie sich eine Strähne aus der Stirn streicht. »Ich hab dir doch gesagt, ich werde dich immer lieben.«

»Ich hab dich vermißt«, sagt Nathan, und das ist die reine Wahrheit. Immerhin haben sie sich seit gestern nachmittag nicht mehr gesehen.

»Was klebt denn da an deiner Jacke?« sagt Stella.

Nicht so wichtig, denn jetzt küssen sie sich, und während er ihre weiche Zungenspitze spürt und über ihre Lippen leckt, während sich ihre Münder aufeinanderpressen, er ihren Atem an seiner Wange spürt und sich die Welt dezent ins Hinterzimmer verzieht, streift sie die Jacke über seine Schultern und seine Oberarme, bis sie dem Bellkönig zu Füßen fällt.

»Hörst du das?« flüstert Stella.

»Was?«

Sie weist zum offenen Fenster, und dann hört Nathan es auch.

Noch ist es nur ein fernes, fast nur geahntes Vibrieren der Luft, ein Flimmern über der Wüste, der Hauch eines Raunens, das Rollen einer Murmel auf dem Marmor des Horizonts.

»Das schaffen wir noch«, sagt Stella.

Irgendwo draußen schlägt eine Kirchturmuhr, und dann liegt Nathan mit offenem Gürtel und Reißverschluß auf den Laken. Für einen Augenblick dreht sich alles, er schließt die Augen, dann steht Stella über ihm, zieht sich das Top über den Kopf, wie von fern dringt eine Melodie an sein Ohr, obwohl nichts zu hören ist außer den Düsentriebwerken am Himmel, *Kiss, kiss me, say you miss / Miss me, kiss me, love / With heavenly affection*, ferner Donner, oh, scheiße, sagt Stella, diese verdammten Strümpfe, ich will ganz nackt bei dir sein, und Nathan, die Gürtelschlaufen auf Kniehöhe, fragt sich, wieso kein gleiches Recht für alle gilt, während es dem kecken Blecker die Sprache verschlagen hat, verwundert sitzt er zwischen Büchern und leeren Pizzakartons, eines der Tiere, die dem Kaiser gehören, aber was zählt das, wenn dein Flieger naht, das hier ist nur der Vorspann, jetzt liegt Stella neben ihm und lacht, ein Bein angewinkelt, während sie das letzte bißchen Nylon über die Haut rollt und Nathan eines klar wird, soll das Leben doch Laufmaschen haben, er weiß nur, wenn Stella die Strümpfe auszieht, dann ist das alles, nur eines ganz bestimmt nicht, sagen wir's klar und deutlich, bevor die Fenster der Nacht erzittern, denn das ist es niemals: das Ende.

HINTER DER GRÜNEN TÜR

Die Dämmerung war flaschengrün und tauchte die Felder in ein unwirkliches Licht; es war, als würde man Hardys Traktorschuppen und die verkrüppelten Pinien durch eine Glasscherbe betrachten, als könnten Wünsche wahr werden, an die man nie gedacht hatte. Es war immer noch warm, nur ein leiser Windhauch ließ die Blätter sanft erzittern. Wir hatten den halben Sommer hier oben verbracht, einen dieser Sommer, die sich wie eine unendliche Welle vor uns auftürmten, träge, dunkelblau, unausweichlich, und wir ließen uns in der Gischt der Nachmittage treiben. Davey und ich teilten uns gerade eine Zigarette, als wir unten Zweige knacken, ein Rad zu Boden fallen und dann die Stimme hörten, auf die wir schon geraume Zeit gewartet hatten.

»He, Trench, Dave. Laßt mal die Leiter runter.«

Es war keine Leiter, sondern ein Turnseil, das Duane in der College Station High School organisiert hatte, aber dann war er auch schon oben, braungebrannt, luchsäugig, ganz Muskeln und Sehnen und Grinsen. Mit einer beiläufigen Geste strich er sich durch das blonde Stoppelhaar und sah uns an. »Hi, Boys.«

Duane Carver war nur drei Monate und sechs Tage älter als ich, aber gut einen halben Kopf größer, ein harter Knochen, der sich nichts gefallen ließ und einen ebenso ausgeprägten wie seltsamen Gerechtigkeitssinn besaß. Terry Dolan, der zwei Klassen über uns war, hatte das kurz vor Ferienbeginn herausgefunden, als er Wilbur Barnes nach Schulschluß eine Abreibung verpassen wollte. Wilbur Barnes war alles andere als Duanes Kumpel, aber wenn Duane eines nicht leiden konnte, dann jemanden, der einen Schwächeren abbürsten wollte. Danach war Duane zu Wilbur gegangen, hatte ihm tief in die wäßrigen Augen hinter der zu großen Hornbrille geblickt und gesagt: »Er macht's nicht noch mal. Aber vielleicht seh ich nächstes Mal einfach zu.«

Mann, cool, so war Duane, klar einer der Besten, einer, bei dem man nie so recht wußte, woran man war, wenn man ihn nicht kannte. Davey und ich kannten ihn am besten von allen. Jetzt legte Davey seinen zerfledderten Spillane beiseite, sah ihn mit hochgezogenen Augenbrauen an und sagte: »Wo, zum Teufel, hast du gesteckt, Alter?«

»Scheiße, Mann, es ging nicht eher. Mußte noch den Rasen für meinen alten Herrn mähen. Aber dafür hab ich was auf dem Dachboden gefunden. Na, was haltet ihr davon?«

Es baumelte an einem Lederriemen um seinen Hals, ein Fernglas aus stumpf gewordenem Metall, dessen abgegriffenes Grau zwischen Duanes schlanken braunen Fingern irgendwie abgestorben wirkte. Ein begehrlicher Schimmer trat in Daveys Augen, als er nach dem Fernglas griff, das Duane ihm mit einem bereitwilligen Grinsen überließ. Er setzte es an seine Brille, was ihm für einen Moment das Aussehen eines erbosten Froschs verlieh, und spähte dann über den Rand der engen Plattform, die zusammen mit den drei zeitungspapierverkleideten Wänden und dem Dach aus Teerpapperesten unser Versteck – ich sollte erst Jahre später erfahren, daß unsere Eltern immer von dem Baumhaus gewußt hatten – bildete, hinaus über die leicht schwankenden Ähren von Potters Weizenfeld und in die langsam heraufziehende Abenddämmerung.

»Wow, zieht's euch rein, ich seh Flowers' Farm – die muß doch mindestens eine Meile entfernt sein.« Er hielt einen Moment inne, bevor er weitersprach. »Betty Sue Flowers ist gerade mit ihrem Köter unterwegs.«

Betty Sue saß in der Klasse zwei Reihen vor Davey und mir, ein dünnes Ding mit großen, erschreckten Augen und merkwürdig staksigen Bewegungen, was auf eine Knochenoperation an ihrem linken Bein zurückzuführen war. Nicht, daß wir ihr sonst große Beachtung geschenkt hätten. Aber der Gedanke, Betty Sue jetzt aus der Entfernung nahe zu sein, ohne daß sie etwas davon wußte, hatte den eigentümlichen, überwältigenden Reiz des Verbotenen. Ich knuffte Davey in die Seite und schnappte mir das Fernglas.

Ich sah Flowers' Scheune, den Mähdrescher, die Stallungen und die Staubstraße, und dann sah ich sie. Im Profil, während sie nach Steinen trat, der Hund, ein großer schwarzgrauer Mischlingsrüde mit geknickten Ohren, etwa zwanzig Meter vor ihr. Ihr Gesichtsausdruck spiegelte einen Gemütszustand zwischen Versonnenheit und Langeweile wider, und die tiefstehende Sonne überzog die Umgebung mit einer drückenden Schwärze.

In dem Moment knickte ihr linkes Bein weg. Sie verlor das Gleichgewicht und stürzte in den Staub. Sie stützte sich mit einer Hand auf und verharrte für einen Moment in dieser Position, und auf einmal war mir, als würde sie sich gleich umdrehen und direkt in meine Augen sehen, mit einem anderen Gesicht, verzerrten Zügen wie bei einer halbseitigen Lähmung, wie sie mein Großvater nach seinem zweiten Schlaganfall gehabt hatte, einem blutroten Mund mit aufgeworfenen, klaffenden Lippen und einem lidlos starrenden Blick. Vielleicht hatte das etwas mit dem vagen Gefühl zu tun, daß ich auf eine nicht näher bestimmbare Weise schuld an ihrem Sturz war. Aber dann, nach diesem Augenblick, der sich quälend ins Endlose verlängerte, rappelte sie sich auf, viel leichter, als man es ihr zugetraut hätte, klopfte sich den Staub von ihrem Kleid und ging langsam dem Hund entgegen, der den Weidezaun entlang auf sie zugetrottet kam.

»He, sieht nach Gewitter aus.« Duane deutete auf den Horizont, und ich gab ihm das Fernglas zurück. Wir kletterten zu unseren Rädern herunter, und Davey fragte Duane, was er machen würde, wenn seine Eltern tot wären, und Duane gab zurück, erst mal würde er Dads Bill-Monroe-Platten wegwerfen und dann wegziehen, nach Lubbock oder Dallas, Nashville klang auch nicht schlecht. Wir trennten uns an der Boyett Creek Road, und ich trat in die Pedale, um dem bevorstehenden Platzregen zu entkommen.

Weit vor mir färbte sich der Himmel kobaltblau, und es hätte mich kein bißchen überrascht, schemenhafte Reiter zu sehen, Männer mit prallen Satteltaschen und undurchdringlichen Blicken, auf geisterhaften Pferden mit flatternden Mähnen und schnaubenden

Nüstern, die im Zeitlupentempo die Hügel hinabstoben, geschmeidig rauhe Hände, die eingefettete Zügel hielten, Staubmäntel, die sich im Gegenwind bauschten, Sporen und Sattelbeschläge, die matt im aufgehenden Mondlicht blinkten, längst vergangen, aber doch für immer da. Und irgendwie sah ich sie auch.

Die Tage glichen sich. Mein Vater nahm seinen Urlaub immer erst im Oktober, und ich hatte das Glück, daß meine Mutter mit meiner kleinen Schwester beschäftigt war; LouAnne konnte wie am Spieß brüllen, wenn sie ihren Schnuller verloren hatte, was etwa alle sieben Minuten vorkam. Ich radelte die Larrabee Street hinunter, nahm die Abkürzung durch den Park und bog auf die Church Road ab. Der alte Canning, damals schon weit über achtzig, lud mit ein paar Lehrlingen Holz von einem verbeulten Pickup. Earl und Lyle – weit und breit als die Front Porch Boys bekannt – saßen mit Gitarre und Banjo gegenüber der Presbyterianerkirche auf ihrer Veranda und beobachteten das Geschehen mit amüsierter Langeweile, ohne dabei auch nur einen Finger zu rühren. Dewey Laine hievte ein paar Obstkisten in seinen Laden, und Danny McKees Mutter stand oben im ersten Stock im Fenster und schüttelte die Bettdecken aus. Danny war im Ferienlager, und ich winkte ihr im Vorüberfahren zu, bevor ich in die Height Road und die Auffahrt der Millers einbog. Davey war hinten im Garten, fütterte seine Stallhasen und sah noch reichlich müde aus der Wäsche, aber ein paar Minuten später starteten wir durch. Über den Kanal und in die Wälder.

Duane war bereits da, hielt irgend etwas im Auge und zischte leise, als könnte uns außer ihm sonst noch jemand hören. Auf seinen Wangen befanden sich zwei braune, waagerechte Striche, Dekorationen aus einem unbekannten Krieg. »Ich seh den alten Stanton. Na ja, sein Pickup. Schätze, der ist zu den Flowers' unterwegs.«

»Na und?« sagte Davey.

Kein Grund für Duane, das Fernglas auch nur für eine Sekunde abzusetzen. »Ich bin auf Posten, Dave«, sagte er mit betont ruhiger Stimme. »Man weiß nie, wer so alles auftaucht. Besser, wenn wir vorbereitet sind.«

Das war so einfach wie einleuchtend. Während die Schatten kürzer und kürzer wurden, wechselten wir uns ab, beobachteten die Gegend, ließen den Feldstecher über die Wipfel schweifen, ertappten Baumhörnchen, die alle paar Augenblicke innehielten und den Kopf reckten, behielten vorüberfahrende Wagen im Auge und teilten uns wortlos eine Zigarette. Die Farm der Gannetts. Das Windrad am Larrabee Creek. Das Sägewerk an der Straße nach Hillsboro. Betty Sues Vater mit zwei gesattelten Braunen. Die stillgelegten, löwenzahnüberwucherten Gleise hinter dem Friedhof. Der Bus nach Gainesville. Dann nahm Davey das Glas von den Augen und sah uns an.

»Das Haus an der Edgeware«, sagte er nur.

Wir wußten, was er meinte. Das Haus an der Edgeware Road war ein einstöckiges, schindelgedecktes Gebäude mit einer überdachten Veranda, an dem wir nur selten vorbeikamen, weil es am anderen Ortsende von College Station lag, eigentlich schon im Niemandsland zwischen Cokliss' Tankstelle und der Gannett-Farm. Vor den Fenstern befanden sich dunkelrote Vorhänge, und niemand von uns wußte, wer dort, hinter der mattgrün gestrichenen Eingangstür, von der die Farbe abblätterte, wohnte. Früher einmal hatte das Haus Lorraine Williams gehört, eine Zeit, von der das Schild über dem Eingang kündete, aber nie hatte einer von uns die Buchstaben *Lorraine's* erleuchtet gesehen.

Vor ein paar Monaten, als wir nach Gainesville zu Moms Schwester Allie – *Tante* Allie, aber ich konnte nie Tante sagen, weil sie dreizehn Jahre jünger als Mom und nicht verheiratet war – gefahren waren, hatte ich meinen Dad gefragt, ob das Haus leerstehen würde, doch er hatte nach einem Seitenblick auf Mom nur die Stirn gerunzelt und mit den Schultern gezuckt, als wüßte er das selbst nicht genau, aber mir war instinktiv klar gewesen, daß das nicht stimmte, weil ich Moms Tu-doch-bloß-nicht-so-Blick kannte, wenn sie sauer auf Dad war, doch wenn sie mehr wußte, hatte sie jedenfalls kein Sterbenswörtchen darüber verloren, sondern mit Dad darüber gestritten, warum er immer die Kurven so schneiden mußte. Dann war das Haus mit der grünen Tür hinter der nächsten Biegung verschwunden, während Dad am Senderknopf des Radios herumfummelte, bis er nach Äonen endlich eine Station gefunden hatte, und schließlich hatte sich auch Mom wieder beruhigt und ihre Hand wie gewöhnlich auf Dads Schulter gelegt.

»Weißt du, was mein Dad sagt?« Duane holte sein

Taschenmesser heraus und nagelte es zwischen uns auf den Boden. »Da gehen Männer hin, wenn sie's brauchen.«

»Wenn sie was brauchen?« Davey sah nicht so aus, als hätte er die Pointe verstanden.

»Hat er nicht gesagt.« Ich konnte Duane ansehen, daß er jetzt gern das As aus dem Ärmel geholt hätte, aber er machte nur eine wegwerfende Handbewegung. Als er seinen Blick auf Davey richtete, sah er entschlossener denn je aus. »Aber wir werden's herausfinden.«

Wir hatten unser Zielobjekt, und Duane legte sich eine imaginäre Bazooka über die Schulter und feuerte. Der Dschungelkrieg war eröffnet. Wir hielten abwechselnd Wache, ließen die grüne Tür nicht aus den Augen, den ganzen Nachmittag nicht, Stunde um Stunde, während Duane Heckenschützen aus den Bäumen holte, Davey Slalom durch das mit Bouncing Bettys gespickte Minenfeld lief und ich ein halbes Platoon Angreifer erledigte, die unsere Stellung stürmen wollten. Es passierte nichts. Das Haus mit der grünen Tür lag still da, als hätte es seit Jahrzehnten niemand betreten. Niemand kam, niemand ging, kein Vorhang bewegte sich, und nur ein halbes Dutzend Autos fuhr vorbei, bis Davey schließlich, wenn auch ziemlich lahm, verlauten ließ, daß er seine Hasen füttern müßte. Worauf Duane kurz die Hand hob und sagte: »Da wirst du was verpassen, Dave. Da ist nämlich gerade ein Buick vorgefahren.«

»He, laß sehen!« Davey wand ihm das Fernglas aus der Hand und hielt es sich vor die Brille. Vor

Überraschung und Erstaunen blieb ihm der Mund offenstehen. »Mann, das ist ja der Wagen von Brock Gannett.«

»Und es sieht nicht so aus, als wollte er tanken.« Duane war wieder obenauf, hatte das Spiel gewonnen. »Was macht er?«

»Setzt seinen Wagen in den Hof, hinter die Mauer.« Davey machte eine Pause. »Jetzt seh ich ihn wieder. Er geht gerade die Treppe hoch. Jetzt klopft er. Passiert aber nichts. Doch, jetzt. Die Tür geht auf. Ich kann aber niemanden sonst erkennen. He, jetzt ist er drin.« Er starrte weiter angestrengt durch die Okulare, ohne weiteres verlauten zu lassen. Dann reichte er das Fernglas an mich weiter.

Es war, als hätten sich die beiden eine Geschichte für mich ausgedacht, als hätten sie sich abgesprochen, um mir irgendeine geheime Lektion zu erteilen. Klar, daß ich Gannetts Buick nicht sehen konnte, wenn er hinter der Mauer stand. Das Haus mit der grünen Tür lag still da. Für einen Moment schien alles rundherum den Atem anzuhalten. Nichts bewegte sich hinter den Fenstern, nichts ließ darauf schließen, daß in der Zwischenzeit irgend etwas passiert war. Doch als ich in Daveys Gesicht blickte, wußte ich, daß sich etwas verändert hatte. Dort, vielleicht anderthalb Meilen entfernt. Hinter der grünen Tür.

Dieser Sommer hatte ein Geheimnis, und wir waren drauf und dran, es herauszufinden. Brock Gannett war der erste gewesen, und wir wollten wissen, was es mit seinem Besuch im Haus an der Edgeware Road auf sich hatte. Wir erzählten niemandem davon; ich wußte sowieso, daß ich von Dad keine Antwort bekommen würde. Aber wir stellten unsere eigenen Theorien auf. Es war eine Verschwörung, die dort vor sich ging, und wir konnten uns genau vorstellen, wie Brock Gannett - breitbeinig, vierschrötig, einsilbig - unten in der Halle verharrte, die in unserer Vorstellung größer war als das Haus selbst, seinen Hut wie in der Kirche vor sich in den Pranken hielt und zu jemandem hinaufstarrte, der oben auf der Galerie regungslos hinter einem Mahagonigeländer stand. Es war kalt in der Halle, eine Kälte, die beim Einatmen direkt ins Blut ging, und dann begann die Gestalt auf der Galerie zu sprechen, preßte trockene, keuchende Laute aus der Kehle hervor, Anweisungen, die von den kahlen Wänden widerhallten, während Gannett mit zusammengekniffenen Lippen lauschte und sich genau einprägte, was er zu tun hatte.

Aber das konnte nicht sein, denn Duane hatte Gannett zwei Tage später in Ike Dyers Laden gesehen, wo er sich mit Büchsenfleisch, filterlosen PallMalls und Dosenbier versorgte. Er hatte ausgesehen wie immer und Ike von seiner in Waco lebenden Schwester erzählt, die für zwei Wochen mit ihrer kleinen Tochter zu Besuch kommen würde; nicht das kleinste Anzeichen hatte darauf hingewiesen, daß ihn sein Abstecher hinter die grüne Tür in irgendeiner Weise verändert hatte. Verdammt noch eins, er hätte überhaupt nichts Verschwörerisches an sich gehabt, meinte Duane, unbeholfen hätte er gewirkt, klobig wie ein Mistgabelstiel, und niemand würde jemanden wie

Brock Gannett in ein Komplott mit einbeziehen, wo dieser nicht mal in der Lage sei, in etwas anderes als seinen Hemdsärmel zu rotzen.

»Oder vielleicht gerade deswegen«, meinte Davey.

Ich sagte gar nichts, sondern konzentrierte mich auf die grüne Tür. Wir hielten jetzt seit fast einer Woche die Stellung, und inzwischen war klar, daß Brock Gannett ganz und gar nicht allein war, egal, was hinter der grünen Tür vor sich ging. Russ Hill, der Bestattungsunternehmer, an dessen Geschäft Davey nicht mehr vorbeigehen wollte, seit seine Grandma gestorben war, gehörte mit dazu. Jim Guralnick, der seiner Frau mal ein blaues Auge geschlagen hatte, als sie ihn aus *Rick's Diner* holen wollte, aber trotzdem als Sheriff wiedergewählt worden war, war ebenfalls mit von der Partie. Harv Cokliss, der Pächter der Tankstelle, hatte es nicht weit, und Delbert Haines, der drüben in Gainesville als Nachtportier arbeitete, war offensichtlich schon am frühen Abend heillos betrunken gewesen. Das waren schon fünf, und wir wußten nicht, wer nach Einbruch der Dunkelheit kam.

»Vielleicht machen die so was wie 'nen Elternabend«, argwöhnte Davey. »Die sitzen zusammen und beraten, wer nächste Woche Hausarrest kriegt oder so.«

»Elternabend?« Duane konnte es nicht fassen. »Und weißt du auch, worüber die reden? Die reden über dich. Weil du *zurückgeblieben* bist!«

Wie auch immer, langsam kristallisierte sich ein bestimmtes Raster heraus. Es waren ausschließlich Männer, die hinter der grünen Tür verschwanden, und sie kamen alle allein. Keiner von ihnen blieb länger als drei Stunden, und sie kamen alle mit dem Wagen. Sie waren alle mittleren Alters, außer Del Haines allesamt lange verheiratet, und alle kamen sie nach der Arbeit, keiner jedenfalls vor dem frühen Abend, wenn die Schatten fahler wurden und ein leichter Wind über die Felder strich.

Es war ein Freitag, einer dieser drückenden Tage, an denen selbst Potters Schäferhund nicht mehr zum Bellen zu bewegen war, und wir hielten Ausschau, zogen Möglichkeiten in Betracht und verwarfen sie wieder. Klar, daß alles einfacher gewesen wäre, wenn es einer von uns geschafft hätte, einen Blick hinter die roten Vorhänge zu werfen, aber Davey war alles andere als ein Draufgänger, und Duane und ich waren von Harv Cokliss erwischt worden, als wir zwei Tage zuvor auf der Edgeware herumgelungert hatten, unschlüssig, was wir unternehmen sollten. Cokliss hatte uns von seinem Pickup aus gesehen und angehalten. Er war ein kantiger Kerl mit einer Zapfsäulenfigur und tonnenweise Dreck unter den Fingernägeln, und seine Miene war nur unwesentlich freundlicher als die eines beim Fressen gestörten Schwarzbären gewesen, als er uns mit seinem besten Kammerjägerblick festgenagelt hatte. »Verpißt euch«, hatte er mit einer kaum wahrnehmbaren Kopfbewegung in Richtung der grünen Tür gesagt. »Ich will euch hier nicht noch mal sehen, verstanden.«

Das war eine unmißverständliche Warnung, und Davey ging der Arsch auf Grundeis, als wir ihm von unserer Begegnung mit Cokliss erzählten. »Die wissen bestimmt alles«, sagte er. »Auch, daß wir sie beobachten.«

»Na klar, und in einer Viertelstunde kommen sie und holen uns.« Duane hatte eigentlich nicht vor, Davey Angst einzujagen, aber der Blick hinter den dicken Gläsern sprach Bände. »Mann, Dave, mach dir nicht ins Hemd«, fuhr Duane fort. »Wir haben die Sache im Griff. Wir sind nah dran. Außerdem kriegen die dich auch, wenn du den Rest des Sommers in deinem Zimmer verbringst.«

»Na ja ...« Davey schien sich da nicht so sicher.

»Eins können wir doch schon mal festhalten.« Duane kniff leicht die Augen zusammen, während er auf das Fernglas deutete, als sei es eine Art Gedankenstütze. »Cokliss wohnt am nächsten dran, und er paßt auf, daß ihnen keiner in die Quere kommt. Und wißt ihr, was ich langsam glaube? Egal, was es ist, sie hängen alle mit drin. Alle Männer des Ortes. Weil es etwas ist, was nur mit Männern zu tun hat. Frauen haben dort keinen Zutritt.«

»Kann nicht sein«, sagte Davey im Brustton der Überzeugung. »Dad geht abends nie weg. Er kommt nach Hause, zieht sich um, schaut sich Mr. Ed an, und dann macht Mom Abendessen, und ...«

»Möglich, Dave, aber dann ist er vielleicht der einzige«, sagte Duane. »Trotzdem, sie sind alle dabei, und der Sheriff deckt sie, weil er selbst dazugehört.«

»Aber was haben sie vor?« sagte ich.

»Ich weiß es nicht«, sagte Duane, »nicht genau jedenfalls. Sie gehen dahin, wenn sie es brauchen. Und das *wenn*, das ist es, worauf es ankommt. Daveys Mom braucht es nicht, deine nicht, und meine auch nicht. Und von uns braucht es auch keiner. Es muß mit ihrem Alter zusammenhängen. Du wirst anders, wenn du älter wirst. Verdammt, ihr kennt das doch auch, Dads Bruder oder sonst wer kommt zu Besuch, und als erstes heißt es, Junge, hast du dich verändert, bist ja kaum wiederzuerkennen, Mann. Und es stimmt, die Zeit hat sie verändert. Sie sehen anders aus, sie bewegen sich anders, sie reden anders. Aber hast du je bemerkt, daß sich hier jemals etwas ändert? Mom, Dad, die Häuser, die Straßen, alles ist genauso wie voriges Jahr auch. Sie holen sich, was sie brauchen, damit alles so bleibt, wie es ist.«

»Moment mal«, sagte Davey, »das ist doch bloß so, weil wir sie jeden Tag sehen.«

Ich griff nach dem Fernglas, ließ meinen Blick über die Felder schweifen. Potters Scheune. Das Windrad am Larrabee Creek drehte sich langsam und unregelmäßig, als würde eine unsichtbare Hand damit spielen. Drüben bei den Flowers' verluden Harry Flowers und Dewey Laine Kälber auf einen Laster. Ich sah ihre aufgerissenen Mäuler, hörte ihre stummen Klagerufe. Das Gatter zu Gannetts Farm. Ein Wagen, der über die Hillsboro Road kam und eine graugelbe Staubspur hinter sich aufwirbelte.

»Das sagst du!« hörte ich Duane. »Scheiße auch, sie bleiben immer gleich. Genau deshalb schaut sich dein Alter auch jeden Abend Mr. Ed an. Das ist es, was er braucht. Sein gottverdammtes sprechendes Pferd, bis in alle Ewigkeit.«

»He«, protestierte Davey zaghaft, »ist doch nichts dabei, wenn Dad auf Mr. Ed steht. Ich ...«

Der Wagen bog von der Hillsboro Road auf die Edgeware ab. Ich folgte ihm, während ich bereits zu wissen glaubte, wohin er wollte. Es war ein mattgrün lackierter Mercury, Baujahr '56 oder '57, wenn ich mich nicht täuschte. Die Windschutzscheibe reflektierte die nur noch schwach einfallenden, verbleichenden Sonnenstrahlen.

»Scheiß drauf«, sagte Duane. »Ich sag dir eins, auch wenn du's nicht kapierst, Dave. Ich weiß nicht, ob es etwas mit dem verdammten Haus zu tun hat, aber eines ist mir jetzt ganz klar. Ab einem bestimmten Alter bleiben sie, wie sie waren. Sie werden immer nur älter, aber sie verändern sich nicht mehr.«

Der Wagen hielt neben dem Haus. Die Beifahrertür öffnete sich, und ein Mann in einem anthrazitgrauen Anzug stieg aus. Seine Hosenbeine hatten messerscharfe Bügelfalten, und seine Haare waren sorgfältig gescheitelt, das war selbst aus dieser Entfernung zu erkennen. Er polierte seine Schuhe an der Hinterseite seiner Hosenbeine und warf die Beifahrertür zu. Es war Duanes Dad. Auf der anderen Seite stieg ein Mann aus, den ich noch nie gesehen hatte. Vielleicht ist es jemand aus Gainesville, dachte ich. Er trug einen Fedora und ein weißes Hemd unter seiner offenen Anzugjacke. Während er ein paar Worte an Duanes Dad richtete, warf er einen Blick über das Wagendach. Seine Augen schweiften nur scheinbar ziellos über die Landschaft, weil ich wußte, wo er hinsehen würde. Der Fremde starrte mir direkt in die

Pupillen, und ich konnte meinen Blick nicht mehr abwenden, so sehr ich es auch wollte; er lähmte meinen Willen, indem er mich zwang, mich über Hunderte von Metern in seiner Iris zu spiegeln, während Duanes Worte in meinen Ohren widerhallten und sich mit den Silben vermischten, die der Unbekannte mit seinen blassen Lippen formte. *Da gehen Männer hin, wenn sie es brauchen,* toste es in mir, ein Brausen dunkler Worte, das in meinen Ohren rauschte. *Und irgendwann brauchst du es auch.*

»Du hast heute wohl überhaupt nichts zu sagen, Trench!« hörte ich Duane hinter mir. »Was gibt's denn da so Wichtiges zu sehen?«

»Nichts«, murmelte ich, aber da war er auch schon bei mir und griff nach dem Fernglas. Er zog an dem Halteriemen um meinen Hals, wollte ihn mir über den Kopf ziehen, während ich ihn halbherzig abwehrte und zur Seite zu schieben versuchte. Ich wußte, daß er, egal, was passieren würde, nicht durch das Fernglas sehen durfte, nicht um alles in der Welt, und ich war derjenige, der das verhindern mußte. Duane war mein bester Freund, neben Davey der einzige, den ich hatte, und ich zerrte an dem Riemen, bis das brüchige Leder riß und ich das Fernglas wieder in den Händen hielt. Duane und ich standen uns gegenüber, umgeben von Teerpappe und Bäumen, und unmittelbar unter uns gähnte der Canyon mit den Krokodilen.

»Gib's her«, sagte Duane und fixierte mich mit wildem Blick. »Du weißt, du hast immer noch eine Chance.«

Das mußte er aus irgendeinem Sonntagnachmittagswestern haben. »Vergiß es«, sagte ich. »Kapierst du's denn nicht, Duane. Das Spiel ist vorbei. Der Saft ist raus.«

Ich hatte mich schon entschieden. Ich holte weit aus und warf den Feldstecher in hohem Bogen in das wuchernde Astwerk zu meiner Linken. Irgend etwas splitterte, gefolgt von einem dumpfen Poltern, als das Fernglas auf den Boden auftraf.

Duane mußte nichts sagen. In seinen Augen stand all das, was er nicht über die Lippen brachte, um vieles deutlicher, als man es mit Worten sagen konnte. Ich bin fertig mit dir, hieß der Satz. Für immer.

Am Ende wird man von seinem eigenen Leben oder dem Gesetz eingeholt, sagt man. Und nach mehr als zwanzig Jahren bin ich wieder hier, in College Station, Texas. Gehe die Church Road hinunter und wünsche mir, es wäre Memphis gewesen. Oder irgendeine andere Stadt.

Duanes Vater war der einzige, der nicht zurückkam. Er blieb hinter der grünen Tür, und nur einer wußte, wo er geblieben war. Aber niemand hat Johnny Trench je gefragt, und überhaupt, was hätte das schon für einen Sinn gemacht. Was blieb, war Schweigen. Billy Potter meinte, Duanes Dad in Austin gesehen zu haben, aber ganz sicher konnte er sich schon damals nicht sein, nach all den Jahren. Duanes Mutter glaubte schließlich, daß er mit einer anderen Frau in einen anderen Staat gezogen wäre.

Duane ist Anwalt geworden. Ich bin gerade an seinem Büro vorbeigegangen. Davey Miller war der einzige von uns, der wirklich in den Krieg zog. Er war MP und ist in Saigon von einem rauschgiftsüchtigen Marine erstochen worden. Brock Gannett ist Großvater geworden. Earl und Lyle haben es tatsächlich nach Nashville geschafft. Und Betty Sue wurde das schönste Mädchen von College Station. Sie ist weggezogen, als sie achtzehn war.

Das Haus mit der grünen Tür gibt es immer noch. Nach mehr als zwanzig Jahren habe ich es endlich betreten. Es heißt heute »Wilbur's Paradise Bar & Grill«. Es gibt Miller's vom Faß, Patsy Cline aus den Boxen, eine Menge Gerede und einen Haufen Leute, die Clinton ihre Stimme gegeben haben und das jetzt bereuen. Beim Hinausgehen fiel mir dieses Schild über dem Türbogen auf. Du kommst wieder, Freund. Das muß niemand beschwören. Wir kommen alle zurück. Schließlich wollen wir wissen, was hinter den grünen Türen liegt.

EIN OZELOT IM WINTER

In Rory Walshs Garage lief das Radio, als ich hereinkam. Rory stand hinter dem Counter und war in ein Kreuzworträtsel vertieft. Ich räusperte mich und ging zu ihm hinüber.

»Du schon wieder«, sagte Rory und rieb sich das unrasierte Kinn. Immerhin schien er sich daran zu erinnern, daß ich tags zuvor wegen einer Auspuffhalterung dagewesen war. »Fällt dir 'n schottischer Fluß ein? Drei Buchstaben? Bist doch 'n aufgeweckter Junge.«

»Dee«, sagte ich, auch wenn es mir nicht in den Kram paßte, wie er mich von der Seite anredete. »Der Fluß heißt Dee.«

»Klar doch«, sagte Rory. »Scheiße, bei der Bullenhitze vergeht einem echt das Denken.«

»Ich brauche 'nen O-Ring für Dans Rover«, sagte ich. »Für das Ölfiltergehäuse.«

»Für was'n sonst?« Rory entblößte eine Reihe nikotinfleckiger Zähne, griff unter den Tresen und warf mir ein graues Päckchen zu. Er tippte auf die vor ihm liegende Zeitung. »Hier steht's drin, mein kleiner Freund. Lennon is'n verdammter warmer Bruder.«

»Das bezweifle ich.« Nein, das war um einiges zu lahm. »Kein bißchen schwuler als George Best, wenn Sie mich fragen.«

»Ich frag dich aber nicht, Junge.« Er tippte abermals auf die Zeitung. »Hat ein Liedchen geträllert. Für die Schwuchtel, die's vor ein paar Tagen erwischt hat. Für diesen stockschwulen Schreiber, dem sein Herzchen den Scheitel gezogen hat.«

Die Nachrichten waren dieser Tage voll davon.

Während sein letztes Stück, »Loot«, in London vor ausverkauften Häusern lief, war Joe Orton tot in seiner Wohnung aufgefunden worden – erschlagen von seinem Liebhaber, einem gewissen Kenneth Halliwell, der anschließend Selbstmord begangen hatte. Jetzt bestand keine Chance mehr, daß Joe doch noch den nächsten Beatles-Film schreiben würde, wie sie es eigentlich geplant hatten. Und John Lennon hatte ein letztes Lied an seinem Grab gesungen. *A Day in the Life*.

»He«, sagte eine Stimme vom Garageneingang her. »Haben Männer eigentlich keine anderen Probleme?«

»Hallo, Juliet«, sagte Rory Walsh und lächelte, während er mir zwischen zusammengepreßten Zähnen zuzischte: »Und jetzt verpiß dich.«

Das roch verteufelt nach Niederlage, und ich warf ihm noch meinen abschätzigsten Blick zu, bevor ich auf die im prallen Sonnenlicht liegende Straße trat. Schräg gegenüber, auf dem Schrottplatz, war sogar Slaughters Dogge zu träge, um auch nur einen Knurrlaut herauszubringen. Es war bereits nach sechs, und ich hatte frei für heute. Ich setzte mich auf den Bordstein und überlegte mir die passende Antwort auf Walshs Geschwafel. *Schon mal gehört, daß 92 % aller Automechaniker schwul sind? Weil's mit Öl an den Griffeln besser flutscht!* Na ja, dafür war's jetzt sowieso zu spät.

Leck mich doch.

»Mach dir nichts draus«, hörte ich jemanden hinter mir. Ich drehte mich um, blinzelte ins Gegenlicht und erkannte das Mädchen aus der Garage. Sie trug hochhackige weiße Sandaletten, und ihre nackten Beine endeten knapp oberhalb der Knie in einem zinnoberroten, enganliegenden Rock. »John Lennon ist schon in Ordnung.«

»Nach der Revolution ist Walsh seine Garage sowieso los«, sagte ich. »Er weiß es bloß noch nicht.«

Ihr Lachen klang nach D-Dur, nach dem ersten Akkord von »I Feel Fine«. »Soll ich dich irgendwohin mitnehmen?« Sie deutete auf einen dunkelblauen Käfer, was irgendwie zur Situation zu passen schien. Ich war mit dem Rad da, aber das konnte ich später immer noch abholen.

Sie mochte die Beatles, aber eigentlich stand sie mehr auf die Stones, vor allem auf Brian Jones. Herman's Hermits und die Monkees konnte man vergessen, da waren wir uns einig, und Sandie Shaw würde in achtundvierzig Stunden sowieso Geschichte sein. Die Who waren Proleten, und die Small Faces wären besser auf dem nächsten Bolzplatz aufgehoben. Ob ich schon von den Doors gehört hätte? Und aus dem Blaupunkt-Autoradio dröhnte die Wettervorhersage: »Auch in den nächsten Tagen wird sich nichts ändern. Es ist heiß, bleibt heiß, und auch morgen wird das Thermometer wieder über die Dreißig-Grad-Grenze klettern.« Ich schüttelte den Kopf. Das war doch pure Ideologie. Wahrscheinlich würde sich die Welt noch ziemlich wundern, wenn sie sich morgen früh die Augen rieb.

Und dann schlug sie auf einmal vor, Fishguard im Rückspiegel zu lassen, raus nach St. Davids zu fahren, und ich zuckte bloß mit den Schultern, rückte meine

Sonnenbrille zurecht, lehnte den linken Arm aus dem Seitenfenster, ließ den Sommer in meinem Hemd flattern und sah zu ihr hinüber, während die Brise ihr aschblondes Haar zerwühlte und sie mit der Rechten den Außenspiegel nachstellte.

Sie hatte ihr ganzes Leben in Fishguard verbracht und arbeitete jetzt als Verkäuferin in einem Kosmetikladen, aber das erfuhr ich erst später, als wir draußen am fast leeren Strand von St. Davids saßen. Ich bat sie um eine Zigarette, und sie reichte mir die, an der sie gerade gezogen hatte. Sie rauchte Sobranies, und es war dunkelroter Lippenstift am Filter. Es fühlte sich einfach verwegen an.

»Ich komme gern hier raus«, sagte sie. »Das Meer, weißt du. Es fließt mit den Gezeiten, manchmal braust es auf, und von Zeit zu Zeit kann man einen Tümmler sehen.« Sie wies auf die gegenüberliegende Insel, nicht mal eine Meile von uns entfernt, die sich wie ein schwarzer, unbehauener Block gegen die untergehende Sonne abhob. »Warst du mal auf Ramsay Island?«

Ich schüttelte den Kopf. Ich kam aus Bristol und hatte nie von dieser Insel gehört. Ich war seit fast zwei Wochen in Fishguard und half meinem Onkel Dan in seinem Laden; eine Strafaktion, die auf das Konto meines Vaters ging, nachdem ich die letzte Klasse mit Pauken und Trompeten versemmelt hatte. Ich sollte wieder *zu mir kommen*, so hatte er es formuliert. Aber wahrscheinlich würde ich eh zur Army gehen. Elvis war schließlich auch dagewesen, und dort brauchte man wenigstens keine Gemüsekisten zu schleppen.

»Da drüben gibt's achtzigtausend Hasen«, fuhr sie fort. »Robben und Hirsche, und weit und breit kein Mensch. In den Felsen nisten Lummen und Scherenschnäbel, Papageientaucher und Möwen.« Sie streckte sich im immer noch warmen Sand aus, schirmte die Augen mit der Linken ab und deutete mit der rechten Hand in die Luft. »Ich glaube, das sind Eisvögel da drüben.«

Ich hätte nie im Leben einen Eisvogel von einer Sumpfschnepfe unterscheiden können, schon gar nicht auf die Entfernung, aber dann fiel mir auf einmal etwas ein.

Ich sah sie an. »Kennst du die Geschichte vom Eisvogel?«

Sie sah mich aus dem Augenwinkel an. »Was ist das für eine Geschichte?«

»Sie fliegen zusammen«, sagte ich. »Das Männchen und das Weibchen. Eine Menge anderer Vögel machen das auch, und eigentlich habe ich mich immer gefragt, was passiert, wenn sie über dem Ozean sind und einer von beiden plötzlich nicht mehr weiterkann. So wie beim Marathonlauf, nur daß du nicht plötzlich anhalten und dir 'ne Flasche Ginger Ale kaufen kannst. Und mal eben ein Nickerchen im Wasser unter dir zu machen, ist auch nicht drin, weil da eben 'ne ganze Menge hungriger Fische mit ziemlich scharfen Zähnen sind, und das weißt du auch, wenn du ein Vogel bist.«

»Ja«, sagte sie. »Ziemlich anstrengend, immer weiter zu fliegen. Und haben die beiden eine Idee?«

»Das Weibchen«, sagte ich. »Es weiß, daß das Männchen keinen Motor hat, der seinen Propeller immer weiterdreht. Und es ist ein bißchen ausdauernder. Also sieht es hinüber, läßt sich ein kleines bißchen abfallen, bis es zwei, drei Meter unter dem Männchen ist, dann macht es den Rücken etwas breiter, streckt die Flügel, und dann schwebt das Männchen herab wie in ein Nest aus Federn und schläft ein.«

»Das hast du erfunden«, sagte sie.

»Bei meinem Leben«, sagte ich. »Ich hab's irgendwo gelesen.«

»Vielleicht ist es sogar die Wahrheit«, sagte sie. Dann lachte sie. »Wenn ich den neuesten Eyeliner von Margaret Factor verkaufe, weiß ich wenigstens, wie meine Kundinnen heißen.«

Oh, Mann. Würde man alles im Leben addieren, was man vergißt, käme am Ende wahrscheinlich Maggie Thatchers Autobiographie heraus.

»Ich heiße Colville«, sagte ich. »Das ist altfranzösisch und bedeutet soviel wie ›kleine Stadt‹.« Dieser Name war exakt der Grund dafür, warum ich nie in einer Band wie den Beatles spielen würde. Colville Younger, das klang einfach nicht nach »Penny Lane«; ich hörte nur das Echo der Westbury Road in Bristol, wo mein Cousin Alan vor Jahren verhaftet worden war, weil er nach einer ausgedehnten Kneipentour an einen geparkten Jaguar gepißt hatte. Ich sparte es mir, ihr zu erzählen, daß mein Vater immer Witze über meinen Geburtstag am 23. Dezember machte. Einen Tag später, pflegte er zu sagen, und er hätte mich »Christmas« genannt.

»Colville«, wiederholte sie langsam, als müßte sie

die Silben erst schmecken. »Das klingt alt genug, um Geschichten zu erzählen.«

Juliet war vier Jahre älter als ich, einundzwanzig, und am Freitag trafen wir uns vor dem Roxy, nachdem ich Onkel Dan ohne viel Mühe überredet hatte, mir schon mittags freizugeben. Es lief »Wie ein Schrei im Wind«, und als ich mich vom Aushang wegdrehte und sie sah, erinnerte sie mich für einen Moment an Rita Tushingham. Sie hielt die abgetretenen Sandaletten in der Hand und strich sich ein paar Haarsträhnen aus der Stirn. Sie trug erdbeerrote Plastikkreolen, und ihr Lächeln hatte etwas Schmerzhaftes, als wären ihre leicht geöffneten Lippen eine Wunde, die ihre Seele bloßlegte, aber in ihrem blaßblauen Blick lauerte die pure Mutwilligkeit. Ich schloß die Augen und öffnete sie wieder. Es war, als sähe ich sie zum ersten Mal.

Ramsay Island lag im gleißenden Sonnenlicht. Juliet trug einen blau gepunkteten Bikini, dessen Träger an den Schultern von kleinen Messingringen zusammengehalten wurden, und lag neben mir auf dem Bauch, während ich meine Blicke über die anderen Leute schweifen ließ und ein Transistorradio verzerrte Fetzen von »Leave me be« von den Zombies zu uns herüberwehte. Ich ließ mich gerade über meine achtjährige Schwester Pamela aus und darüber, daß bei Onkel Dan ununterbrochen der Fernseher lief, wenn er zu Hause war, als sie sich umdrehte, den Kopf in die Hand stützte und zu mir aufsah.

»Ist dir schon mal aufgefallen, daß sich die Leute gar nicht bemerken?« sagte sie.

»Was meinst du?« fragte ich.

»Na ja, wenn Twiggy jetzt vorbeikäme, würden sie's schon merken«, sagte sie und zeigte auf einen mittelgroßen, hageren Typen, der sich anscheinend entschlossen hatte, eine Runde schwimmen zu gehen. Sie nickte zu einer anderen Stelle hinüber. »Da vorn ist sein Platz. Dort, wo das beige Badetuch liegt.« Sie sog die Wangen zwischen die Zähne. »Jede Wette, daß du seine Klamotten nehmen und abhauen könntest, ohne daß irgendwer was merkt.«

Ich sah ihm nach, wie er in die seichte Dünung schritt und weiter ins Wasser watete. »Ist wie bei den Robben«, sagte ich. »Die können sich bestimmt auch nicht unterscheiden.«

»Aber wir wissen es«, sagte sie. »Das macht den Unterschied.«

Der Hagere war jetzt weit draußen, sein Kopf bloß noch ein Punkt im Blau. Ich sah die Sommersprossen auf ihrem Dekolleté. Sie berührte meinen Oberarm und zeichnete mit einem lackierten Fingernagel eine unsichtbare Schlangenlinie nach, die sich wie ein Fragezeichen in meine warme Haut brannte. Ich fühlte mein Zwerchfell flattern, und ich weiß nicht, welcher Teufel mich ritt, als ich grinste und sagte: »Gib mir 'ne halbe Stunde.«

Wahrscheinlich war er sowieso einer von den Idioten, die ihr Jukebox-Kleingeld für Engelberts »Release Me« verfütterten. Wegen ihm hatte es »Strawberry Fields Forever« nur auf Platz 2 geschafft. Er hatte es nicht besser verdient.

Ich schlenderte durch den Sand Richtung Ufer,

behielt den Frevler im Auge, schlug langsam einen Bogen nach rechts und näherte mich dem beigen Badetuch. Ich spürte mein Herz, aber seltsamerweise an meinem Handgelenk, als wäre es plötzlich mit meiner Armbanduhr verschmolzen.

Die Zeit blieb stehen.

Ich versuchte, in meinen Augenwinkeln Bewegungen auszumachen, einen erstaunten Seitenblick, ein abruptes Kopfwenden, ein argwöhnisches Herumfahren. Er hatte seine Sachen in einer fliederfarbenen Falttasche verstaut, und ich wartete auf eine Stentorstimme, die mein Trommelfell zerriß, auf den Schraubstockgriff einer schweren Schwielenhand, die mich meinem gerechten Schicksal zuführte. Nichts. Der heilige John Lennon hielt seine Hand über mich, als ich dem Asphaltweg am oberen Ende des Strandes zustrebte.

Kein Mensch war zu sehen, als ich mich in die Dünen verdrückte. Die Melodie von »I'm Looking Through You« rauschte in meinen Ohren, als ich seine Tasche durchwühlte. Eine Haarbürste, ein allem Anschein nach ungelesenes Alistair-McLean-Paperback und ein Brillenetui. Das Portemonnaie hatte er in seine Jeans eingerollt.

Als ich das Geld zum zweiten Mal nachgezählt hatte, konnte ich es immer noch nicht glauben. Dreiundvierzig Pfund. Ich warf noch einen Blick auf das Paßfoto einer lachenden Frau mit leichtem Überbiß, bevor ich es zusammen mit seiner Börse und den übriggebliebenen Schillingen den über mir kreischenden Möwen überließ.

Der blaue Schatten, der über Juliet fiel, war ich. Ich zog sie hoch, und wir liefen zum Ufer, wo ich in die Hocke ging, sie auf die Schultern nahm und mit ihr loslief, bis mich die erste hüfthohe Welle aus dem Gleichgewicht brachte und wir kopfüber ins Wasser stürzten. Wir schwammen weit hinaus und sahen zur Insel hinüber, deren grüne Hänge verlassen in der Nachmittagssonne lagen, ließen uns von den bedächtig heranrollenden Wogen tragen und tauchten untereinander durch, bis wir völlig außer Atem waren.

Dreiundvierzig Pfund. Ich blätterte mit dem Daumen über die Scheine, als hätte ich ein Kartenspiel in der Hand. Wir holten uns Eis, und Juliet kaufte Sobranies und vier Packungen mit je zehn weißen Kerzen, ohne mir zu sagen, wofür sie die brauchte, und einen Lippenstift, von dem sie meinte, daß er unglaublich teuer sei, aber ich hatte sowieso keine Ahnung, was sie sonst kosteten. Als wir zwischen Stiefmütterchen und Klatschmohn auf dem kleinen Platz gegenüber dem von Ginsterhecken eingerahmten Old Cross Hotel saßen, erzählte Juliet, daß der Hagere nichts als bedauernde Blicke und hochgezogene Augenbrauen geerntet hatte, bevor er unverrichteter Dinge abgezogen war. »Du hättest genausogut unsichtbar sein können«, sagte sie.

Der goldene Schaft des Lippenstifts reflektierte das schwächer einfallende Licht des Himmels, während sie die Konturen ihres Mundes nachzog. Ich sah, wie ihre Zunge gegen die oberen Schneidezähne tippte, als der Stift über die blaßroten Bögen ihrer Lippen glitt.

Das Sirren von Grillen durchdrang die Luft, als sie vorschlug, nach St. David's Head zu fahren.

Fünfzig Meter unter uns lag die Bucht im Halbdunkel; weit entfernt war das gelbe Positionslicht eines Kutters zu sehen. Es war der einsamste Ort der Welt, und Juliet nahm eine Kerze aus der ersten Packung, zündete sie an und ließ Wachs auf den Kotflügel des Käfers tropfen. Sie drückte das Ende der Kerze in das heiße Wachs und hielt den nächsten Docht in die sacht flackernde Flamme. Sie reichte mir eine Kerze herüber, und ich hielt sie über das Licht in ihrer ausgestreckten Hand, bevor ich sie mitten auf der Motorhaube plazierte. Wir verbrauchten zwei Packungen, und als wir fertig waren, standen wir wie vor einem Schrein in einer Traumkathedrale, während ein leiser Hauch von der See, nicht viel mehr als der weit entfernte Schwingenschlag eines Papageientauchers, das Lichtermeer sanft ins Schaukeln brachte, wie Bojen bei Nacht in einem unbekannten Hafen.

»Wenn das hier jemand sieht, denkt er, wir sind verrückt.«

»Sind wir doch«, flüsterte sie und legte einen Finger an die Lippen, nicht so, als wollte sie, daß ich schwieg, sondern mehr, als würde sie sich vergewissern, wie sich die Haut dort anfühlte. Ziemlich weich, dachte ich. Ich ließ mich ins Gras sinken und sah die Kerzen über mir flackern, als sie plötzlich über mir war, den Kopf in den Nacken warf und einen Regen aus Pfundnoten auf mich niedergehen ließ. Die Scheine von meinem Fischzug flatterten durch die letzten Sekunden der Dämmerung, und ich spürte den Druck ihrer Schenkel, ihren verrutschten Rock, ihre Finger an meinen Schultern, ihr Haar an meinem Gesicht, und meine Hand glitt über ihr Schlüsselbein, ertastete den Halsansatz und verharrte dort, als sie ihr Kinn mit einem unterdrückten Seufzen in meiner Handfläche vergrub.

Und dann blieb die Zeit zum zweiten Mal an diesem Tag stehen.

Es war wie für immer, als ihre rauhe Zunge erst zögernd über meine Wange und dann in mich glitt. Ich hielt sie fest, zwischen all unseren verstreuten Sachen und der im Gras liegenden Beute, hunderttausend Pfund in kleinen Scheinen, sie suchten mich, während ich bei meinem Mädchen war, und beim nächsten Wimpernschlag war ich in ihr, ihre Kreolen strichen über meine Brust, und ihr Atem vermischte sich mit der Ewigkeiten von uns entfernten Brandung, die wie Murmeln auf endlosem weißen Marmor heranrollte.

Ein paar Kerzen waren verloschen, als wir am Rand der Klippe standen und sie sich zu mir umdrehte. »Wenn wir genug Geld haben, fahren wir auf die Insel und kommen nie mehr zurück.«

»Sie werden es bereuen, daß sie uns je in dieses Land gelassen haben«, sagte ich und setzte die finsterste Miene auf, die seit Oliver Reed erfunden worden war.

Ihr Lachen segelte durch die Nacht. »Du bist ein Spinner, Colville.«

Viel später erzählte ich ihr die Geschichte von der schwangeren Bärin. Ich erinnerte mich nicht mehr, wo ich sie aufgeschnappt hatte, aber es muß wohl so etwas wie *Im Reich der wilden Tiere* gewesen sein.

»Also, der Braunbär hat die Bärin getroffen, irgendwo mitten in den Wäldern von Kanada oder Alaska. Sie gestattet ihm, an ihr zu riechen, und das bringt ihn völlig aus der Fassung. Er tänzelt um sie herum, macht ihr Geschenke, zeigt ihr seine Muskeln. Es ist Sommer, und vielleicht sträubt sie sich ein bißchen, weil er der erste ausgewachsene Bär ist, den sie kennengelernt hat. Aber dann unterhält sie sich mit ihm, und sie findet, daß er im Grunde ganz in Ordnung ist.«

»Eigentlich wie im wirklichen Leben«, sagte Juliet.

»Und eines Nachmittags, vielleicht zwei oder drei Tage später, sind der Bär und die Bärin auf einer Lichtung, mitten im Wald, abgeschirmt von riesigen, jahrhundertealten Eichen. Er ist ein ziemlich stattlicher Bär, und vielleicht hat er ihr erzählt, daß er auf einer der angesehensten Bärenschulen war, was weiß ich ... jedenfalls entscheidet sie, daß genau dieser Bär der Vater ihrer Kinder sein soll. Und so kommt es, daß sie es akzeptiert, als er ihr eine vertrauliche Pranke auf die Schulter legt. Erst eine, und dann auch noch die zweite.«

»Nach Liebe auf den ersten Blick hört sich das aber nicht gerade an«, sagte sie.

»So sind Bärinnen«, fuhr ich fort. »Ziemlich wählerisch. Sie machen also Liebe, und es ist wunderschön für die Bärin. Aber der Bär kann einfach nicht genug bekommen von ihr. Sie ist die attraktivste Bärin, die er je getroffen hat, und er kann einfach nicht von ihr ablassen. All seine Gedanken kreisen nur noch um sie, und er wispert ihr zärtliche Worte ins Ohr, während sie - es sind inzwischen ein paar Tage vergangen - wieder Liebe machen. Es sind die edelsten Motive, die ihn dazu treiben, aber die Bärin glaubt ihm nicht. Sie ist mißtrauisch. Und als er abermals an ihr schnuppert, beißt sie ihn. Nicht zärtlich, sondern richtig fest, so, daß es ihm richtig weh tut. Er ist bis ins innerste Mark verstört, und als er ihr in die Augen sieht, weiß er, daß es zwischen ihnen vorbei ist.«

Das Flackern der Lichter glitt über ihren Körper. »Kämpft er denn nicht um sie?«

»Er würde«, sagte ich. »Aber er spürt, daß es keinen Zweck hat. Er zieht in die große Einsamkeit, und die Bärin bleibt zurück auf der Lichtung. Sie fühlt, daß sich etwas verändert hat, aber sie weiß nicht genau, was. Der Sommer geht zu Ende, die Nächte werden kälter, Laub fällt von den Bäumen, und ihre innere Uhr sagt der Bärin, daß es Zeit ist, sich eine Höhle zum Überwintern zu suchen. Draußen pfeift der Oktoberwind, sie denkt vielleicht noch das eine oder andere Mal an den Bären, doch als der erste Schnee fällt, schläft sie ein. Sie schläft lange, vier oder fünf Monate, bis zum Frühjahr, und während sie träumt, wachsen in ihr die Kinder des Bären heran. Vielleicht stöhnt sie einmal leise im Schlaf, als die kleinen Bären aus ihr herauskommen, aber mehr merkt sie nicht. Die jungen Bären kuscheln sich eng an sie, wecken sie aber nicht auf, und als sie viele, viele Tage später erwacht und sich die Augen reibt, sieht sie, daß sie drei Kinder bekommen hat. Draußen beginnt der Frühling, und der neugierigste von den dreien stupst sie sanft an und sagt ihr, daß sie ihnen die Welt zeigen soll.«

»Die drei Bären«, sagte Juliet. »Gibt sie ihnen Namen?«

»John und Paul«, sagte ich, aber beim dritten Namen fiel mir ein, daß es unmöglich nur männliche Bärennachkommen sein konnten. Ich schnippte mit den Fingern, dann hatte ich es. »Und Michelle.«

»Vielleicht wird für sie alles ganz anders«, sagte sie. »Für Michelle, meine ich.«

»Keine Ahnung«, sagte ich. »Es ist einfach nur eine Bärengeschichte.«

»Nein.« Sie schüttelte den Kopf. »Ich glaube, sie ist wahr.«

»Juliet«, sagte ich. Sonst nichts. In meinem Kopf hörte ich die Melodie von »Got To Get You Into My Life«, die sich wie in einer Endlosschleife wiederholte. Ich schaffte es einfach nicht, meinen eigenen Text zu finden, obwohl ich genau wußte, wie er lautete. Ich streckte meine Hand aus, und ihre Finger krampften sich in meine, als hingen wir zusammen am Abgrund. Sie zog mich fest an sich, und ihre Worte strebten wie Nachtfalter in die Fluchten meiner Dunkelheit, genau dorthin, wo ich gerade den Lichtschalter zu finden versuchte.

»Ich liebe dich«, sagte sie. »Ich liebe dich, ich liebe dich, ich liebe dich.«

Ich traf sie jetzt jeden Tag. Sie hatte ein Zimmer mit integrierter Küchenzeile im dritten Stock eines Klinkerhauses, knapp zehn Minuten Fußweg von Onkel Dans Laden. Über dem Gasherd hing ein Bild von

Jesus neben einem Hochglanzfoto von Monica Vitti als Modesty Blaise, und im Kühlschrank bewahrte sie immer eine Packung Mayfair Mints auf. Von der Wand über ihrem Bett sah Brian Jones auf uns herab, makellos und verworfen, ein Marquis der Sünde, während wir Gin Tonic tranken und über Wunder sprachen, ohne die Lippen zu bewegen. Ihre Lieblingsplatte war »Aftermath« von den Stones, und wir hörten eine Million Mal hintereinander »Out of Time«. Das Badezimmer lag ein Stockwerk tiefer. Ich hielt die Hände minutenlang in den eiskalten Strahl aus dem Wasserhahn, bis ich wußte, daß alles wirklich war.

Wir gingen auf Raubzug, wann immer wir konnten.

Ich sah ihren Blick von weitem, wenn ich aus den Dünen zurückkam, die Scheine in meiner blauen Badehose verstaut. Ich schlenderte durch den Sand, und sie hielt den Kopf leicht zur Seite geneigt, während ihre Augen die Luft zum Flirren brachten. Ich ließ mich neben sie fallen, warf den Kopf in den Nacken und schloß die Augen. Als sie sich über mich beugte, strichen ihre Haarspitzen über meine Lider.

»He«, sagte ich. »Setz mal deine Sonnenbrille auf.«

Sie griff danach und sah mich über die getönten Gläser hinweg an. »Besser so?«

»Ein bißchen«, sagte ich und schob ihr die Brille die Nase hinauf. »Hast du eigentlich eine Ahnung, wie sehr du mich blendest?«

Sie war meine Muse der Beutejagd, mein Schutzengel mit den roten Plastikohrringen, und ganz bestimmt der schönste Komplize, der sich denken ließ. Sie hatte ein untrügliches Gespür für die richtige

Gelegenheit; manchmal wußte ich bereits Sekunden vorher, daß sie sich jemanden ausgeguckt hatte, daß sie gleich meine Schulter berühren würde. Es war irgendeine Form von seltenem chemischen Austausch, wie er nur zwischen ihr und mir stattfinden konnte, und dann glitten ihre Fingerspitzen über meine Haut. »Siehst du den da drüben?« sagte sie. »Den Blonden mit dem Mädchen in dem gestreiften Badeanzug? Ich wette, der ist mindestens zwanzig Pfund schwer.«

Sie wählte immer nur Leute aus, die mir entfernt ähnlich sahen, mir von der Statur und von der Haarfarbe her glichen. Dann hieß es nur noch warten, bis unser Ziel sich entschied, für ein paar Minuten in die blauen Fluten zu tauchen. Manchmal wählte Juliet drei oder vier verschiedene Kandidaten aus, und wir schlossen Wetten darüber ab, wer als erster ins Wasser gehen würde. Dann kam ich. Die ersten Male hatte ich mich noch darüber gewundert, wie einfach es war, aber inzwischen war alles zu einer Selbstverständlichkeit geworden, die ich im Vorübergehen erledigte. Es konnte nichts passieren. Wer immer mich anfaßte, würde durch mich hindurchgreifen. Sie hatten keine Chance.

Sie mußte nur da sein. Ich wußte, daß sie auf mich wartete.

Am zweiten Sonntag erbeuteten wir mehr als 130 Pfund, fast genauso viel, wie sich mittlerweile in der Keksdose unter Juliets Bett angesammelt hatte. In Fishguard sahen wir einen Film mit Terence Stamp; anschließend fuhren wir durch die Dämmerung, durch ausgestorben wirkende Orte, vorbei an geschlossenen

Läden und verlassenen Vorgärten. Wir hielten an einer stillgelegten Tankstelle und lieferten uns ein Duell mit rostigen Tankstutzen, die in unseren Händen zu großkalibrigen Waffen wurden, und ich fühlte mich wie Reggie Kray höchstpersönlich, als ich mich hinter die Zapfsäule drückte und das leergeschossene Magazin durch ein neues ersetzte. Ich hatte Reggies Bild erst vor ein paar Tagen am Kiosk gesehen. Diana Dors war mit auf dem Foto gewesen.

»Du bist eingekreist«, hörte ich Juliet. »Wir haben Helikopter und Scharfschützen. Ergib dich, Colville Younger.«

»Mal sehen, für wen das Sterben einfacher ist«, brüllte ich mit meiner besten Staatsfeindsstimme zurück. »Ein paar von euch Coppern nehm ich mit in die Ewigkeit!«

Ich kam aus der Deckung und zog den Abzug durch, Blam-blam-blam-blam, sah das Mündungsfeuer vor meinen Augen und taumelte durch den Geschoßhagel, aber die Übermacht war zu groß, und so erwischten sie mich schließlich doch. Ich sank in die Knie, mit leicht geöffnetem Mund und gebrochenen Augen, bevor ich auf dem nackten Beton zusammensackte und mein Leben aushauchte, und dann war sie auch schon über mir, katzengleich, und schnurrte mir ins Ohr: »Wenn du Michael Caine sein willst, müssen wir dir 'nen schwarzen Anzug kaufen.«

»Und was kaufen wir für dich?«

»Wie wär's mit 'nem Brautkleid?« sagte sie.

Ihre Worte spülten wie eine blaugrüne Welle über mich hinweg. Ich weiß noch genau, was ich dachte.

He, Reggie, dachte ich. *Diana Dors kannst du vergessen.*

Den Anzug kaufte ich mir zwei Tage später, dazu ein weißes Hemd und eine schmale schwarze Krawatte. Ich warf mein T-Shirt und meine Jeans auf Juliets Bett und zog mich um. Als ich fertig war, rückte sie mir den Jackettkragen zurecht und bat mich, für ein paar Minuten aus dem Fenster zu sehen. Ich mußte ihr versprechen, mich auf keinen Fall umzudrehen, um nichts in der Welt. Hinter mir hörte ich es knistern und rascheln, und dann spürte ich ihre Hand auf der Schulter.

Sie trug ein weißes, ärmelloses Kleid aus Seide, das ein paar Millimeter über der Mitte ihrer Oberschenkel endete, dazu ein Paar weiße Strümpfe aus irgendeinem Stoff, der aussah, als würde er Funken sprühen, sobald ich ihn berührte. In ihrer Linken baumelten ein paar nagelneue weiße Lackpumps mit hohen Absätzen. Scharf sog ich Luft zwischen meine Zähne.

Sie wandte mir den Rücken zu. »Kümmerst du dich um den Reißverschluß?«

»Immer zu Diensten, Mylady.«

»Und jetzt die Schuhe«, sagte sie, während sie vor dem Klappspiegel gegenüber dem Fußende ihres Betts Aufstellung nahm. Sie schlüpfte in den Schuh, und ich kniete nieder und fädelte den Riemen über ihrem Spann in den Verschluß ein.

Ich hielt ihren Knöchel fest. »Wie soll ich Euch dienen, Mylady, wenn ich mir selbst nicht gehorchen kann?«

»Lord Colville«, sagte sie. »Ist es wahr, daß Ihr Euch entschlossen habt, ein mittelloses Ladenmädchen zu ehelichen?«

»So wahr wie die letzte Bestellung um fünf vor elf«, sagte ich.

»Und habt Ihr Euch bereits Gedanken um die Trauzeugen gemacht?«

»Dieser Sache können nur Menschen würdig sein, die den Orden des British Empire erhalten haben«, sagte ich. »Obgleich er von niederer Herkunft ist, schlage ich hiermit Mr. John Lennon vor.«

»Laß das«, sagte sie, als meine Finger ihre Oberschenkel hinaufglitten. »Ich hab mich doch gerade erst angezogen.«

»Ich muß dir die Geschichte von den Raben erzählen«, sagte ich. »Wußtest du, daß sie sich ihr ganzes Leben lang treu bleiben?«

Sie wußte es nicht, aber es dauerte mehrere Stunden, bis ich mich erinnerte, daß ich ihr etwas erzählen wollte.

Das ganze Leben war aus Seide, dann aus weißer Haut, und unsere Bewegungen gehörten zu einer Andacht, die nie gehalten worden war. Der Altar, vor dem wir knieten, stand in einer Kirche des Flüsterns, und leise Laute streiften die Kuppel, glitten über die Fresken, um irgendwann mit dem gekräuselten Rauch einer Sobranie zu verschmelzen. Vorher schon hatte Lennon die Ringe ausgehändigt, und jetzt kam es nur noch darauf an, das zu sagen, worum es eigentlich ging.

»Ja«, sagte ich, während meine Hände über ihre

Wangen und abwärts ihren Hals entlangglitten. »Ja, ich will.«

Den Anzug mußte ich bei ihr lassen, schon deshalb, weil Onkel Dan mir deswegen ziemlich blöde Fragen gestellt hätte. Ich trug weiter T-Shirt und Jeans, hievte Tomaten- und Gurkenkisten von staubigen Lastwagen und ließ mich von mißgelaunten Lieferanten anschnauzen. Egal. Es zählte nichts. Fishguard war bereits Geschichte. Natürlich würden sie uns hinterherheulen. Aber wir hatten uns entschieden.

Ich traf sie mittwochs, und ich hatte Entzugserscheinungen, weil ich sie seit Montag nicht gesehen hatte.

Vielleicht war sie etwas blasser als sonst, aber natürlich bemerkte ich es nicht, weil Männer so etwas nie bemerken. Wir fuhren raus zum Hafen und sahen den Kormoranen zu, die im Aschenrot des Abendfirmaments verschwanden.

»Sieht aus, als würden sie verbrennen«, sagte ich. »Aber sie tun's nicht. Niemand weiß, was mit ihnen passiert, aber sie kehren immer wieder zurück.«

»Colville«, sagte sie. Sonst nichts. Vielleicht bildete ich es mir nur ein, aber es kam mir vor, als schüttelte sie unmerklich den Kopf.

»Onkel Dan geht mir jeden Tag mehr auf die Nerven«, sagte ich. »Weißt du, was er mir heute ungefähr siebzigmal erzählt hat? Daß die Beatles gar nicht so lange Haare haben, sondern bloß eine so niedrige Stirn. Unglaublich lustig.«

»Colville«, sagte sie noch einmal, und dann fiel mir plötzlich auf, daß sie mich noch kein einziges Mal angesehen hatte. Sie starrte einfach nur auf die spiegelglatte Fläche des Wassers. Die Sekunden dehnten sich wie ein Band beim Gummitwist, bevor sie weitersprach.

»Ich bin schwanger.«

Zuerst verstand ich nicht, was sie damit meinte. Es war, als hätte ich dieses Wort vorher nie gehört, als müßte ich es erst nachschlagen, bevor sich mir seine ganze Bedeutung erschließen würde. Meine Gedanken waren ein Kaleidoskop, aber ich konnte die Bilder nicht festhalten. Wieder und wieder drehte es sich, und kaum hatte ich sie mit einem Kind an der Brust gesehen, formte sich ein neues Muster, ein junger Mann, ich, älter geworden, mit wissenden Augen, das ebenso auseinanderfiel, um von Juliets Profil ersetzt zu werden, als ich meinen Blick auf sie konzentrierte.

»Ich bin hier«, sagte ich. »Ich werde immer bei dir sein.«

Ihre Stimme war so leise, als wollte sie sich selbst ein Geheimnis anvertrauen. Ich hörte sie, als würde mir jemand mit einem Megaphon ins Ohr brüllen.

»Es ist nicht von dir«, sagte sie.

Das waren nur fünf Worte, aber jetzt verstand ich endgültig nichts mehr. Vor meinen Augen flackerten die Kerzen auf der Klippe, und ich spürte ihre Wimpern an meiner Wange, das zerdrückte Gras unter mir. Es war unmöglich. Es konnte nur von mir sein.

»Ich bin im dritten Monat«, hörte ich sie sagen. »Ich hab's nicht gewußt. Verdammt noch mal, ich hab's einfach nicht gewußt.«

Ich schluckte, um diesen Knoten aus Verzweiflung, Eifersucht und Unglauben in meiner Kehle zurückzudrängen. Es nützte nichts. »Aber ...«

»Ich glaube, ich habe nur mit ihm geschlafen, weil er Brian heißt«, sagte sie. »Und auch ein bißchen so aussieht. Er arbeitet bei Johnson's im Lager. Es ist nur ein paarmal passiert, und ich habe dabei immer an Brian Jones gedacht, aber ich war nicht verliebt in ihn, verstehst du, so, daß ich morgens neben ihm aufwachen wollte. Vielleicht hat er es gemerkt, jedenfalls hat er nicht mehr angerufen, und ich hab mich auch nicht weiter drum gekümmert. Ein paar Tage später hab ich ihn dann mit einem anderen Mädchen vor dem Drum & Monkey gesehen. Er hat nicht mal hallo gesagt, als ich an ihnen vorbeigegangen bin.«

»Aber neben mir wolltest du doch aufwachen«, sagte ich.

»Jeden Tag«, sagte Juliet. »Manchmal bin ich nachts aufgewacht und habe dich nur angesehen. Du könntest alle Frauen der Welt haben, Colville, wenn sie dich so sehen würden.«

»Ich will aber nur eine«, sagte ich. »Dich.«

Sie sah aus, als würde sie lautlos weinen. »Ich kann nicht bei dir bleiben, Colville.«

»Aber wieso?« Mir war, als würde ich nicht mehr genug Luft bekommen. »Die Sache mit dir und dem anderen« – ich konnte den Namen einfach nicht aussprechen – »ist doch vorbei. Alles, was ich dir gesagt habe, ist wahr. Und das weiße Kleid ... du weißt doch, worüber wir geredet haben.«

»Das ist es nicht.« Sie schüttelte den Kopf. »Ich

kann nicht mit dir zusammenbleiben, mit dem Kind von einem anderen.«

»Aber warum?« sagte ich. »Warum?«

Sie vergrub den Kopf in ihren Händen. »Ich kann es einfach nicht«, sagte sie.

Ich sah sie vor mir, ihr schweigendes Staunen, als ich ihr die Geschichte von den Bären erzählt hatte. Mit aufmerksamen grauen Tieraugen hatte sie dem Treueschwur der Raben gelauscht. Ich erinnerte mich an ihr stilles Lächeln über die kleine Eule, die sich heimlich die über Nacht gewachsene braune Feder auszupft, weil sie nicht erwachsen werden will.

Im Grunde war es ganz einfach.

Sie mußte nur endlich begreifen, daß sie ohne meine Geschichten nicht leben konnte. Einen letzten Versuch hatte ich noch. Es mußte die beste Geschichte werden, die ich mir jemals ausgedacht hatte.

»Hör mir nur einen Moment zu«, sagte ich, während ich mich gleichzeitig wunderte, wie ruhig ich klang. »Hast du je darüber nachgedacht, was der Ozelot im Winter macht?«

Solange wir reden, leben wir. Ich mußte die Stille mit Worten füllen.

»Der Ozelot ist eine Katze«, begann ich. »Nicht so groß wie ein Berglöwe, mehr wie ein Luchs. Der Ozelot lebt in Argentinien und Brasilien, und das Besondere an ihm ist, daß sein Revier die Bäume sind. Er ist so geschmeidig wie sonst nur Affen, und er streift über Stämme und Äste, die Jahrhunderte alt sind, lugt durch die Blätter und sieht sich die Welt von oben an. Er ist ein ziemlich scheuer Geselle, und er ist sehr, sehr vorsichtig, was die Welt unter seinen Pfoten angeht. Er weiß nur zu genau, daß dort unten manchmal Zweibeiner mit feuerspeienden Rohren herumlaufen, die ihm ein stilles Plätzchen in der Abendgarderobe besorgen wollen. Und deshalb will er einfach in Ruhe gelassen werden.«

Ehrlich gesagt, hatte ich nicht die geringste Ahnung, was im Kopf eines Ozelots vor sich ging. Aber ich fand, daß es sich ziemlich logisch anhörte.

»Es ist früher Sommer, und der Ozelot hat gerade ein nichtsahnendes Baumhörnchen erspäht, als er in seinem Augenwinkel eine Bewegung wahrnimmt. Als er den Kopf wendet, sieht er eine Raubkatze mit dunklen Längsstreifen auf dem Fell. Zuerst denkt der Ozelot, die Katze wolle ihm sein Terrain streitig machen, aber als er mit aufgestellten Nackenhaaren auf sie zuschleicht, merkt er, daß es eine Ozelotfrau ist. Sein Fauchen geht also, weil es die Natur so will, in ein immer noch leicht unwilliges Maunzen über, und die ersten Tage tut er so, als ob er ein grimmiger Einsiedler wäre, der nichts mit anderen Ozelots zu tun haben will. Doch dann, am dritten Tag, findet er einen frischen Fasan an seinem Lieblingsplatz, der dort bestimmt nicht von selbst gestorben ist. Und damit ist der Bann gebrochen.«

Sonst hatte Juliet mich zwischendurch immer gefragt, wie die Geschichte weiterging. Diesmal saß sie nur reglos da, und für ein bloßes Schulterzucken hätte ich Lennon & McCartney für immer abgeschworen. Ich mußte auf den Punkt kommen, sonst hatte ich sie verloren.

»Der Ozelot merkt, daß sich etwas in ihm verändert hat. Plötzlich fällt ihm auf, wie anmutig die Ozelotfrau ihre Pfoten setzt, und obwohl er Vögel eigentlich nur zum Dinner mag, erscheint ihm ihr Gekreische jetzt wie der Gesang von Meerjungfrauen. Ihr Schnurren schmiegt sich an seine aufgestellten Ohren, und alles ist wie ein großer Katzentraum, aber dann, eines Morgens, gerade als er sich an sie gewöhnt hat, wacht er auf und stellt fest, daß sie fort ist. Er denkt, daß sie unterwegs ist, um Frühstück zu holen, doch am Abend ist sie immer noch nicht wieder zurück. Und während er nicht einschlafen kann und die Sterne betrachtet, fällt ihm ein, daß er vielleicht nicht der einzige Einzelgänger unter den vielen Ozelots Argentiniens ist. Ja, das muß es sein. Aber er schüttelt nur den Kopf, und als er damit aufhört, stellt er fest, daß es inzwischen Herbst geworden ist.«

Juliet. Sag etwas. Irgend etwas.

»Er weiß, daß es Zeit ist. Er kennt ihren Geruch. Er wird sie wiederfinden. Und so zieht er los und streift durch die Steppe, vorbei an verblühten Kakteen, während er sich innerlich dafür ohrfeigt, daß er nicht früher auf die Suche gegangen ist. Er läuft weiter und weiter, und langsam kommt ein kalter Wind auf. Er friert nachts, und er spürt, daß der Winter kommt, der Winter mit Rauhreif und Stürmen und Schnee und Eis, und er hat Hunger. Er zittert vor Kälte, er verflucht sich selbst, aber dann hat er ihre Witterung aufgenommen. Eines Nachts schließlich, er schafft es kaum noch, sich auf den Beinen zu halten, meint er, in der Dunkelheit vor sich eine Katze zu sehen. Und während er weiter vorwärtstaumelt, blind vor Sehnsucht, sieht er die Lichter, die sie für ihn angezündet hat. Es sind Lichter, wie er sie noch nie gesehen hat. Sie tanzen vor seinen Augen, und dann begreift er, daß es keine wirklichen Flammen sind, sondern die Lichter, die in ihm selbst brennen, seine eigenen Laternen, die ...«

»Hör auf!« hörte ich Juliets Stimme. »Hör endlich auf! Du brichst mir das Herz!«

Sie stieß mich zur Seite und sprang auf. Sie griff nach ihrer Tasche, knickte dabei mit einem ihrer Absätze um, und als ich nach ihrem Oberarm griff, riß sie sich gewaltsam los. Erst jetzt sah ich den verschmierten Lippenstift und die dunklen Ränder unter ihren Augen. Deswegen hatte sie nicht gefragt, wie die Geschichte weiterging. Sie hatte die ganze Zeit geweint.

Ich wollte etwas sagen, brachte aber keinen zusammenhängenden Laut mehr heraus. Ich starrte auf die Stelle, wo sie gesessen hatte, und als ich ihr hinterhersah, war sie bereits so weit entfernt, daß sie mich wahrscheinlich nicht gehört hätte, selbst wenn ich gerufen hätte. Sie trug einen dunkelroten Rock und eine weiße Bluse, deren Ärmel im Wind flatterten. Dann war sie hinter der nächsten Hausecke verschwunden.

Niemand außer mir war am Pier. Ich muß ziemlich lange dort gestanden haben, denn es war fast dunkel, als ich mich entschieden hatte, was ich tun wollte. Ich lief die Hauptstraße entlang, vorbei an Fenstern mit zugezogenen Gardinen und längst geschlossenen Läden, vorbei an Walshs Garage und Fentons Eisenwarenhandlung. Der Ortsausgang lag bereits zwei Meilen hinter mir, als mir der Fahrer eines verbeulten Kleinlasters durch das heruntergekurbelte Seitenfenster zurief, ob er mich irgendwohin mitnehmen könnte. Die paar Worte, die er während der Fahrt von sich gab, wehten wie Wolkenfetzen an mir vorüber. Ich hätte sowieso keine Antworten gehabt.

Ich stolperte durch den Sand auf die Brandung zu. Das Meer flüsterte im Dunkel, und ein paar Steinwürfe entfernt sah ich die undeutlichen Umrisse dreier Gestalten, die anscheinend einen Strandspaziergang machten. Ich ging in die entgegengesetzte Richtung am Ufer entlang. Alles an mir war taub, und meine Augen brannten, als ich mich umdrehte, aber sie war immer noch nicht da. Das hier war unsere Welt, abgesteckt mit den Filterenden von Sobranies und dem Abdruck ihres nassen Hinterns im Sand. Und dort drüben lag Ramsay Island. Juliets Insel. Wir hatten nie mehr zurückkehren wollen.

Ich spähte hinaus in die Dunkelheit, über das schwarz und ruhig daliegende Wasser. Zuerst dachte ich, ich hätte mich in der Richtung getäuscht, und richtete meinen Blick ein paar Handbreit nach links aus, aber auch dort konnte ich nichts erkennen. Ich kniff die Augen zusammen und suchte den Horizont ab, ohne daß es mir gelingen wollte, die gähnende Leere zu durchdringen. Für einen Moment dachte ich, ich sei blind geworden, aber dann sah ich mein Hemd, das aus meiner Hose hing. Ich konzentrierte mich mit aller Macht und ging bis zu den Hüften ins Wasser, um bessere Sicht zu bekommen. Ich sah nichts.

Die Insel war verschwunden.

Sie würde nicht mehr kommen, das wußte ich jetzt.

»Das ist der Bursche«, hörte ich eine Männerstimme, als ich wieder ans Ufer watete. »Ich erkenne ihn genau wieder.«

Ich hob den Kopf und starrte auf die dunklen Gestalten dreier Männer; das einzige, was ich deutlich sehen konnte, war die Flasche Ruddles Best Bitter, die der mittlere in der Hand hielt. Meine klatschnasse Jeans hing wie eine Bleischürze an meinen Beinen, und dann hatten sie mich auch schon. Ich schrie, als mir der Arm auf den Rücken gedreht wurde, und dann hielten sie mich fest, rissen meinen Kopf an den Haaren zurück, während mich der erste Schlag direkt auf den Solarplexus traf. Ich krümmte mich vornüber, und als sie mich losließen, traf mich das Knie des dritten mitten im Gesicht. Ihre Schläge vermischten sich mit heiseren Flüchen, und der letzte Tritt brach mir zwei Finger, als ich ihn abzuwehren versuchte. Dann ließen sie mich am Saum der Brandung liegen.

Drei Wochen später war ich wieder in Bristol, Westbury Road No. 144, und als ich den Schlüssel im Schloß drehte, dachte ich daran, wie ich eine Woche lang morgens, mittags und abends bei ihr Sturm geläutet hatte. Am vierten Tag hatte eine weißhaarige alte Lady über ihre Lesebrille aus der Wohnungstür nebenan herausgesehen und mir erklärt, daß die junge Dame verreist sei. Ich glaubte ihr kein Wort. Ich kam immer wieder, stand minutenlang vor der braunen Holztür. Am letzten Tag schob ich ihr einen Brief unter der Tür durch. Er bestand nur aus einer Frage. Ob sie nicht wissen wollte, wie die Geschichte vom Ozelot ausgeht.

Sie hat nie darauf geantwortet.

Für die Beatles ging es abwärts. Mein Vater schenkte mir die »Magical Mystery Tour«-EP zum Geburtstag, aber ich hatte inzwischen die Byrds entdeckt. Brian Epstein hatte während meiner Zeit in St. Davids Selbstmord begangen. Ein halbes Jahr später wurde Bobby Kennedy erschossen, dann ließ sich Cynthia Lennon wegen Yoko scheiden, ich stritt mich mit meinem Vater über die Sit-in-Proteste an der Universität, und ein halbes Jahr später ertrank Brian Jones in seinem Swimmingpool. Vier Monate zuvor waren die Krays zu lebenslänglich verurteilt worden. Um diese Zeit fing ich in Ian McDonalds Plattenladen an.

Onkel Dan starb 1986, und ich schüttelte nur den Kopf, als ich hörte, daß er mich als Alleinerben eingesetzt hatte.

Es war ein sonniger Tag im August, als ich nach Fishguard fuhr. Das Gespräch mit dem Notar dauerte nicht lange, und anschließend dachte ich mir, daß ich ebensogut einen Abstecher nach St. Davids machen könnte. Die Straßen sahen genauso aus wie vor zwanzig Jahren, und ich drehte das Seitenfenster herunter, um den Sommer in mein Hemd zu lassen. Es fühlte sich anders an, vielleicht wie etwas, das ich unabsichtlich vergessen hatte.

Es war lange her.

Du und Reggie, dachte ich, als ich am Old Cross

Hotel vorbeiging und meinen Blick über den Platz gegenüber schweifen ließ. Das war mein Geheimnis. Ich sah einfach so durchschnittlich aus, daß man mich mit jedem verwechseln konnte. Außer natürlich, wenn ich die Augen schloß.

In der Apotheke verkauften sie alles, von Postkarten über Nagellack und Kleenex bis zu Sonnencreme. Ich nahm zwei Päckchen Wrigley's und legte sie vor mich auf den Counter.

»Das macht dreißig Pence«, sagte das Mädchen.

Unwillkürlich sah ich auf, weil ich meinte, diese Stimme zu kennen. Dieser weiche Dentallaut, mit dem sie diese völlig unbedeutenden Worte über die Lippen brachte, bei dem ich spüren konnte, wie ihre Zunge die erste Silbe sanft gegen die Schneidezähne gleiten ließ. Die sacht ausklingende Note, mit der sie den letzten Ton in Schwingung versetzte.

Sie trug den gleichen weißen Arbeitskittel, den alle Verkäuferinnen in Apotheken tragen. Nur die angesteckten Namensschildchen unterscheiden sich.

Sie hieß Michelle.

»Dreißig Pence, Sir«, wiederholte sie.

»Entschuldigung«, sagte ich. »Ich habe mich nur gerade gefragt, was ein Ozelot im Winter macht.«

Sie sah mich nur verständnislos an. Aber gleichzeitig kam es mir so vor, als würde ich den Anflug eines Lächelns auf ihrem Gesicht erkennen. Den Anflug eines Papageientauchers auf die Klippe.

Und dann hatte ich plötzlich das Gefühl, mich umdrehen zu müssen.

Sie wissen, was ich meine.

BIENENFELDTS LETZTE REISE

»Was real ist, kann nicht begehrt werden, denn es ist real.«
Paul Valéry

Berliner nippte an seinem zweiten Gin Tonic, als Ella Bienenfeldt an seinen Tisch trat. Sie hatte den ersten Set mit »One of Those Things« beendet, der lapidaren Ironie des Songs mit ihrem Akzent eine Nuance existentialistischen Flairs eingehaucht.

Vielleicht aber, dachte er, lag das auch daran, daß sie sich im Herzen des fünften Arondissements befanden, nur einen Steinwurf von Saint-Julien-le-Pauvre entfernt. Er küßte ihre Hand und rückte einen Stuhl für sie zurecht.

»Wie lange leben Sie eigentlich schon hier?« sagte sie.

»Seit 1961«, sagte er. »Nach Paris, der Liebe wegen. Sie hieß Chantal.« Er lachte. »Ich war völlig verrückt nach ihr.«

»Strumpfhalter und Spitzenwäsche?«

»Genau. Obwohl ich erst lernen mußte, daß die Franzosen bei *brassiere* eher an Säuglinge denken.«

»Ein Babyjäckchen.« Ein ironisches Lächeln spielte um ihre Lippen. »Und wie klingt *soutien-gorge* in Ihren Ohren?«

»Ein Unwort, wenn Sie mich fragen«, sagte er. »Ich will keine voreiligen Schlüsse auf die nationale Psyche der Franzosen ziehen, aber es hat sicher eine tiefere Bedeutung, einen Büstenhalter als *Gurgelstützer* zu bezeichnen.«

»Serge würde Ihnen da vermutlich zustimmen.« Sie lehnte sich zurück und schlug die Beine übereinander. »Sind Sie weitergekommen bei Ihren Ermittlungen?«

»Ich taste mich langsam vorwärts« sagte er. »Ich

versuche mir ein Bild von Ihrem Bruder zu machen. Ich lese seine Bücher. Je mehr ich über seine Persönlichkeit erfahre, über seine Leidenschaften und Motivationen, desto höher ist die Chance, daß ich ihn finde.«

»Sie glauben also nicht, daß er ins Ausland gegangen ist.«

»Es gibt nicht den geringsten Anhaltspunkt dafür.« Er schüttelte den Kopf. »Sind Sie wirklich sicher, daß er nichts mitgenommen hat?«

»Nicht mal seinen Schlüssel. Er steckte von innen, und ich dachte zuerst, er sei tot. Ich habe den Mann vom Schlüsseldienst vorgehen lassen, und mir fiel ein Stein vom Herzen, als sich herausstellte, daß Serge gar nicht da war. Trotzdem mache ich mir Sorgen – normalerweise meldet sich Serge alle paar Wochen, und jetzt ist er bereits seit fast zwei Monaten verschwunden.«

»Haben Sie etwas dagegen, wenn ich mich ein paar Tage in seiner Wohnung einquartiere?« sagte Berliner. »Wie gesagt, ich würde mich gern näher mit seinen Lebensumständen vertraut machen. Manchmal stößt man auf Details, die man normalerweise nie bemerken würde.«

»Selbstverständlich«, sagte sie. »Ich schicke den Schlüssel morgen früh per Kurier in Ihr Büro.«

Sie stand auf und strich ihr Kleid glatt. »Am meisten irritiert mich, daß Calvino ebenfalls verschwunden ist«, sagte sie. »Seine Katze. Ganz im Ernst, wenn Sie abtauchen wollten, würden Sie ja wenigstens Ihre Kreditkarten und Papiere mitnehmen – aber doch wohl ganz bestimmt nicht einen kastrierten, verlausten und freßsüchtigen Kater.«

»Ich bin kein Künstler«, sagte Berliner, und während er bereits den nächsten Satz sprach, fiel ihm ein, daß diese unbedachte Frage auch auf sein attraktives Gegenüber zutraf. »Wer weiß schon genau, was in solchen Leuten vorgeht?«

* * *

PAUL BROUSSARD

Ich kann Ihnen sagen, wie diese Typen ticken. Er ist vor vier Jahren eingezogen, Mai oder Juni '80 war's; das Haus gehörte vorher einem pensionierten Rechtsanwalt, der von seinen Kindern ins Altersheim verfrachtet worden ist. Meine Frau wußte gleich, daß irgend etwas nicht mit ihm stimmte – ich meine, normale Menschen fahren schließlich jeden Morgen zur Arbeit, oder?

Er hat dann eine Gartenparty gegeben, zu der wir auch eingeladen waren. Zugegeben, es waren einige sensationell gutaussehende junge Damen da, und die Kanapees schmeckten vorzüglich. Aber diese Leute ... es wurde die ganze Zeit über Bücher geredet, und sobald wir uns irgendwo vorgestellt hatten, wurden wir nicht mehr beachtet – ich meine, ist irgendwas Anrüchiges daran, Optiker zu sein? Ich habe achtzehn Filialen in Paris, das soll mir auch erst mal jemand nachmachen. *Brillen von Broussard*, den Slogan haben

Sie doch sicher schon mal gehört. Die redeten also ununterbrochen über Bücher, und irgendwann sagt Fabienne, bloß um auch mal zu Wort zu kommen, wie gut ihr der letzte Roman von Regine Deforges gefallen hätte. Alles schweigt, als hätte plötzlich jemand den Stecker rausgezogen, und dann sagt dieser Mensch im Abendanzug: »Also, das nenne ich jetzt aber *special interest.*« Auf englisch! Und dabei sieht er Fabienne über seine Brille an, als hätte er einen besonders ekligen kleinen Nager vor sich. Wir sind dann gegangen.

Ich habe es nicht nötig, mich in Gesellschaft anderer vorführen zu lassen. Autoren, das sind doch nur Leute, die anderen ihr Leben stehlen. Und anscheinend werden sie dafür auch noch gut bezahlt. Dieser Kerl trug eine Bulgari mit Rubin-Schraubenköpfen und 24-Karat-Goldbeschichtung. Haben Sie eine Vorstellung, was Sie dafür hinlegen müssen? Mag sein, daß ich von Büchern nicht viel Ahnung habe, aber von Brillen verstehe ich etwas. Und sehen Sie sich all diese Kurzsichtigen bloß mal an. Ohne uns wären die doch aufgeschmissen.

JULIEN LAFFORGUE

Es muß so um '59 herum gewesen sein. Ich saß mit Sartre in der *Closerie des Lilas*, als dieser junge Mann am Nebentisch – übrigens in Begleitung einer hinreißenden Brünetten – sich an mich wendet und sagt: »Entschuldigen Sie, Monsieur, sind Sie nicht Julien Lafforgue?« In dieser Situation war das ein offensichtlicher Affront. Schließlich saß Sartre neben mir, S-a-r-t-r-e, um das mal klarzustellen, und auf Golgatha stand ja nun auch nicht der Mann links im Mittelpunkt, wenn Sie mir den Vergleich verzeihen. Er hatte mein Foto in der *Libération* gesehen; zwei Wochen zuvor war ich für den Lokalteil porträtiert worden. Jedenfalls drückt er mir eine dieser Collegemappen in die Hand und sagt: »Vielleicht wollen Sie mal was lesen, das zwanzig Jahre in die Zukunft weist.« Bescheidenheit war nicht seine Stärke. Der Höhepunkt der Majestätsbeleidigung kam eine Viertelstunde später, als er und das Mädchen gingen. Die beiden stehen auf, und da sagt sie, für jeden hörbar: »Serge, der Lustgreis kam mir auch irgendwie bekannt vor.« Ich danke Gott heute noch, daß Sartre gerade auf der Toilette war.

GRÁINNE MEURISSE

So, das wären alle Titel, die wir auf Lager haben, Monsieur. Nur »Die Schweigenden« müßte ich Ihnen bestellen, morgen ab elf Uhr können Sie es abholen. Sie haben noch nie etwas von Bienenfeldt gelesen? Ich beneide Sie. Ich erinnere mich noch ganz genau, als sein erstes Buch herauskam. Alle redeten darüber, und in jeder Buchhandlung hing dieses Plakat, auf dem er abgebildet war. Oh, wir waren alle verliebt in ihn. Er hatte dann ja auch diese Affäre mit der Gréco. Oh, ich könnte auf der Stelle wieder zu schwärmen anfangen. Ein so schöner Mann ...

Ich will Ihnen die Wahrheit sagen. Da draußen herrscht die gängige Meinung, Lektoren würden den ganzen Tag Manuskripte sichten, aber das stimmte schon damals nicht – unter uns, wer hat schon Zeit zum Lesen? Serges Manuskript blieb also zunächst auf meinem Schreibtisch liegen.

Ein paar Wochen später passierte dann folgendes: Als ich ins Büro komme, fragt mich meine Sekretärin, ob ich meinen Termin mit Robbe-Grillet vergessen hätte, er würde schon seit einer halben Stunde auf mich warten.

Ich betrete mein Büro und sehe Alain, völlig in ein Manuskript vertieft. Er hebt die Hand, um mir zu bedeuten, ich solle ihm noch eine Sekunde geben, und nachdem er den Absatz zu Ende gelesen hat, sieht er mich an und sagt: »Das ist reines Opium, Julien. Reines Opium.«

Den Satz haben wir dann in allen Anzeigen zitiert, zusammen mit der Frage: *Haben Sie diese Droge schon geschmeckt?* Die Idee stammte von mir. Das war ganz schön gewagt damals.

Der Titel des Manuskripts war, gemessen am Inhalt, ein bißchen sehr unspektakulär: »Ich nahm die Métro« – die Kritiker hätten abgewinkt, außerdem fehlte die gewisse Verkäuflichkeit.

Ich wußte gleich, daß wir etwas Unverwechselbares brauchten, etwas Suggestives; der Titel mußte literarisch klingen, aber gleichzeitig nach Großstadt, Revolte, Sex. »Die Nachtmaschine« – das fiel mir eines

Abends auf dem Boulevard Sebastopol ein, einfach so. Und was ist dabei herausgekommen?

Geschichte. Unsterblichkeit.

Ein Klassiker des 20. Jahrhunderts.

MARCEL BENOÎT-LÉVY

In meinem Interesse liegt es natürlich auch, daß Serge so schnell wie möglich wieder auftaucht. Im Herbst soll schließlich sein nächster Roman erscheinen, und ohne Manuskript kein Buch, das ist immer noch Kardinalregel Nummer eins. Ein neuer Bienenfeldt ist ein garantierter Umsatzträger, auch wenn sein letztes Buch die Erwartungen des Konzerns nicht ganz erfüllt hat.

Es hat mich einiges gekostet, ihn von *Editions Dubonnet* loszueisen, und damit meine ich nicht nur Überzeugungskraft, immerhin war er seit fast zwanzig Jahren mit dem Haus verbunden. Der alte Dubonnet ließ mir zwei Tage später eine tote Ratte im Schuhkarton zukommen, jedenfalls glaube ich bis heute, daß er es war – eine höchst degoutante Angelegenheit, und meine Sekretärin mußte sich anschließend eine Woche krankschreiben lassen. Die Schlüsselrolle bei Serges Verlagswechsel kam Lafforgue zu; die gewieftesten Agenten sind diejenigen, die selbst aus der Branche kommen. Sie haben sicher Verständnis dafür, daß ich hier keine Zahlen nennen will, aber von seinen 20 Prozent für den Dreibuchvertrag, den wir abgeschlossen haben, konnte er sich problemlos ein weiteres Mietshaus in Barbès anschaffen. Er selbst wohnt auf der Ile Saint-Louis, gleich bei mir um die Ecke.

Wir versuchen jetzt seit anderthalb Jahren, Serge zu einer Fortsetzung der »Nachtmaschine« zu überreden. Gut, das ist jetzt ein Vierteljahrhundert her, aber immer noch sein größter Erfolg, in 23 Sprachen übersetzt, unter anderem in Urdu und Kisuaheli. Allein der Buchclub würde eine Million springen lassen, vom Presseecho und den Auslandsrechten ganz zu schweigen. Bald wird er es selbst einsehen. Die Leute wollen immer wieder dasselbe lesen, und Sie als Amerikaner werden mir sicher zustimmen, wenn ich eines Ihrer Sprichworte zitiere: *Give the people what they want.*

YVES LENORMAND

Ein schillerndes Leben, so darf man es mit Fug und Recht nennen. Sie sehen die Cassetten auf dem Regal dort? 180 Stunden Interviews – und jetzt rechnen Sie sich mal aus, wie lange man für die Auswertung braucht. Mathematisch einfach, aber zuweilen enorm enervierend. Diese Mini-Aufnahmegeräte sind wirklich handlich, aber beim kleinsten Hintergrundgeräusch versteht man kein Wort mehr.

Andererseits ist Serge ein äußerst dankbares Thema; außerdem waren rebellische Charaktere schon immer mein favorisiertes Sujet. Ich habe vorher zwei Biographien geschrieben, über Huysmans und Apollinaire, aber solche Arbeiten haben natürlich etwas Museales, es gibt schließlich keine Zeitzeugen mehr. Serge dagegen ist eine öffentliche Person. Dieser Bogen, den sein Leben beschreibt: die Jugendjahre in der erstickenden Enge von St. Denis-Basilique, der antibürgerliche Impetus der frühen Werke, seine Forderung nach einer »Ästhetik der Artillerie«, die Zusammenarbeit mit Bresson und Godard, der hemmungslose Hedonismus der Mittsechziger, seine Fehde mit Butor, die unzähligen Affären ... selbstverständlich wird es eine seriöse Annäherung, es geht schließlich auch um meinen guten Namen.

Zunächst war eine Monographie für Gallimard geplant, aber Benoît-Lévy hat mir dann ein unwiderstehliches Angebot gemacht; Gallimard wollte mich mit 20,000 Francs abspeisen. Für eine Arbeit von vier Jahren! Benoît-Lévy hat mir verraten, was der Clou an der Sache ist. Meine Biographie soll parallel zur Fortsetzung der »Nachtmaschine« erscheinen; ein doppeltes *Event*, und die Magazine werden sich nur so um die Vorabdrucke reißen. Ein Verleger muß heute auch Manager sein. Da geht überhaupt nichts ohne Strategie.

LILIANE BIENENFELDT

Wir nennen uns die Bienenfeldt-Verbliebenen. Fanny, Marie-France und ich, wir treffen uns ab und zu, zwei-, dreimal im Jahr. Nur Mirella fehlt, sie ist ja wieder nach Rom zurückgegangen; aber sie war ja ohnehin nur acht Monate mit ihm verheiratet. Nein, als Fehler habe ich die Zeit mit Serge nie betrachtet. Er ist charmant, charismatisch, rätselhaft - aber wenn er sein Interesse erst mal verloren hat, kommt es nicht wieder. Seine Libido spielt dabei nur eine untergeordnete Rolle. Es ist diese Kombination aus Hormonen und Ego, dieser Drang, immer von neuem bewundert werden zu wollen. Ich stelle mir Autoren immer als russische Puppe vor. Außen siehst du das Genie, und innen sitzt ein kleines Kind.

Ich wette, daß er gerade mit irgendeinem Nüttchen durch ein paar Wasserbetten an der Riviera pflügt. Künstler sind im Grunde sehr einfach gestrickt: Wenn dann nach ein paar Wochen der Katzenjammer kommt, ist er wieder da und jault ins Telefon. In der »Nachtmaschine« hat er vom »tierischen Gewinsel der Vertreter« geschrieben, und alle Kritiker deuteten das als Attacke gegen die akademische Lähmung unserer Literatur. Heute glaube ich, er hat einfach die Wahrheit über sich selbst zum Ausdruck gebracht. In Wirklichkeit braucht er eine Mutter.

JULIEN LAFFORGUE

Literatur? Ich halte es da mit Stendhals berühmter Realismusdefinition: »Ein Roman ist ein Spiegel, den man einen Weg entlang führt.« Serge zitiert sie auch eingangs von »Die Versuchung der Clarisse M.«. Der Roman ist übrigens mir gewidmet.

Meine Vision ist, unsere Literatur wieder zu jener Blüte zu bringen, die sie vor dem Krieg hatte. Den Reichtum, die Vielfalt, die prismatische Bündelung von Ästhetik, Sensibilität, Scharfsinn, Weltentwürfen. Ich muß mich entschuldigen, Monsieur Berliner; in fünf Minuten geben wir eine Pressekonferenz aufgrund der Übernahme von *LeBlanc & Garrignac*. Ah, wo habe ich denn nur wieder meine Brille gelassen?

Diese randlosen Brillen haben einen Nachteil. Sie sind so unauffällig, daß man sie einfach nicht wiederfindet. Sehen Sie, so ähnlich sind sich Fiktion und Realität: Das Augenscheinliche bemerkt man oft nicht. Gott sei Dank, da ist sie ja! Ich schwöre auf Bulgari. Nun gut, Eleganz hat ihren Preis, aber die Investition lohnt sich. Falls Sie sich je eine Brille anschaffen müssen, lassen Sie die Finger von Cartier. Man will sich ja schließlich auch keinen Bruno Bruni an die Wand hängen.

* * *

»Offen gesagt, schien mir Benoît-Lévy um den Verbleib Ihres Bruders nicht sonderlich besorgt zu sein“, sagte Berliner.

»Sagen wir mal so.« Am anderen Ende der Leitung entstand eine kurze Pause, bevor Ella Bienenfeldt weitersprach. »Angenommen, daß Serge nicht wieder auftaucht, würde ich darauf wetten, daß sich in seinem Nachlaß eine Fortsetzung der ›Nachtmaschine‹ findet.«

»Sie wollen andeuten, daß...« Er schüttelte den Kopf, bevor ihm einfiel, daß sie ihn ja nicht sehen konnte. »Ich kann mir nicht vorstellen, daß Lafforgue bei so etwas mitspielen würde.«

»Lafforgue?« Sie gab ein trockenes Lachen von sich. »Man nennt ihn auch die Hyäne, wußten Sie das?«

»Mich irritiert folgender Umstand«, sagte Berliner. »Ich habe mir das Manuskript seines kommenden Romans angesehen, recht genau sogar. Zugegeben, ich bin kein Experte für Literatur, aber ich habe das Gefühl, daß hier gerade noch ein Kapitel fehlt. Es wäre völlig absurd, so kurz vor dem Abschluß eines Werkes Zigaretten holen zu gehen, wenn Ihnen diese Redewendung geläufig ist. Aus diesem Grund glaube ich auch nicht, daß er mit einer jungen Gespielin zum Strand gefahren ist.«

»Da haben Sie ein Sakrileg dritten Grades begangen«, sagte sie. »Das ist eine von Serges Marotten. Er gewährt niemandem Einblick in seine Manuskripte, bevor er nicht den letzten Satz geschrieben hat. Er entwickelt cholerische Züge, sobald jemand auch nur von fern einen Blick in Richtung seiner Papierstapel riskiert.«

»Auf solche Charaktereigenschaften läßt der Roman nicht schließen«, sagte Berliner. »In groben Zügen geht es um Cressida, eine junge Bildhauerin, die das Gesicht ihres Geliebten zu modellieren versucht, während sie auf seine Rückkehr wartet. Parallel dazu wird die Geschichte eines Schriftstellers erzählt, der sich Cressidas Bild erschreibt, in verschiedenen Pensionen und kleinen Hotels, während er immer wieder vorsätzlich Umwege nimmt, um dieses Bild zu perfektionieren.«

»Das klingt überhaupt nicht nach Serge«, sagte sie. »Kennen Sie seine Definition von Literatur, die es verdient, als solche bezeichnet zu werden?«

»Ohrfeigen für die Fratzen bourgeoiser Niedertracht?«

»Sie haben sich ja sehr genau mit ihm beschäftigt.«

»Dafür bezahlen Sie mich«, sagte Berliner. »Außerdem wird dieser Satz auf fast allen Umschlägen seiner Bücher zitiert.«

»Hat sich der Kater wieder blicken lassen?«

»Bis jetzt nicht, aber ich habe ein Schälchen Milch und ein bißchen Hühnerleber auf die Veranda gestellt«, sagte Berliner. »Im Manuskript kommt übrigens auch eine Katze vor. Georges, ein schwarzer Kater mit einer Blesse auf der Nase.«

»Georges.« Sie zog den Namen lang, als würde sie gleichzeitig über etwas nachdenken. »Sie können das nicht wissen, aber wenn es nach Serge gegangen wäre, hätte Calvino so geheißen. Aber wie üblich hat Mirella ihren Kopf durchgesetzt.«

»Seine vierte Frau.«

»Bald können Sie die Chronik unserer Familie schreiben, Monsieur. Ich sehe morgen nachmittag mal vorbei. Vielleicht kann ich Ihnen ja bei der Spurensuche behilflich sein.«

Als sie aufgelegt hatte, lehnte sich Berliner zurück und ließ seinen Blick abermals über die Wand hinter dem Schreibtisch schweifen, die gerahmten Katalogseiten, Coverandrucke und Auszeichnungen, die Fotos, auf denen Bienenfeldt mit verschiedenen Persönlichkeiten des öffentlichen Lebens zu sehen war. Am besten gefiel ihm das Porträt eines versonnen lächelnden Mannes mit wirren Haaren und Kinnbart, auf dessen Schulter eine Katze saß.

Er nahm einen Schluck Wasser und berührte eine Taste der vor ihm stehenden Schreibmaschine. Es war eine Underwood Four Million, ein fast antikes Gerät, aber mit bestens geölten Typenhebeln. Berliner sah auf den letzten Absatz, auf den Satz, mit dem das Manuskript abbrach. *Cressidas Daumen fuhr über die Schattenfalte seiner Nase. Sie ahnte nicht, wie nahe er ihr war.*

Berliner betätigte den Transporthebel und rückte das Blatt in die nächste Zeile. Der Anschlag der Typenköpfe warf ein dürres Echo in den Raum, als er die Kapitelziffer tippte. Ein Anfang, immerhin. Er war um vieles leichter als der erste Satz.

* * *

JEAN-JACQUES DUBONNET

Kommenden September ist es fünf Jahre her, daß Monsieur Bienenfeldt sich entschieden hat, die Zusammenarbeit mit unserem Haus nicht weiter fortzusetzen. Sie können sicher nachvollziehen, warum wir dieses Datum nicht mit Champagner begehen. Wir waren und sind ein mittelständisches Unternehmen, und dementsprechend konnten wir mit den machiavellistischen Manövern Benoît-Lévys auch nicht mithalten. Er hat ihm kurzerhand einen nagelneuen Porsche mit Sonderausstattung vor die Haustür gestellt, so einfach war das. Nein, nicht Bienenfeldt. Ich spreche von Lafforgue. *Lafforgue!* – Um Himmels willen, ich habe ganz vergessen, daß mein Vater nebenan ist. Haben Sie die Güte, mich einen Moment zu entschuldigen, Monsieur.

BAPTIST DUBONNET

Strauchdiebe und Gesindel! Man muß ihnen nur ins Gesicht sehen! Ich hätte nie auf Paulhan hören dürfen, als er mir Lafforgue als Lektor empfohlen hat, niemals! Ein serviler Kriecher war er, eine Subspezies mit dem Charakter einer feuchten Hand, und dafür haben sie ihn auch noch in die Jury für den Prix Goncourt aufgenommen! Und kaum drehst du ihm den Rücken zu, verscherbelt er einen an den Meistbietenden! Manche nennen das Chuzpe - ich nenne es Brigantentum, dreistes, beispielloses Brigantentum! Wölfe sind das doch, Wölfe, die nach dem Werk der Schafe lechzen!

JEAN-JACQUES DUBONNET

Lassen Sie uns etwas leiser sprechen, Monsieur. Sobald er diesen Namen hört, ist er nicht mehr Herr seiner Sinne. Seit seinem Schlaganfall vor fünf Jahren ist mein Vater an den Rollstuhl gefesselt. Aber er will das Heft nicht aus der Hand geben; er kommt immer noch jeden Morgen als erster in den Verlag. Um halb acht hat der Chauffeur auf der Matte zu stehen.

Natürlich war es ein Schlag für uns, als Monsieur Bienenfeldt uns verlassen hat; aber wenn ein Schiff ins Schlingern gerät, bedeutet das ja nicht gleich, daß es auf Grund läuft. Gewiß, wir haben mit Umsatzeinbußen zu kämpfen, aber unsere Backlist bleibt ein Pfund, mit dem wir wuchern können – und darunter befinden sich immerhin sieben Bienenfeldt-Titel. Wir zehren von den letzten Jahrzehnten – der gnadenreichen Zeit der unbefristeten Verträge. Damals gab es ja noch keine Agenten. [Räuspern] war einer der ersten, die sich hierzulande in diesem Metier versucht haben. Nicht ganz unerfolgreich, soviel muß man ihm zugestehen.

Wissen Sie, mein Vater stammt noch aus der alten Garde; er will einfach nicht einsehen, daß sich die Zeiten geändert haben. Für meine Begriffe ist er ein bißchen zu nachtragend. Noch heute verstreicht keine Woche, in der er mich nicht darüber ins Vertrauen zieht, was er mit, Sie wissen schon, machen wird; das hört sich immer an, als würden sich Pinochet und Kaiser Bokassa über die Modernisierung ihrer Kellerräume austauschen, nur um einiges lauter. Nun, dieses Vergnügen wird ihm wohl nicht mehr vergönnt sein, jedenfalls nicht in diesem Leben. Aber man weiß ja nie. Als gläubiger Christ vertraut er auf die Wiedergeburt.

YVES LENORMAND

Serge war nicht nur ein *Homme de lettres*, sondern auch ein *Homme à femmes*. Veruschka von Lehndorff, Joanna Shimkus, Anouk Aimée – die besten Beweise dafür, wie anziehend ein überragender Intellekt sein kann. In manchen Fällen erweist es sich als schwierig, die Diskretionsblockade zu durchbrechen, aber Benoît-Lévy hat mir einen kleinen Fonds eingerichtet, um die eine oder andere Zunge zu lösen. Ein bißchen Fleisch muß schon an die Geschichte; das ist der Stoff, nach dem die auflagenstarken Magazine suchen. Die Leute können gar nicht genug davon kriegen. Nehmen Sie nur mal Serges Liaison mit diesem italienischen Starlet – sein Name taucht jedesmal wieder auf, sobald sie in Cannes alljährlich ihren Atombusen zeigt.

MIRELLA BIAGGI

Sergio war wirklich süß! *Dolce come il miele!* Ich habe ihn auf einer Party von Luc Cannonier kennengelernt, dem Produzenten; Luc war hinter den Rechten an einem seiner Bücher her. Oh, damals wußte ich gar nicht, daß er so berühmt war, weil ... hm, ich lese nicht so viel, es gibt ja so viele andere schöne Sachen zu tun.

Nein, nein, der Altersunterschied spielte überhaupt keine Rolle. Reife Männer sind ja so zuvorkommend! Und Sergio konnte einiges für mich tun. Er meinte immer, wir wären wie Marilyn und Arturo Miller. *Un momento*, Monsieur ...

Paolo, mi porti un Campari, subito - che ho fretta!

Paolo ist ein Schatz, einfach unbezahlbar! Wenn er nur nicht soviel arbeiten müßte - Fernsehen, wissen Sie ... Sergio und eine junge Bewunderin? Wie romantisch! Aber das glaube ich nicht. Wenn sie in die besten Jahre kommen, werden Männer etwas müde. Ich werde ihn immer lieben, aber manche Lasten bringen selbst sieben Kräne nicht hoch, und ich bin nur eine Frau. Trotzdem - meiner Dankbarkeit kann er sich immer gewiß sein. *Paolo ...?!*

CHRISTIAN JALABERT

Das nenne ich aber einen Zufall, Monsieur. Ich meine, zwei Menschen in der Métro, die sich noch nie gesehen haben, aber das gleiche Buch lesen. Da kann man mal wieder sehen, wie die Literatur verbindet. Die »Nachtmaschine«! Ich belege gerade ein Seminar bei Professor Lachenay - er macht's einem nicht leicht, aber bei den Hausarbeitsthemen läßt er einem doch relativ freie Hand. Ich beschäftige mich mit dem Einfluß des Bebop auf Bienenfeldts Frühwerk - erstaunlich, daß sich bislang noch niemand mit der Synkope als Strukturelement in seinen Romanen beschäftigt hat. Obwohl das doch sofort ins Auge springen müßte, schon unter rein biographischen Aspekten; seine Schwester ist ja Jazzsängerin. Wenn Sie sich für Bienenfeldt interessieren, sehen Sie doch mal in

Lachenays Seminar vorbei. Jeden Donnerstag im Hauptgebäude, Hörsaal 4, gleich im Erdgeschoß links – kann man gar nicht verfehlen.

MARCEL BENOÎT-LÉVY

Noch haben wir es nicht publik gemacht, weil noch ein paar Vertragsdetails geklärt werden müssen. Dem jungen Dubonnet fehlt die Affinität zur Literatur, wenn ich es mal so ausdrücken darf; außerdem hat der Verlag dringend eine Finanzspritze nötig. Natürlich werden wir die Tradition des Hauses auch unter meiner Ägide fortführen – dafür bürge ich mit meinem Namen. Ein paar zeitgemäße Innovationen werden sich allerdings nicht vermeiden lassen.

Dann haben wir Bienenfeldt komplett unter unserem Dach, und ich denke, das wird auch in Serges Sinne sein.

Nächstes Jahr ist es dann soweit: 25 Jahre »Nachtmaschine«, ein Jubiläum, das wir entsprechend begehen werden; wir haben bereits einen Saal im Château de Vincennes angemietet. Ich hoffe, Serge sitzt dann bereits an der Fortsetzung. Lafforgue arbeitet gerade daran, ihn über den Unterschied zwischen Prostitution und Pragmatismus aufzuklären.

Der junge Dubonnet – ein wirklich sympathischer, rundum aufgeschlossener Mensch. Verständlich, daß er sein Leben genießen will, statt den Lakai für seinen Vater spielen zu müssen.

Und er hat noch einen Trumpf in der Hinterhand.

Wenn der alte Panzerführer nicht mitspielt, läßt er ihn entmündigen.

So oder so: Das gibt ihm den Rest.

SERGE BIENENFELDT
(Cahiers Litteraires 2/84)

Ein Romancier ist eine Hure, die einen Exhibitionistenkorso entlang geführt wird.

JULIEN LAFFORGUE

Ein Vierteljahrhundert sind wir gemeinsam gegangen, und natürlich schmiedet das zusammen. Über die Jahre ist Serge zu einem wahren Freund geworden. Hier - sehen Sie diese Hand? Ich würde meine Linke für ihn geben, und die Rechte noch dazu.

FABIENNE BROUSSARD

Diese Künstler sind doch alle mehr oder minder meschugge. Vor acht Wochen, ich hatte gerade meinen Nachmittagsschlaf gehalten und war dabei, mir einen Kaffee zu machen, höre ich von nebenan diesen ohrenbetäubenden Lärm. Vor Schreck habe ich die Kanne fallen lassen - feinstes Meißner Porzellan, ein unersetzliches Stück, das ich von meiner Großmutter geerbt habe. Für einen Moment dachte ich, der Dritte

Weltkrieg wäre ausgebrochen. Vom Fenster aus konnte ich nichts erkennen – die Hecke müßte dringend mal wieder gestutzt werden –, also bin ich hinausgegangen, um nach dem Rechten zu sehen.

Ich habe bei Monsieur Bienenfeldt geläutet, aber als niemand an die Tür ging, habe ich es doch mit der Angst bekommen. Mein erster Impuls war, die Polizei anzurufen, doch dann bin ich ums Haus herumgegangen. Und als ich um die Hausecke biege, höre ich den nächsten Knall. Im selben Augenblick sehe ich diesen großen Mann in Bienenfeldts Garten stehen. Er trug einen weißen Hut mit einer breiten Krempe und hielt eine Jagdflinte in der Hand. Er sah aus wie ein Großwildjäger, und zunächst habe ich ihn gar nicht erkannt. Es war Monsieur Bienenfeldt selber. Ich hatte ihn noch nie mit Vollbart gesehen; er stand ihm wirklich gut, das muß ich schon sagen. Und dann fragt er aus heiterem Himmel, was ich gerade lesen würde. Ich habe ihn erst gar nicht verstanden, bis er auf das Buch in meiner Hand zeigte. Merkwürdig, was einen das Unterbewußtsein alles tun läßt, nicht wahr? Ich muß den Roman auf dem Weg nach draußen mitgenommen haben, vielleicht, um mich an irgend etwas festhalten zu können. »Lieben Sie Brahms?« habe ich geantwortet, denn das war das Buch, das ich dabei hatte. Er hat gar nichts gesagt, sondern bloß die Flinte abgefeuert. Aber das hat mich nicht so schockiert wie das, was er dabei immerzu gerufen hat. »Kennen Sie Hemingway?« hat er gerufen, und ich glaube, den Donner seiner Stimme hat man noch in Mairie d'Ivry gehört. »Kennen Sie Hemingway?«

MAURICE LACHENAY

Lassen Sie mich ein paar einleitende Worte für unsere Gasthörer sagen, bevor Monsieur Jalabert mit seinem Vortrag beginnt.

Serge Bienenfeldt muß zu den einflußreichsten Dichtern dieses Jahrhunderts gezählt werden. In seinem Gestus nachtgequälter Verweigerung, vergleichbar nur mit der Écriture fatale Célines und Drieu la Rochelles, spiegelt sich zwischen hypersinnlicher Wahrnehmung und antibürgerlichem Höllensturz ein verzweifeltes Aufbäumen gegen die verrinnende kalendarische Zeit, der zum Scheitern verurteilte Versuch, die menschliche Schwäche und damit – frei nach Pasternak – das Gesetz des Todes zu überwinden.

* * *

Berliner dachte gerade darüber nach, wie schwer erste und letzte Sätze zu schreiben waren, als er ein Geräusch im Erdgeschoß vernahm. Die Schritte auf der Treppe waren weiblich. Er entspannte sich wieder, als er sich erinnerte, daß Ella Bienenfeldt ihren Besuch angekündigt hatte.

»Auf dem Parnaß hört man das Läuten wohl nicht.« Sie lehnte sich an den Türrahmen. »Aber Sie haben ja die Verandatür offen gelassen.«

»Vielleicht sind meine Sinne etwas in Mitleidenschaft gezogen, weil ich die ganze Nacht wach war«, sagte Berliner. »Aber eines hört man auf dem Parnaß besser als an jedem anderen Ort – den griechischen Chor.«

»Ach so?«

»Ich habe mit Dutzenden von Leuten über Ihren Bruder gesprochen.« Berliner fuhr sich über das Kinn und spürte, daß er dringend eine Rasur nötig hatte. »Ein merkwürdiger Kanon, in dem immer wieder die ›Nachtmaschine‹ auftaucht. Haben Sie sich je gefragt, was Serge damit eigentlich meinte?«

»Die Métro, dachte ich.«

»Das behauptet Lafforgue auch. Ich hege allerdings den Verdacht, daß Ihr Bruder dieses Gerät hier im Sinne hatte.« Die Underwood klingelte, als Berliner die Walze nach links rückte. »Die Nachtmaschine – sie führt an Orte, an denen niemand vor Serge gewesen ist.«

»Eine durchaus brauchbare Definition für die Arbeit eines Autors«, sagte sie. »Aber wenn ich mich recht entsinne, sollten Sie eigentlich ermitteln, wo sich Serge jetzt aufhält.«

»Er ist dort, wo sich alle Schriftsteller befinden. Hier.« Berliner unterdrückte ein Gähnen, während er auf das fast fertige Manuskript deutete. »Aus verschlossenen Häusern verschwindet niemand, außer in Kriminalromanen, und dort ist immer irgendein Trick dabei. Erinnern Sie sich an Cressida, die Bildhauerin, von der ich Ihnen erzählt habe? Ich weiß, daß Serge bei ihr ist, genauso wie der Kater – Georges hieß er, richtig? –, und mittlerweile kenne ich auch den Weg, ihn zu finden.«

Sie taxierte ihn mit sibyllinischem Ausdruck, während sie die obersten Blätter des Manuskripts in die Hand nahm. Ihr Blick flog über die Zeilen, nahm die Worte auf, streifte das nächste Blatt und blieb abermals hängen, bevor sie neben ihn trat und auf das letzte, in der Underwood eingespannte Blatt Papier starrte.

»Deswegen haben Sie nicht geschlafen«, sagte sie. »Sie haben geschrieben.«

»Ich bin fast fertig.« Berliner nickte. »Nur noch ein Satz. Lassen Sie mich nur diesen einen Satz zu Ende schreiben.«

* * *

Paul Broussard hat eine weitere Filiale am Gare d'Austerlitz eröffnet. *Maurice Lachenay* soll Dekan der Sorbonne werden. *Gráinne Meurisse* ist verstorben. *Julien Lafforgue* kämpft mit renitenten algerischen Mietern in Barbès. *Yves LeNormands* Bienenfeldt-Biographie ist »kraftvoll, ungeschminkt und wahrhaftig« (Paris Match). *Jean-Jacques Dubonnet* nimmt auf St. Maarten an einem Tauchkurs teil. *Baptist Dubonnet* hat seine Pflegerin geheiratet. *Marcel Benoît-Lévy* ist zum Ritter der Ehrenlegion ernannt worden. *Christian Jalabert* schreibt an seiner Dissertation. *Mirella Biaggi* spielt die Hauptrolle in »Sandras Unschuld«. *Ella Bienenfeldt* singt für die nächsten sechs Wochen im Oak Room des Algonquin Hotels, New York. *Berliner* hat immer noch keine Rechnung geschickt.

BOY MEETS GIRL

»Now that I'm older and
sub-space is colder
I just want to say something true.«
David Berman

1. ISO GRIFO

Ich wollte mich drücken.

Ich sah in den Spiegel und den Tatsachen ins Auge. Die beiden Votivkerzen mit dem geprägten Gesicht der Mutter Maria stammten aus Puerto Rico, und ihr mattes Licht ließ mich schlanker wirken, als ich eigentlich war. Ich sog die Wangen zwischen die Zähne, während ich die schmale schwarze Krawatte zum drittenmal band. Nächster Versuch: Das breite über das schmale Ende, einmal links herum, von hinten durch die entstandene Schlaufe und vorsichtig straffziehen. Na also - *okay, José*. Eine meiner leichtesten Übungen.

Arribá!

Der braune Anzug stand mir; ein auf der Hand liegendes Versäumnis, daß ich vorher nie daran gedacht hatte, mir einen zu kaufen. Ich hatte ihn am Vorabend bei einem Herrenausstatter unweit der Arkaden am Atlantis-Multiplex erstanden; der Verkäufer, erst ein wenig unwillig, hatte mit Blick über seine randlose Brille von maskuliner Eleganz und selbstbewußtem Design gemurmelt, von klarer Business-Linie und modischer Souveränität. Feinste Qualität, der Herr, eine echte Visitenkarte, Sie verstehen, was ich meine.

Ich strich über die Kragenaufschläge des Sakkos, zog den Bauch ein und sog ein paar Liter Luft in meinen Brustkorb, um den Spielraum meiner Schultern auszumessen. Dann sah ich ihn argwöhnisch an. »Wieso sind denn die Taschen zugenäht?«

Sein Adamsapfel bewegte sich wie eine Pleuelstange. »Wenn Sie sich entschieden haben, trenne ich sie Ihnen gerne auf.« Er trat einen Schritt zurück, und die pikierte Nuance in seinem Tonfall verflüchtigte sich wieder. »Beste Mailänder Arbeit. Eine Hommage an Ihre Persönlichkeit.«

Und das war nicht mal gelogen. Der klassisch gediegene Schnitt des Einreihers verfeinerte die gewisse Korpulenz meines Egos zu Charakter, den feisten Aspekt meiner Natur zu Format. Eine gewandte, ja, erfolgsgewohnte Aura umschmeichelte die massige Tonnage meines Körpers, multiplizierte Geschmackssicherheit mit dem Lächeln des geborenen Entscheidungsträgers, um das Produkt mit meinen Vollstrekker-Qualitäten zu potenzieren. Nenn mich Roberto, Giacomo, Romeo. Der Verkäufer nickte einvernehmlich, als könnte er meine Gedanken lesen. Ich zahlte mit Karte und ging.

Das wollte ich jedenfalls. Doch als er die Karte zum zweiten Mal durch den Schlitz des Lesegeräts gezogen hatte, war mir klar, daß er mir außer seinem Kopfschütteln nichts schenken würde. »Ich bedaure, aber Ihre Karte wird nicht akzeptiert. Möchten Sie eventuell bar bezahlen?«

Die Vorsehung winkt dauernd mit dem Zaunpfahl, man muß es bloß erkennen. »Immer, wenn man mit beiden Händen ins volle Leben greifen will, ist irgendeine Tasche zugenäht«, sagte ich, während ich meine nutzlose Karte zurücknahm. »Denken Sie mal drüber nach.«

Er runzelte die Stirn, als wollte er meinem Vorschlag tatsächlich Folge leisten, und in diesem Moment griff ich kurzentschlossen über den polierten Schautresen, packte die Tragetasche mit dem bereits verstauten Anzug und rannte los, über den gesaugten Veloursboden direkt zum Eingang, wobei ich vor Panik fast die rechte Hälfte der Glastür aus den Angeln gerissen hätte; eine unbeabsichtigte Demonstration roher, unkontrollierter Kraft, die ihn wahrscheinlich daran hinderte, mir zu folgen, wenn meine Konfektionsgröße allein noch nicht überzeugend genug gewesen war. Nichts, worauf ich mich verlassen hätte. Ich hetzte nach rechts, bog mit Volldampf um die nächste Straßenecke, legte noch ein paar Schaufeln Kohle zu und hielt erst an, als ich, völlig außer Atem, einen marineblauen Alfa Spider erspähte, der gerade in eine Parklücke einscherte. Nicht exakt meine Farbe, aber sonst absolut zweckdienlich. Ich hatte weiche Knie. Genug für heute. Der Wagen mußte sowieso bis morgen warten.

Da war irgendein Geräusch. Mir klingelten die Ohren.

Das Krawattenende in den Fingern, betrachtete ich immer noch mein Monument im Spiegel, als mir klar wurde, daß die Bodenstation dringend nach meiner Aufmerksamkeit verlangte. Erde an Sonny Graff. Erde an Sonny Graff. He, Sonny, Telefon.

Als ich abhob, fiel mein Blick auf die Drohbriefe, die ich letzte Woche von meiner Bank erhalten hatte. Woher hätte ich auch ahnen sollen, daß sie so schnell ernst machen würden?

»Dorian Gray.«

»Du brauchst dich gar nicht zu verstellen, Sonny«,

raunzte eine übellaunige Stimme in mein Ohr. »Ich weiß genau, daß du dran bist.«

»Harry«, sagte ich. »Ich warte schon seit Stunden auf deinen Anruf.«

»Und ich darauf, daß du hier antanzt. Du bist seit zehn im Dienst.«

»Deine Fürsorge rührt mich immer wieder, Harry«, sagte ich. »Aber ich fürchte, wir können uns heute nicht sehen, Schatz.«

»Ich habe immer gewußt, daß mit dir irgendwas nicht stimmt.« *Ja, Babe, komm schon, sag es, sag es.* »Du schwuler Specht brauchst dich hier nicht noch mal blicken zu lassen.«

»Jammerschade, Harry.« Fast hätte ich angefangen zu singen. »Ich werde unsere zwanglosen Gespräche wirklich vermissen.«

Harrys Stimme vibrierte noch einen Moment in meiner Ohrmuschel, dann war es still. Es war niemand da außer mir und dem armen Benjamin, von dem aber ohnehin kein Kommentar zu erwarten war. Pflanzen klagen nicht. Er ist nur ein demütiger, verwaister und regelmäßig vernachlässigter Ficus Benjaminus, der seine ausgezehrten Äste duldsam in den Raum reckt und von Zeit zu Zeit ein nikotinverseuchtes Blatt gen Boden trudeln läßt - ein Mahnmal für Sonny Graffs Verdienste um die Natur. Dreimal im Jahr, wenn der arme Benjamin endgültig den Löffel abzugeben droht, wird seine rissige Erde mit einem barmherzigen Liter Wasser überschwemmt. Der Baum hat den Blues, und er hat alles Recht der Welt dazu.

Ein bißchen war auch der stumme asketische

Jammer des armen Benjamin daran schuld, daß ich an den Tod denken mußte. Der Tod kann groß sein. Man braucht dazu einen Helm mit Tarnnetz, im Wachtraum entrückte blaue Augen, eine Zigarette im Mundwinkel und eine rückstoßfreie Maschinenpistole; so jedenfalls hatte ich es mir immer vorgestellt. Die oder du, einer wird gewinnen. Obwohl groß nicht ganz das richtige Wort war. Denn letztlich ging es um die Augen, die das Terrain mit diesem Blick aus Verwundbarkeit und Verwunderung sondierten. Ist es nicht romantisch?

Es muß nicht so sein, wie die Geschichte von Emilio Rivera Cruzeiro beweist, einem knapp vierzigjährigen katalanischen Estrichleger, dessen unbezähmbare Begierde in Sekundenbruchteilen zum jähen Reißen seines Lebensfadens führte. Der erste Teil seines Plans war bereits ausgeführt, als er im Dunkel der Nacht eine ahnungslose Henne entführt hatte und nun, das Federvieh unter den Arm geklemmt, den Abstieg zu einem nahegelegenen Flußufer begann, um dort seinem fatalen Trieb nachzugeben. Als Cruzeiro sich an einem Felsvorsprung festhielt, löste sich ein tonnenschwerer Granitbrocken und begrub den bärtigen Spanier mitsamt dem unglücklichen Geflügel. Wenn man so etwas liest – *El Pais* vom 13. Dezember 1990 –, möchte man fast glauben, der Sensenmann besäße so etwas wie Ironie. In Wirklichkeit lacht er nicht mal, wenn die Pathologen die neuesten Hühnerwitze aus dem Internet austauschen.

Der Tod hat eine extrem hohe Bandbreite; er schöpft alle Möglichkeiten aus, um anderen ihre Möglichkeiten zu nehmen. Er mag groß sein oder lächerlich, heroisch oder verdient, am Ende ist er immer nur eines: vulgär. Aber das Schlimmste am Tod ist wohl, daß man niemandem mehr von seinen Lieblingsfilmen erzählen kann. Noch schlimmer, daß ich mich immer nur an die letzten drei Filme erinnere, die ich gesehen habe. Einer davon rief mir erneut ins Gedächtnis, daß ich mich drücken wollte.

■ TAG DER ENTSCHEIDUNG, John Milius, 1977. Die Brandung donnert, während Gary Busey, Jan-Michael Vincent und William Katt, abgeklärt, braungebrannt, nur ein bißchen älter, an den Strand kommen, um auf ihren Surfbrettern herauszuschwimmen und die Wogenkämme zu erklimmen. Eine Art Kavalleriesymphonie ertönt, schmetternde Trompeten und Hörner, als würden hinter den Wellen gleich die Ogellala in voller Kriegsbemalung auftauchen, aber die drei haben nur zwei Gegner, die grüne Gischt und sich selbst, während sie über die gewölbten Wände in die nassen Tunnel schießen. Man denkt, einer muß dran glauben, aber sie kehren alle zurück.

Entschlossenheit – das war der Punkt, auf den alles hinauslief. Ich durfte nicht länger warten. Wenigstens brauchte ich mein Leben nach der unlängst geführten Konversation nicht mehr hinter Harrys Tresen zu vertun, wo ich die Zeit damit verbrachte, Mahnungen aus dem Computer zu lassen, der Kundschaft zu harren und über die Gemeinsamkeiten von mir und Quentin Tarantino zu sinnieren, der lebensgroß in

Pappmaché neben der Ladentür steht und ja bekanntlich ebenfalls ein paar Jahre in einer Leihbude namens »Video Archives« absitzen mußte, bevor er an die Côte d'Azur eingeladen und seinen Talenten die gebührende Anerkennung gezollt wurde. Ich bin gerade mal zwei Jahre jünger als er, und meine Mutter heißt ebenfalls Connie. Stimmt, ich wiege ein paar Kilo mehr als Quentin, aber gebt mir eine Steadycam, und ich zeige euch, wie der Film beginnt.

Sonny Graffs Wohnung. Innen / Tag. Ein enger Flur, in dem man sich so eben zwischen einem in einer Ecke lehnenden Staubsauger und einer Phalanx älterer Schuhmodelle hindurchdrücken kann. Schwenk nach links auf ein Fenster mit halb heruntergelassenen Plastikjalousien und ein weinrotes Schlafsofa, über dessen Lehne ein paar reinigungsbedürftige Hemden hängen. Andante über die nächste Wand, ein gerahmtes Schwarzweißfoto eines siegesgewiß lächelnden Mannes in Rennfahrermontur (Juan Manuel Fangio), eine Vitrine mit Miniaturboliden (Bugatti, Aston Martin, Daimler, Facel Vega) und einen Strandschnappschuß von Marilyn Monroe, als sie noch Norma Jean Baker hieß – Typ Schönheit vom Lande, leicht versonnen mit gestreifter Schleife im Haar –, auf einen auf einer Kommode stehenden, etwa sechzig mal neunzig messenden und von zwei Totensonntagskerzen flankierten Spiegel, der das Profil eines, sagen wir, kompakt gebauten, gerade auf die Uhr schauenden jungen Mannes in einem nagelneuen braunen Anzug reflektiert.

Über den wir jetzt schon eine ganze Menge wissen. Und sei es nur, daß er es eilig hat.

Zoom auf ein momentan noch undefinierbares Instrument auf der Ablage vor dem Spiegel: einen etwa dreißig Zentimeter langen und fünf Zentimeter schmalen Metallstreifen, der von weitem an ein Architektenlineal ohne Maßeinteilung erinnert. Schwenk auf Sonnys Hand, in der sich jetzt eine Blechschere befindet. Erst trennt er zwei Dreiecke ab, so daß das untere Ende des dünnen Eisens wie ein eindimensionaler Pfahl zuläuft, dann schneidet er am Ansatz der eben entstandenen Spitze zwei Kerben in das matt glänzende Metall, die einen scharfen Widerhaken ergeben. Die gesamte Operation, mit Augenmaß und nicht unbeträchtlichem handwerklichen Geschick ausgeführt, dauert ungefähr zehn Sekunden; Sonny weiß, was er tut. Jetzt hat er ein gemeingefährlich anmutendes, von Profis anerkanntes und vielseitig einsetzbares Gerät, kurz: genau das, was er für seine Zwecke braucht.

Ich hatte das unbestimmte Gefühl, etwas vergessen zu haben, als die Tür hinter mir ins Schloß fiel, aber ich mußte mich jetzt auf andere Dinge konzentrieren. Das Instrument im Ärmel des Sakkos verborgen, lief ich die frisch gewischten, noch feuchten Treppenstufen hinunter. Die Briefkästen im Erdgeschoß waren bereits in Sicht, als sich von links ein Schatten in mein Blickfeld schob. Das nächste, was ich sah, war ein kunstharzartiges Halblächeln, gefolgt von einem Zeigefinger, der in Richtung meines Brustbeins stach.

»Monsieur.«

Wir waren hier nicht in Frankreich, und schon die Anrede sollte klarstellen, daß ich mich seiner Meinung nach für etwas Besseres hielt, bevor er mit einer

Kopfbewegung hinter sich wies. »Dauernd tritt einer seine Kippen auf der Fußmatte aus.«

Der Hausmeister. Aggregatzustand: mürrisch. Hauptkirche seiner Religion: der lokale Baumarkt. Rollenmodell: Zeuge der Anklage. Für ihn stand seit langem fest, daß ich schuld war, am Zustand der Welt im allgemeinen und an seiner Misere im besonderen. An den Lehmspuren bei Regenwetter, am Gekrakel im Fahrradkeller, an der flackernden Glühbirne in der zweiten Etage. Meine Finger waren im Spiel, wenn die Tauben ihr Deckweiß über dem Hinterhof abwarfen, genauso, wie der Entlaubungstrieb der herbstlichen Linden auf mein Konto ging. Er arbeitete noch daran, die exakten Zusammenhänge herzustellen.

»Die Zigarette danach«, sagte ich und versuchte, so peinlich berührt wie möglich auszusehen. »Die beiden waren so laut, daß ich sie durch die Tür hören konnte.«

Seine Brauen zogen sich so weit zusammen, daß er beim Breschnew-Ähnlichkeitswettbewerb den ersten Platz gemacht hätte. »Was meinst du damit?«

»Na, das«, sagte ich und bewegte meine Rechte auf und ab, als hätte ich einen Cocktailshaker in der Hand.

»Ach so? Durch welche Tür denn?«

»Na, durch *Ihre* Tür«, sagte ich und deutete über die Schulter in Richtung seiner Parterrewohnung. »Genausogut hätte sie sperrangelweit offen stehen können, wenn Sie drauf kommen, was ich meine.«

Wir wären sowieso keine Freunde fürs Leben geworden. Während sich langsam dräuende Erkenntnis auf seiner Miene abzeichnete, drängte ich mich an ihm vorbei zur Tür und ging an den Mülltonnen entlang durch die Hofeinfahrt auf die Straße. Da ich seinen Schwefelatem noch nicht im Nacken spürte, hieß das wohl, daß ihm beim Drehen seines Haustürschlüssels gerade siedend heiß aufging, warum ihn seine Frau immer Kojote nannte.

Es war ein seltsam schöner Tag, einer dieser leisen, warmen Vormittage, an denen man an Schwalbenschwänze denkt und an Schaukeln, die wie in Zeitlupe nach vorn schwingen und dann langsam wieder zurück. Wenn du ein Dichter wärst, würden die Mädchen weinen. Für einen Moment weißt du, daß diese Amsel gleich zu dir sprechen wird, aber dann fliegt sie doch auf die nächste Mauer, um dich schweigend von dort aus zu betrachten. Das Leben ist blau, blau und bedächtig, und du wirst ewig leben. Du riechst Geräusche, und du hörst die Gerüche, das Atmen des Sommers, das die Vorhänge bauscht und die Kettenhunde träge macht. Aber, Sonny, und das ist ein großes Aber, du bist kein Dichter, du bist das, was man einen schweren Jungen nennt, im doppelten Sinne, unterwegs, um jemandem vorsätzlich die Beine zu brechen, wenn es nicht noch schlimmer kommt. Vögel nimmst du höchstens wahr, wenn dir morgens um sieben ihr Gebrüll den Kopf zu sprengen droht, und die Mädchen brechen nicht in Tränen aus. Nicht wegen dir, Sonny Graff.

Am Ende der Straße sah ich zwei junge Mütter, die sich über ihre Kinderwagen hinweg unterhielten. Ich stellte meine Augen auf Tiefenschärfe ein und ließ meinen Blick über den Bordstein schweifen, über Carinas und Corollas, Micras und Escorts. Vor der

Näherei parkte ein Mini Cooper, dahinter ein gelber Cinquecento, auch als rollender Briefkasten bekannt; läßt man die Scheibe einen Spalt offen, werfen die Leute ihre Briefe ein. Alles in allem eine ziemlich magere Ausbeute, aber ich lag gut in der Zeit. Früher oder später würde ich auf einen brauchbaren Untersatz stoßen.

Ich bog um die nächste Ecke, und im selben Moment hatte ich eine Erscheinung. Während ich in der Bewegung erstarrte, als wäre der untere Teil meines Körpers urplötzlich schockgefrostet worden, richtete sich mein Fokus in einer Diagonale über die Straße, um meine Sehnerven mit Informationen zu versorgen, die mein Verstand nicht glauben wollte. So mußte sich ein peruanisches Bauernmädchen fühlen, wenn sie an einem einsamen Andensteig auf einen Mann traf, der die von Wundmalen gezeichneten Hände langsam vor ihr ausbreitete. Ich blinzelte, wollte mich in den Arm kneifen, ach was, in die Eier, während die Adrenalintransporter in meinen Adern losbrausten und mir das Herz bis zum Hals schlug. Aber dort stand er, kein Zweifel, etwa dreißig Meter entfernt auf der gegenüberliegenden Straßenseite, zwischen einem erbärmlichen Audi 80 und einem Renault 5 mit eingebeulter Fahrertür, etwa so unauffällig wie eine Giraffe in einer Rinderherde. Die Antwort des Herrn auf das Kyrie Eleison.

Iso Grifo.

Den Klang dieser Worte muß man mit einer Handbewegung unterstreichen, die unmißverständlich *Basta!* sagt, während man die majestätische Grandezza der Silben summen, surren und schnurren läßt, bevor man in der sonoren Wärme der Endung die Zylinder zittern spürt. Ich blieb zunächst auf meiner Straßenseite, um meine Andacht in gebührendem Abstand fortzusetzen. Knapp 400 Stück waren von diesem Geschoß in Serie gegangen, und der Besitzer des Wagens mußte verrückt sein, ihn einfach so hier abzustellen. Andererseits konnte er ja nicht wissen, daß Sonny Graff in der Nähe war.

Der Grifo. Ein silbergrauer Panther auf dem Sprung, Mitte der Sechziger von der Iso S.p.A. entwickelt, einer norditalienischen Firma, die eigentlich Kühlschränke und Gefriertruhen herstellte. Ganzstahl-Karosserie, Fastback-Heck, Lufteinlaßschlitze in den vorderen Kotflügeln und eine Monsterhutze auf der weit nach vorn gezogenen Motorhaube, die durchblicken ließ, daß hier Experten für Kühlung am Werk gewesen waren. Corvette-V-8-Maschine, Spitzengeschwindigkeit 260 Stundenkilometer. Ein Wagen, wie er alle hundert Jahre gebaut wird, nichts als Kraft, Gelassenheit und Eleganz. Ich mußte ihn einfach fahren.

Natürlich sagte mir meine innere Stimme, daß ich nicht ganz bei Trost war. Laß es bleiben, Sonny, das ist purer Wahnsinn, sie haben dich an der übernächsten Kreuzung, und du weißt, was dir dann blüht. Aber ich machte einfach das, was ich immer tue, wenn jemand Einwände hat. Ich hörte nicht hin.

Ich sah mich beiläufig um, ohne jemanden in meiner unmittelbaren Nähe zu entdecken, überquerte zielstrebig die Straße und griff im Gehen in den Ärmel meines Sakkos. Ich warf einen Blick durch das Seitenfenster des Grifo, ohne das charakteristische Blinken oder sonst einen Hinweis auf ein Alarmsystem zu finden, setzte den Öffner an der Fensterscheibe an und drückte ihn am Gummi herunter, genau über der Stelle, wo das Türschloß war. Obwohl ich diesen vorsintflutlichen Riegel auch mit einem Kleiderbügel hätte knacken können, mit einem Kühlschrankmagneten, mit einem Deoroller, wenn's nötig war. Noch ein, zwei Zentimeter, dann hatte ich den Punkt, wo ich einhaken mußte.

Es war diese verdammte Nervosität, die mich aus dem Konzept brachte. Das war einfach nicht möglich. Ich stocherte mit dem Öffner in der Türverkleidung, ohne auf den erhofften Widerstand zu stoßen, und spürte, wie sich ein kalter Schweißfilm auf meinen Handrücken bildete. Ich zwang mich zur Ruhe, justierte den Öffner und schob ihn abermals behutsam nach unten.

»'nen flotten Schlitten haben Sie da«, sagte eine Stimme hinter mir.

Jesus Christus! Die absehbare Konsequenz dieser Worte ließ mich fast über das Dach des Grifo springen. Ich fuhr herum und sah in die arglosen Augen eines mondgesichtigen Mittdreißigers in einer orangefarbenen Windjacke, der mit ausgestreckter Hand auf mich zukam.

»Äh, ja«, brachte ich heraus, während ich mich geistesgegenwärtig vor das Türschloß stellte. »Ich wollte bloß ...«

Irgend etwas in seinen Fingern reflektierte das Licht, als er die Hand noch ein bißchen höher hob.

»Können Sie das hier wechseln?« Er zuckte mit den Schultern. »Kaum hat man endlich 'nen Parkplatz gefunden, hat man mal wieder kein Kleingeld dabei.«

Ich schickte ein stummes Dankgebet zum Himmel, dafür, daß ich nie ohne Zigarettengeld aus dem Haus ging, und kramte ein paar Münzen aus meiner Hosentasche. »Das dürfte Ihr Problem lösen.«

»Das ist doch viel zuviel«, sagte er und gab mir ein paar zurück. »Danke, Sie haben mir einen Strafzettel erspart.«

Hau endlich ab, Mann! »Nichts zu danken.«

»Hätten Sie gelegentlich mal Zeit für ein zwangloses Gespräch über Jesus?« sagte er. »Wir sind 'ne ganz lockere Runde, treffen uns alle vierzehn Tage, um ...«

»Ich bin orthodoxer Jude«, schnitt ich ihn ab. »Wenn Sie mich jetzt entschuldigen würden.«

Die Erlösung war bereits in greifbarer Nähe, als er in der Bewegung innehielt und sich wieder zu mir umwandte. »Irgendwo hier in der Gegend muß es ein Geschäft für Modelleisenbahnen geben – Sie wissen nicht zufällig, wo das ist?«

»Da vorn um die Ecke und dann die zweite links«, knurrte ich, ohne diesen Laden jemals auch nur von fern gesichtet zu haben. »Soll ich Ihnen eventuell noch schnell einen blasen?«

Er murmelte ein nicht eben gottgefälliges Synonym für den menschlichen Darmausgang, war aber sensibel genug, um eilig den Rückzug anzutreten. Ich sah ihm noch ein paar Sekunden hinterher, bevor ich den Öffner abermals in das Türgestänge schob. Eine simple Sache, im Dutzend billiger. Mit einem sanften Klicken sprang der Türknopf hoch.

Der Rest bestand aus reiner Routine, Handgriffen, die ich im Schlaf beherrschte. Ich riß die Kabel des Zündschlosses aus der Verkleidung, verband die Drähte miteinander und ließ die Funken fliegen, als ich Strom auf den Anlasser gab. Der Motor erwachte mit einem langgezogenen, kehligen Laut und ließ das Chassis sanft erbeben, während ich den cremefarbenen Ledersitz nach hinten verstellte. Jetzt blieb nur noch zu hoffen, daß der Besitzer des Grifo sich gerade einer Hypnosetherapie unterzog oder mit einer sudanesischen Delegation über die Abschaffung der Scharia verhandelte. Ich brauchte einen Vorsprung, bevor das Gesetz auf den Plan trat.

Ich ließ das Seitenfenster herunter, manövrierte den Wagen aus der Parklücke und fuhr los. Ein Schwall warmer Luft umfing mich, um rasch abzukühlen, als ich hinter der nächsten Ecke beschleunigte. 300 PS. Man hätte meinen können, es gäbe viele Möglichkeiten, aber mir blieb keine Wahl.

Ich blickte auf den geflügelten Löwen in der Mitte des Steuers und dachte an den Captain.

Und dann, als ich den Grifo auf der Schnellstraße in den Nachmittagsverkehr einfädelte, fiel mir ein, was ich vergessen hatte. Einen kurzen Anruf. »Nadja«, sagte ich. Es klang gut, aber am liebsten hörte ich ihren Namen immer noch aus ihrem eigenen Mund. Träume, Lieder. Sie hatte keine Ahnung, wie sehr ich ihre Stimme liebte.

2. GRÜNE JUNGEN

»Ist der komplett wahnsinnig geworden?« brüllte der Captain. »Wieso dreht der Idiot nicht ab?«

Sie konnten ihn ohnehin nicht hören, und es war sowieso zu spät. Der Pilot des Huey hielt unbeirrt auf die grüne Wand zu und bestrich das im Delta übliche Gewirr von Bananenstauden, Wasserpalmen und Bambusdickichten unablässig mit dem Feuer der an den Seitentüren befestigten 7,62-mm-MGs. Er richtete rein gar nichts gegen die im Unterholz eingegrabenen Guerillanester aus, außer ein paar Pfirsichbaumwipfel zu köpfen, und als er parallel zur Blättermauer zum Tiefflug ansetzte, erwischte ihn eine Splittergranate aus einem 120-mm-Mörser. Ein orangefarbenes Elmsfeuer zuckte durch das Cockpit des Helikopters und flackerte über die tiefliegenden Nebelschwaden, bevor der Huey seitlich in das Reisfeld stürzte, 250 Meter von den beiden H-21-Maschinen entfernt, die ein paar Minuten zuvor abgeschossen worden waren.

Ein einsamer Wasserbüffel wandte beiläufig den Kopf, als sei er von einer Bremse beim Trinken gestört worden.

Ich ließ meinen Blick über die grünen Schossen der Reissaat schweifen, über einen herrenlos dahindümpelnden Sampan und einen kleinen Friedhof, den die Bauern inmitten der Felder angelegt hatten, und kam abermals zu dem Schluß, daß wir verdammt schmal aussahen. Die einzige offene Seite des Gefechtsfeldes waren die deckungslosen Sümpfe im Osten, und über die südliche Flanke würden wir ins offene Messer laufen; kein Zweifel, sie hatten uns in der Zange.

»Da drüben liegt Fredricksson«, sagte der Captain zwischen zusammengepreßten Lippen.

»Er war ein grüner Junge«, sagte ich. »Wir hätten ihn schon im Camp erschießen sollen.«

»Zu Hause«, sagte der Captain mit heiserer Stimme, bevor er mit einem Seitenblick auf das beschlagene Zifferblatt seiner Uhr in das Feldfunkgerät sprach: »Birdman, uns sind fünf, ich wiederhole, fünf Hubschrauber abgeschossen worden. Die Situation ist aussichtslos. Wir befinden uns auf X-Koordinate Sierra 4, 1, 0, 6, 4, 0.«

Die Stimme im Äther knisterte wie ein naß gewordener Kerzendocht. »Ich kann Sie nicht verstehen, Wild Dog. Ich kann Sie nicht verstehen. Over.«

Der Regen war stärker geworden, durchnäßte uns bis auf die Knochen. Südwestmonsun. Die tödlichen Feuerstöße automatischer Waffen drangen zu uns herüber; Gewehrgranaten jagten Fontänen brackigen Wassers in die Luft, während die Heckenschützen versuchten, die Helikopterwracks in Brand zu schießen. Der Captain wies zur südlichen Flanke hinüber. »Die Hütte, Lieutenant. Wir müssen versuchen, zur Hütte zu kommen.«

Geschosse zerrissen die bleierne Luft über uns, als ich, die Maschinenpistole im Anschlag, durch den Morast hinter ihm herstolperte. Wir hielten uns im spärlichen Schutz der Bäume und entfernten uns in einem Halbkreis von unserer Position; schweigend kämpften wir uns vorwärts, hielten Ausschau nach

Fußfallen oder anderen Hinterhalten, während der Schlamm an unseren schweren Boots saugte und jeden Schritt zu einer kleinen Ewigkeit machte. Dann streckte der Captain plötzlich seine Linke aus, blieb für einen Moment regungslos stehen und horchte in die schwüle Stille, bevor er sein Armalite-Schnellfeuergewehr hochriß, wild ins Laubwerk zu feuern begann und im Zickzack auf die rettende Hütte zurannte.

In diesem Augenblick sah der Lieutenant sie auch. Aber vor allem sah er sich selbst, die Special-Forces-MP im Hüftanschlag, mit der er die Munition verspritzte wie aus einem Gartenschlauch, während Blätter und Äste durch die Luft wirbelten und die gesichtslosen Angreifer einer nach dem anderen zu Boden gingen, vornüber in den Schlamm klatschten, von der Wucht der Geschosse nach hinten gerissen und rücklings in den Matsch katapultiert wurden. In seinen Ohren toste ein Rauschen wie von heranrasenden Granaten; er sah nichts außer dem Stroboskoplicht des Mündungsfeuers, während er mit dem heißen Metall seiner Waffe verschmolz. Aufspüren und vernichten. Extremer Body Count, Compadre.

Der Captain hob eine Hand und spitzte leicht die Lippen, als ich mich zu ihm unter das Vordach der Hütte gesellte. Als mein Blick seinem ausgestreckten Zeigefinger folgte, wußte ich, daß der Krieg vorbei war.

»Sieh mal, da drüben«, sagte er leise.

Jetzt bemerkte ich sie auch. Eine Ente zog im Nieselregen ihre Bahnen auf dem Teich, an dessen Ufer wir uns gerade zur Hütte vorgekämpft hatten.

Den glatten, hellbraunen Kopf leicht vorgebeugt, glitt sie bedächtig über das schlickbedeckte Wasser auf das gegenüberliegende Ufer zu.

»Ist ein Weibchen«, sagte ich. »Die Männchen sind immer die bunten.«

»Vielleicht nistet sie hier«, sagte der Captain, während er eine Packung Craven A – die Marke, die sein Vater rauchte – aus seiner Hosentasche beförderte. »Ich hab hier jedenfalls noch nie eine gesehen.«

Er war ein großer Junge mit hellblauen, traurigen Augen, aber das sah ich damals natürlich nicht. Was ich sah, war die geschmeidige Lässigkeit seiner Bewegungen, als er ein Streichholz anriß und an die Zigarette hielt, die Flamme, die in seinem Blick weiterzuglimmen schien, als er sie längst ausgeblasen hatte, die Dinge, die er sagte, ohne sie aussprechen zu müssen. Was ich sah, war so ziemlich das genaue Gegenteil von Sonny Graff, dessen klatschnasse Regenjacke sich bei jedem Atemzug wie eine grüne Wurstpelle über den trägen Wülsten seines Rumpfes straffte. Sonny Graff, der Papst des Schmalzbrots und des Zwiebelmetts, wie alle Päpste dazu verurteilt, sein Amt bis zum bitteren Ende zu bekleiden. Sonny Graff, der in diesem Moment ein unziemliches, würdeloses und wohlbekanntes Magenknurren verspürte. Der Captain reichte mir die Zigarette und blickte auf den See hinaus.

Ich testete die Spannbreite meiner Lungenflügel und ließ den Rauch aus meinen Nasenlöchern strömen. Ich war ein Scherenraucher, hielt die Zigarette immer zwischen Zeige- und Mittelfinger, während der

Captain aus der hohlen Hand inhalierte. Die Hüttenwand im Rücken, lehnten wir uns in die Stille hinein, in ein breitwandiges, maskulines, mit tropischen Hölzern und kunstvollen Intarsien vertäfeltes Schweigen. Die Augen des Captains waren nicht auf den See gerichtet, sondern schienen auf einen jenseitigen Punkt konzentriert, auf etwas Geheimnisvolles, Tragisches und Schönes, das hinter den Dingen lag, und ich spürte, wie nahe ich daran war, es ebenfalls zu sehen. Toastbrot. Eine pöbelhafte Blähung ließ mich kurz und proletarisch wissen, wo meine wahre Bestimmung lag.

»Die Ente«, riß mich der Captain aus meinen Gedanken. »Morgen bringen wir was zum Füttern mit.«

»Morgen muß ich meinen Leuten helfen«, sagte ich. »Mein Alter baut gerade den Dachboden aus.«

»Dann am Sonntag«, sagte der Captain. »Klare Sache, Lieutenant.«

»Akte geschlossen, Cap.«

Wir hoben die Handflächen, schlugen uns ab und grinsten in uns hinein.

Das Delta lag nur fünf Straßen vom Haus der Weiss' entfernt. Eigentlich war es ein Grundstück, das auf seine Erschließung wartete, doch die Eigentümer ließen sich nie blicken, jedenfalls nicht, seit wir den Garten vor zwei Jahren in unseren Besitz genommen hatten. Links und rechts von zwei Bürgerhäusern aus den zwanziger Jahren flankiert – in dem linken wohnte, wie es der Zufall so wollte, unser Deutschlehrer –, wurde der Garten zu allen vier Seiten von hohen Ligusterhecken mit eingezogenem Stacheldraht abgeschirmt; das Holztor war mit einem längst verrosteten, jedoch immer noch stabilen Vorhängeschloß gesichert, aber ein schmaler, zur Parallelstraße führender Schotterpfad auf der rechten Seite ließ uns unbemerkt vordringen, wo Sonny Graff, schon damals mit kriminellen Energien gesegnet, den rostigen, nach Blutvergiftung und Tetanus gierenden Draht mit einer Rosenschere kappte. Durch dieses Loch in der Hecke, von außen für niemanden sichtbar, quetschten wir uns in die Nachmittage, die wir hier verbringen sollten.

Man hätte gut und gerne drei Häuser auf dem Areal bauen können, und für Swimmingpools und externe Saunas wäre dann immer noch genug Platz vorhanden gewesen. Jetzt aber lag der Garten im Sommerschatten der Fichten und Obstbäume, die ihre Äste über das kniehohe Gras, die wild wachsenden Farne und den von Teichlinsen übersäten Tümpel reckten. Selbst an wolkenlosen Tagen wirkte das Licht eigenartig gedämpft, als würde es durch halb herabgelassene Jalousien fallen; es breitete sich über eine warme, lethargische Stille, die einen gleichzeitig in erhöhte Alarmbereitschaft versetzte, weil man ständig das Gefühl hatte, beobachtet zu werden. Wir erwarteten, daß er eines Tages plötzlich zwischen den Birken hervortrat, ein bösartiger alter Mann mit Hörgerät und stumpfen gelben Zähnen, eine Art seniler Oger, der uns aber ohnehin nie einholen würde. Vielleicht waren wir sogar ein bißchen enttäuscht, daß er nie auftauchte.

Es war ein Ort des Friedens, und wir wollten, daß er trog. Wir brachten den Krieg durch die Hecke.

Unsere Basis war die Hütte.

Sie lag, vom Tor aus gesehen, am hinteren rechten Ende des Gartens, etwa zwanzig Schritte vom Ufer des Teichs entfernt. Es war ein aus Brettern zusammengezimmerter Geräteschuppen, in dessen Zeitzone immer Dämmerung zu herrschen schien. Irgend jemand hatte ein altes Sofa hineingestellt und das fehlende Bein durch einen Ziegelstein ersetzt; in der angrenzenden Ecke lehnte ein löchriger Obstkescher neben einem verrosteten Rechen und einer Hacke mit abgebrochenem Stiel. Durch das Fenster über dem Sofa fiel ein bleicher Lichtbalken auf eine alte Anrichte mit Resopalbeschichtung – der Captain nannte sie immer den »Spind« –, an deren linker Aufsatztür das wellige Ausfaltbild einer aufreizend in die Kamera blickenden Blondine mit hochgesteckten Haaren befestigt war, die nichts außer einem schmalen goldenen Bauchkettchen und einem Paar hochhackiger roter Stiefeletten trug und, die Hände mit den endlos langen roten Fingernägeln um die Rundungen ihrer Brüste gelegt, mit weit gespreizten Beinen in einer anstrengend anmutenden Position auf einem Streifen feuchten Sands hockte. Der Text in der rechten unteren Ecke des Bildes lautete:

Monique (19) mag's modisch – doch wenn die Sonne herauskommt, setzt die charmante Französin auf ihre eigenen Kreationen. Und man muß ihr nur in die Augen sehen, um zu wissen, daß ihr Lächeln nicht von der Stange ist.

»In Zeitungen steht echt nur Mist«, sagte der Captain kopfschüttelnd. Von seiner Jacke tropfte Wasser auf den Bretterboden.

»Laß uns abzischen.« Mich interessierten sowieso nur die Seiten mit den Kinoanzeigen. Ich schnitt sie freitags immer aus und steckte sie in das Briefmarkenalbum, das ich vor ein paar Jahren zum Geburtstag geschenkt bekommen hatte. Irgendwo hatte ich aufgeschnappt, daß Hitchcock in jedem seiner Filme für ein paar Sekunden selbst zu sehen war, als Passagier in einer Straßenbahn oder als Kunde in einer Zoohandlung. Genauso würde ich es auch machen.

Der Himmel hatte sich zugezogen. Das unablässige Nieseln, das unser Kommando in den Reisfeldern begleitet hatte, war einem strömenden Regen gewichen, der den Garten nun in einen wirklichen Sumpf verwandelte. Der Captain warf einen Blick zum See zurück, wo die Ente sich immer noch unbeirrt von einem Ufer zum anderen treiben ließ, aber ich griff nach seinem Arm und zog ihn mit mir, zur Hecke hin, wo wir in die Traufe gerieten, als sich lawinenartige Kaskaden von den Blättern lösten und unsere ohnehin schon klammen Monturen zum Triefen brachten. Wir schwangen uns auf unsere Räder und traten mit verbissenen Mienen in die Pedale, bis wir die Garage der Weiss' erreicht hatten und endlich im Trockenen waren.

Oh, Kids!

Da standen wir, in lehmverschmierten Jeans und völlig durchweichten Klamotten, während die Gezeiten in unseren Schuhen schwappten und dieser unausgestoßene Seufzer schrill an unsere Ohren drang. Der Captain hüstelte verlegen, als wäre ihm der Zustand seiner Garderobe erst eben klargeworden, und ich ließ schweigend meinen Blick über die Kücheneinrichtung, die Espressomaschine und die an der Kühlschranktür befestigte Eieruhr wandern, als würde ich gerade die Beigaben in einem Mausoleum bestaunen. Wieder drang ein rauhes Räuspern aus der Kehle des Captains; ein vergeblich unterdrücktes Würgen wuchs sich zu einem Hustenanfall aus, der seinen blassen Teint rot anlaufen ließ.

»Sebastian!« Seine Mutter faßte ihn am Arm, sah ihm ins Gesicht, soweit das bei seinem gesenkten Kopf möglich war, und legte ihm ihre flache Hand auf die Stirn. »Du glühst ja!«

Der Captain schüttelte den Kopf, als könnte er so die Tatsachen widerlegen, als sich die Küchentür öffnete. »Da flattern die Bronchien«, sagte eine sonore Stimme. »Na, wie viele habt ihr heute umgebracht?«

Der Mann wußte, was los war. Sebs Vater war Prokurist in einer Spielzeugfabrik, ein hochgewachsener Mann in weiten Leinenhosen, dessen Augen hinter der runden Nickelbrille unentwegt zu lächeln schienen. Samstags saß er immer hinter verschlossener Tür in seinem Arbeitszimmer; durch die Wände drangen die ekstatischen Kommentare der Sportreporter, die zur Konferenzschaltung übergegangen waren. Dieser zweistündige Rückzug hatte etwas Mysteriöses, mehr noch, Überlegenes an sich, und manchmal standen wir minutenlang im Flur und lauschten in respektvollem Abstand, um ebenfalls an diesem epiphanischen Erlebnis teilhaben zu können. Er war das genaue Gegenteil meines Vaters – Lokaljournalist, Rosenzüchter und passionierter Rätsellöser –, der mir, die Daumen hinter die Hosenträger geklemmt, mit guten Ratschlägen und dummschlauen Quizfragen auf die Nerven ging. Was läßt Geishas nicht ganz ungebunden wirken? Er wollte gar keine Antwort, und er schwitzte jedesmal vor freudiger Erwartung, bis er einem mit triumphierender Miene die Auflösung präsentierte.

Der Kimono. *War doch ganz klar!* (Applaus. Konfetti.)

»Er hat Fieber«, sagte Sebs Mutter, die Stirn in besorgte Falten gezogen.

Sebs Vater stützte die Hände an der Anrichte ab und lehnte sich zurück, als wollte er einen Ball mit der Brust annehmen.

»Könige und Narren«, stellte er dann fest, in einem Tonfall, der uns unmißverständlich wissen ließ, daß jeder Widerspruch zwecklos war.

»Es ist nichts«, sagte Seb. Er klang gefaßt, wie jemand, der dem Unausweichlichen mit einem Schulterzucken ins Auge sah. »Es ... es ist bloß 'ne Killermalaria.«

Und plötzlich war es, als könnte ich seine Gedanken lesen. Ich hörte das trockene Klatschen der Gewehrgriffe, als die weißbehandschuhten Soldaten der Ehrengarde Haltung annahmen und die Waffe präsentierten. Ich selbst war Teil des Ehrenspaliers, durch das der Sarg aus der Kapelle getragen wurde. Generäle in Sommergalauniformen, deren mit Silbersternen geschmückte Kragenspiegel das Licht reflektierten, standen regungslos da, während sich die Flagge in Wellenbewegungen bauschte und die letzten Töne von Mozarts »Requiem« in der Brise verklangen. Alles erstarrte wie in einer Blitzlichtaufnahme, als das Ehrensalutkommando am Ende des Gottesdienstes drei Salven abgab, zwischen denen man in der versteinerten Stille das harte, metallische Schlagen der Bolzen hörte.

Ein auf einer kleinen Anhöhe stehender Hornist blies den Zapfenstreich, bevor der Priester das letzte Gebet und den Segen sprach.

Der Captain blickte zu mir herüber, und es kam mir vor, als wüßte er genau, was in meinem Kopf vorging. Seine Mutter rieb mir im Bad die Haare trocken, und als ich wieder auf meinem Rad saß, mußte ich an zwei Dinge denken. Es waren Fragen, die mich bis in die Nacht hinein beschäftigen sollten.

Einmal war es das gerötete Gesicht des Captains. Die mattblauen und wie plötzlich im Halbschlaf geöffneten Augen, in denen das Wissen um eine Wahrheit lag, die, das wußte ich instinktiv, mit Sterben und Siegen zu tun hatte. Vielleicht damit, daß Sterben und Siegen eines waren.

Und dann war da noch diese andere Sache. *Narren und Könige.* Klar, sein Vater hatte uns durchschaut. Trotzdem kam es mir so vor, als hätten diese Worte noch irgend etwas anderes zu bedeuten.

Aber in allererster Linie hatte ich jetzt Hunger.

Aus dem Wohnzimmer hörte ich Tschaikowsky. Ich schlich auf Socken durch den Flur, aber kurz vor der Küche wurde ich dann doch von meinem Vater abgepaßt.

»Wer war die graue Eminenz der Bremer Musikszene?« sagte er, und seine Stimme gluckste vor Begeisterung, während er seinen Zeigefinger auf meine Brust richtete, um die Bedeutsamkeit seiner Frage zu unterstreichen.

Oh, Kids!

3. DIE SCHÖNHEIT DER BOLIDEN

Erst kam Simone. Simone Steiner, die immer eine Kette mit einem Davidstern über ihren Sachen trug. Jüdischer Chic, in Kombination mit den straßbesetzten Hochhackigen und dem unbescheidenen Hin und Her ihres Hinterns deutlich horizonterweiternd. Ich dachte daran, die Kabbala zu lesen und mit ihr die Fähre von Piräus nach Haifa zu nehmen. Noch stellte ich sie mir nicht nackt vor. Das kam erst ein paar Wochen später.

In meinen Gedanken befreite ich sie von der Banalität ihres Allerweltnamens und adelte sie mit der Würde meines eigenen. Simone Graff. Das klang nicht nur, es paßte auch, und gleichzeitig schien sich ihre Zukunft im Zusammenspiel der Silben anzudeuten. Simone Graff, das klang nach Cabaret, nach frivolen, mit laszivem Charme vorgetragenen Moritaten, nach schlanken Fesseln und schwarzen Seidenfetzen. *Très charmant.* La Graff. Respekt.

In jedem Namen lag eine andere Bestimmung. Ina Graff, die Dichterin, deren Lyrik eine ganze Generation verändern sollte. Nathalie Graff, die das moderne Tanztheater revolutionierte. Melanie Graff, die ... ja, was wartete auf Melanie? Etwas Großes, ganz bestimmt.

Mit dem Unterschied, daß keine von ihnen die Regenbogenpalette der Möglichkeiten sah, auf der ich die Farben mischte. Zuerst wollte ich mich nicht damit abfinden. Nun gut, ich war ziemlich stattlich gebaut, was aber von meinem gewinnenden Wesen problemlos wettgemacht wurde. Doch schließlich ging mir auf, daß Nero vermutlich ähnlich über sich gedacht hatte. Für die Mädchen war ich bloß der fette, schwitzende, *gräßliche* Sonny.

Ich arbeitete an mir.

Der Kühlschrank blieb geschlossen, ebenso wie die Brotlade, die Marmeladengläser und das Eisfach. Danke, Mom, kein Hunger. Mit eiserner Disziplin widerstand ich allem, was eßbar war. Irgendwo hatte ich gelesen, daß die gähnende Leere in meinen Eingeweiden schließlich einer euphorischen Leichtigkeit weichen würde, doch statt dessen war es ein bleiernes Schwindelgefühl, das mich immer tiefer in den Schlick der Schwermut zog. Am siebten Tag brach ich mein Gelübde. Ich aß acht Spiegeleier in sechs Minuten und hoffte, daß der Eiweißschock mich töten würde. Mein jähes Ableben vor Augen, wollte ich heulen, doch das einzige, was aus mir herausbrach, war ein unirdischer, tief melancholischer und grausam satter Rülpser.

»Hey, Sonny«, sagte sie. »Warte mal einen Augenblick.«

Ich warf im Gehen einen Blick über die Schulter und konnte es nicht fassen. Es war Simone, das braune Haar offen, einen Lederbeutel über die Schulter geschlungen. Sie holte mich ein, immer einen Fuß genau vor den anderen setzend, wobei ihre Hüften sanft nach links und rechts schwangen. Sie neigte den Kopf leicht zur Seite, und ihre Lippen schimmerten wie roter Jaspis. Es war, als müßte ich meinen nächsten Satz in Reimen sprechen.

»Wo gehst du hin?« sagte sie.

Die Antwort war einfach. Wohin immer *sie* ging. »Zum Odeon«, sagte ich. Es war zwar einer dieser Tage, an denen ich nur von einer Eisdiele zur nächsten flanierte, aber immerhin hatte ich – Meister des unaufdringlichen Angebots – so schon eine halbe Einladung ausgesprochen.

»Was läuft denn?«

»Der neue Coppola.«

»Aha.« Ein eher verhaltener Jauchzer. »Äh, Sonny ... du kennst doch Seb. Sebastian.«

»Ja, klar.«

»Sag mal« – sie kramte in ihrem Lederbeutel und beförderte einen rosafarbenen Briefumschlag ans Licht –, »könntest du ihm das von mir geben?«

»Warum gibst du's ihm nicht selbst?«

»Oh, *bitte*, Sonny!« Es war, als würde ihr Lächeln meine Bewegungen lenken, und plötzlich hielt ich den Brief in der ausgestreckten Hand. »Tu mir den Gefallen.«

Nein, sie wollte keine Couplets für mich singen. Ich sah ihren wiegenden Hüften hinterher, bis sie hinter der nächsten Ecke verschwunden war. Erst dann merkte ich, daß ich den Umschlag mit beiden Händen an meine Nase hielt und die Luft angehalten hatte, als könnte ich so einen Teil von ihr für immer in mir behalten. Im selben Moment wurde ich knallrot, als sich mein Blick mit dem einer alten Dame traf, die gerade aus einer Haustür trat. Sie sah mich an, als wäre ihr soeben der König der Riesenrösser erschienen.

Es war der Captain, den sie wollten.

Es war die Art, wie er dastand, dort unter der alten Kastanie unweit des Gebäudetraktes, in dem die Chemielabors untergebracht waren. Die Finger in den Hosentaschen, die Lider gesenkt, lauschte er meinen Prognosen über den kommenden Sommerjob – wir würden beide im Lager der Spielzeugfabrik schuften. Die Mädchen hatten die Treppe vor dem Portal besetzt, und ich wußte, daß Katjas Blick nicht wegen mir über den Hof flog, daß Ina nicht wegen mir errötete, als sie, noch mit ihrer Schürze angetan, als letzte aus dem Hauswirtschaftskurs kam. Es war die Art, wie er sich durch die Haare fuhr, wie er die Stirn in Falten legte, wie er über die Schulter sah und sich dabei ein Schwarm stiller blauer Vögel aus seinem Blick zu lösen schien. Hier waren es Töchter, die seinem Blick folgten, doch wirklich verstehen sollte ich alles erst, als wir knapp drei Wochen später für ein paar Tage ans Fließband abkommandiert wurden, wo wir Bausteinsets für Vierjährige verschweißten. Die Frauen in der Fabrik – He, Fettschwein, hast du auch dicke *Eier*? – reagierten genauso. Ich war nie vorher dort gewesen, aber ich spürte bereits am ersten Tag, wie eine völlig unbekannte Scheu Besitz von der Halle ergriff, wie unausgesprochene Worte sich immer weiter dehnten, während der Captain mit stoischer Miene die nächste Pappschachtel verarztete. Um halb vier war Schluß. Ich hängte gerade meinen Kittel auf den Bügel, als der Captain die Stirn runzelte und in seine Jackentasche griff. Als seine Hand wieder zum Vorschein kam, hielt er einen grauweißen Stoffhasen in ihr. Der Hase trug eine rote Schleife um den Hals, an der ein Glöckchen befestigt war. Das Glöckchen klingelte, während der Blick des Captains ratlos auf den hochgereckten Löffeln verharrte. Es war, als wollte er mir gleich gestehen, daß er noch nie einen Hasen gesehen hatte.

Er ahnte es nicht einmal.

Ich schon; um ehrlich zu sein, tippte ich insgeheim auf die kleine Rothaarige an Band sechs. Es war mir ein Rätsel, wie er so seltsam unbeteiligt sein konnte, wo ihm die Verlockungen des Lebens auf dem Silbertablett dargeboten wurden. Zugreifen, das war es doch, die Sache in die Hand nehmen. Ich wurde zu einem der beflissensten Diener im Tempel des Onan, endlose Defilees von willigen Jungfrauen vor meinem inneren Auge, deren anmutige Gesichter sich wie in einem Kaleidoskop immer wieder neu zusammensetzten. Kurzzeitig beschloß ich, schwul zu werden, doch Onan köderte mich mit frischen Pinups. Das war mein Lebensporträt: Der Großmeister der Autoerotik empfängt seine virtuellen Gespielinnen. Es hing an letzter Stelle meiner Ahnengalerie, und je länger ich es betrachtete, desto weniger wollte es mir gefallen.

»Schalt mal 'nen Gang runter«, keuchte ich.

Es war unsere dritte Runde, und wir befanden uns auf der östlichen Seite des Parks, wo der Weg leicht anstieg und auf einen Hügel mit ein paar Bänken führte, von dem man auf eine ruhige, von Bungalows gesäumte Vorortsstraße blickte. Der Captain fiel in einen leichten Trab und ließ mich aufholen.

Bei den Bänken atmete ich tief durch und zündete mir, Sklave meiner Laster, erst mal eine Zigarette an. Wir liefen jetzt seit drei Wochen zusammen, jeden zweiten Tag. Ich war auf 88 Kilo runter. Ich überwand den inneren Schweinehund, um die äußere Speckschwarte zu bezwingen.

Der Captain räusperte sich. »Ich kann machen, was ich will«, sagte er. Der Satz schwebte wie eine Feder durch die Luft. Noch war sie nicht unten angekommen.

Ja, dachte ich, du kannst sie alle haben. Aber statt dessen nickte ich nur und warf ihm einen fragenden Seitenblick zu, als hätte er seinen Satz nicht ganz beendet. Und das hatte er tatsächlich nicht getan.

Die Feder fiel.

»Ich kann machen, was ich will«, wiederholte er, »aber ich bin einfach nicht verliebt.«

»In ...« Jetzt fiel mir beim besten Willen nicht ein, mit wem ich ihn zuletzt gesehen hatte.

»Nein«, sagte er. »Ich meine sie alle.«

Seine Worte waren so ernst, daß mir das Blut in die Wangen stieg. »Du spinnst«, sagte ich.

»Es ist wahr«, sagte er. »Ich dachte, es wäre ganz einfach, aber das ist es nicht.«

»Was?« sagte ich.

»Ach, vergiß es«, sagte er, und es war mir lieber so, weil ich schon viel zuviel gehört hatte. »Was würdest du dir kaufen, wenn du gerade geerbt hättest?«

»Den Jaguar E Zwölfzylinder Roadster«, sagte ich. »Von null auf hundert in sieben Sekunden.«

»Welche Farbe?«

»Rot.«

»Ich würde den Garten kaufen«, sagte er. »Und ihn so lassen, wie er ist. Ich würde warten, bis ich ihn ihr zeigen kann.«

»Wem?«

»Ihr«, sagte er nur, und jetzt verstand ich, was er meinte. Ich mußte schlucken, weil mich dieses einzelne Wort noch verlegener machte als alles, was er schon gesagt hatte. Ich schnippte meine Kippe in hohem Bogen in die Sträucher und stieß ihn an.

»Komm, wir hängen noch 'ne Runde dran«, sagte ich.

In Bewegung bleiben, darauf kam es an. Ich lief ihm voraus den Hügel hinunter, spürte den Schweiß an meinen Armen und dachte an meine Führerscheinprüfung. Noch ein halbes Jahr, dann hatte ich den Lappen in der Tasche. Ich sah mich am Steuer des magentaroten Roadsters, eine wasserstoffblond gefärbte Daphne neben mir, die jedesmal begeistert aufkreischte, wenn ich in die Kurve ging und die Fliehkraft uns in die Schalensitze drückte. Es würde mein ganzes Leben ändern.

Ich hatte schon immer ein Faible für schnittige Wagen gehabt, für die zuckenden Nadeln im Cockpit, die Vibrationen der Zylinder, die gezackte Skyline der Autoschlüssel. Das wahre Wesen der Boliden aber hatte sich mir an einem verregneten englischen Nachmittag vor drei Jahren erschlossen, in einem Ort am deprimierendsten Ende der Grafschaft Devon, in dem ironischerweise keine Autos fahren konnten.

Clovelly hieß das Dorf. Zugang nur für Fußgänger.

Ich trottete hinter meinen Eltern über den Besucherparkplatz und folgte ihnen durch zwei Glastüren und eine nach unten führende Treppe zu einem Tresen, hinter dem eine junge Frau stand, die das Eintrittsgeld entgegennahm und uns ein Faltblatt mit einer kurzen historischen Chronik des Fischerorts überreichte. Mein Interesse an der kommenden Attraktion tendierte in den unteren Minusbereich; lustlos marschierte ich über den tristen Asphalt, kickte Steine aus dem Weg und fragte mich vage, warum wir nicht an die Riviera fahren konnten wie andere normale Menschen auch.

Der Asphalt bog nach links ab und ging in eine steil abfallende, von herausgeputzten Häusern und Andenkenläden gesäumte Pflasterstraße über, die, von einem Tordurchgang unterbrochen, weiter nach unten an die Mole führte; das schmale mittelalterliche Kopfsteinpflaster war so abschüssig, daß meine Mutter dauernd mit ihren Pumps umknickte und sich an meinem Vater festhalten mußte. Am Pier dümpelten ein paar Boote im Wasser, und meine Eltern bestaunten Reusen und Netze, während die Möwen spitze Klagelaute ausstießen und ich meine Gähnkoliken nur mühsam in den Griff bekam. Schließlich schlug mein Vater vor, vor dem anstrengenden Wiederaufstieg noch auf einen Drink in die Hafenkneipe zu gehen.

Es war ein winziger, stickiger Raum mit einem

kurzen Tresen, an dem ein paar Rentner in ihre Biergläser starrten. Meine Eltern quetschten sich an einen der Tische und unterhielten sich über das einfache, erfüllte Leben der Fischer und die traumhafte Landschaft. Ich nippte mißmutig an meiner zweiten Limonade und vernichtete eine Minitüte Chips mit Scampigeschmack, bevor ich aufstand und mir die an der Wand hängenden Devotionalien aus der Nähe besah.

Es handelte sich um den üblichen Wandschmuck, wie man ihn in Kneipen findet – ein Messingchristus am Holzkreuz, rotweiß gestreifte Rettungsringe, Blechwerbetafeln für irisches Bier –, doch im Durchgang zum angrenzenden Billardraum stieß ich auf eine gerahmte Fotografie, die ein Ereignis dokumentierte, das den Bau der Pyramiden zur bloßen Klötzchenstapelei degradierte.

Das Bild war vom Pier aus gemacht worden und stammte aus jener Zeit, als die Männer alle strenge Bärte und Vatermörder trugen und die Frauen wie griechische Statuen mit Hüten aussahen. Es zeigte eine Menschenmenge, die sich zu beiden Seiten des Kopfsteinpflasters versammelt hatte und eine Gasse für eine offene Limousine freigab, die von einem entschlossen blickenden Mann die Steigung hinaufgesteuert wurde. Die Bildunterschrift lautete:

The good Maxwell driven by Mr. E. A. Mayner climbing
Clovelly High Street on August 20, 1920.

Ich las den Satz noch einmal – eine Fußnote informierte darüber, daß E. A. Mayner mit dieser Rekordleistung allein geblieben war –, und beim dritten Mal bewegte ich die Lippen dabei. Es waren Worte von immerwährender Gültigkeit, wie gemeißelt in ihrer Akkuratesse und von reiner, unerreichter Poesie.

20. August 1920. Ein vergangener Moment, festgehalten für die Gegenwart, und eine Maschine, die die Zukunft weist. Clovelly High Street, der Mount Everest unter den Straßen, ungerührt, erbarmungslos, unbesiegt. Der mysteriöse E. A. Mayner, Visionär, Salonlöwe und Abenteurer, der beides bezwingt, das Automobil und die Steilwand, Mayner, der im Risiko den Fortschritt erkämpft. Und der gute Maxwell, der ergebene Butler, das treue Tier, der loyale Begleiter, im Antlitz der Aussichtslosigkeit ohne den Anflug des leisesten Zweifels. Der gute Maxwell. Sag es präzise. Der *gute* Maxwell.

Manche Sätze sollte man sich merken.

Mein Cousin Carl gab mir die ersten Unterrichtsstunden. Er hatte einen VW Käfer, der im dritten Gang röhrte wie ein verschmähter Hirschbulle, und ich lernte schnell, auf sonntäglichen Supermarktparkplätzen und verlassenen Schotterwegen, bis er mich kurz darauf auch auf der Landstraße fahren ließ. Du hast es drauf, Junge, sagte er, du hast es *echt* drauf. Irgendwann verlor er den Schlüssel für den Käfer, was zur Folge hatte, daß er den Wagen jedesmal kurzschließen mußte. So lernte ich diesen Kniff auch noch nebenbei.

Ich sah mir »Driver« in zwei Vorstellungen hintereinander an.

Obendrein fing ich an, mir den Wagen meines Vaters auszuleihen, wenn meine Eltern Bekannte besuchten und, wie gewöhnlich bei solchen Gelegenheiten, ein Taxi nahmen. So auch drei Monate vor meinem achtzehnten Geburtstag. Noch ein knappes Vierteljahr, und ich würde legal durch die Straßen fahren.

An diesem Abend hatte ich jedoch Pech. Connie – meine Mutter – war von einem Migräneanfall dritten Grades heimgesucht worden, und meine Eltern standen gerade vor der Haustür, als ich mit bis zum Anschlag aufgedrehtem Radio und weit zurückgedrehter Rückenlehne im dritten Gang auf die Auffahrt donnerte. Meine Mutter hielt sich beide Hände an die Schläfen, und mein Vater sah so aus, als hätte ich ihm zum ersten Mal die richtige Antwort auf eine seiner Quizfragen gegeben.

Und in gewisser Weise war das ja auch so.

Ich stellte den Motor ab und stieg aus, während er mit raschen Schritten um den Kühlergrill auf mich zukam.

»Ich hab's die ganze Zeit geahnt«, sagte er, und seine Stimme schien mit jedem Wort eine Oktave höher zu rutschen. »Was fällt dir eigentlich ein?«

»Freie Fahrt für freie Bürger«, sagte ich.

Dieser Aufschrei nach Gerechtigkeit brachte mir eine halbherzige Ohrfeige ein, die um so sinnloser war, als er unmittelbar danach einen Schritt zurückwich und mit aufgerissenen Augen auf seine Rechte starrte, als wäre er der gefeierte Pianist, dem nach einem Unfall die Hand eines Mörders angenäht worden war. Er hatte mich nie zuvor geschlagen. Ich pulverisierte den Rest seines Egos mit einem Blick, in dem ich die gesamte Verachtung des Universums bündelte, bevor ich mich umdrehte und betont langsam die Zufahrt hinunterging.

Meine Wange brannte. Es war ein frostiger Abend Ende Februar, und ich nahm den Bus in die Innenstadt, wo ich mich, das Kinn in meinem Pullover und die Hände in den Jackentaschen vergraben, durch verlassene Einkaufspassagen drückte, die Kinoaushänge studierte und mich in meinem Schweigen treiben ließ. Ich riskierte einen Seitenblick auf ein paar frierende Bordsteinschwalben in Hotpants und Skijacken, die sich über einem Lüftungsschacht aufwärmten. Ich ging immer weiter, ein Drifter im matten gelben Licht der Laternen, immer weiter in die große Einsamkeit. Sie bekennen sich schuldig? Nein, Euer Ehren. In Amerika konnte man schließlich schon mit sechzehn Auto fahren.

Vom Großmarkt drang vergnügtes Geschrei zu mir herüber. Auf dem nahegelegenen Platz stand im Winter immer eine Eisbahn, beleuchtet von vier grellen Scheinwerfern an hohen Metallpfosten, unter denen die letzten Läufer, angefeuert und beklatscht von den Umstehenden, ihre Kreise zogen. Eine halbe Stunde hatten sie noch. Um zehn wurde die Eisbahn geschlossen.

Es hatte zu schneien begonnen.

Noch etwa zwei Dutzend Leute waren auf dem Eis. Ich stützte mich auf die Bande und stellte meinen Zoom auf eine Blondine in einer pinkfarbenen Steppjacke ein, die von zwei Zahnarztgesichtern umkurvt wurde, dann auf ein Pärchen, das sich an den Händen hielt und mit weit ausholenden Synchronschritten durch die Arena tanzte. Am anderen Ende der Bahn war ein Mann umgeknickt und humpelte zum Ausgang.

Ich bemerkte sie zuerst gar nicht. Sie muß ein paarmal an mir vorbeigekommen sein, bevor mein Blick an ihr hängen blieb.

Sie trug einen verwaschenen blauen Anorak und war langsamer als die anderen Läufer. Offensichtlich hatte sie noch nicht allzu oft Schlittschuhe getragen; ihre Bewegungen waren nicht staksig, aber es schwang ein Hauch konzentrierter Bedacht in ihnen mit, als würde sie jeden ihrer Schritte eine Achtelsekunde vorausdenken. Sie nahm ernst, was sie tat, und dabei lächelte sie, lächelte in sich hinein, als wüßte sie insgeheim, daß sie fliegen könnte. Ihr dunkelbraunes Haar fiel über die Kapuze, und sie breitete leicht die Arme aus, nicht so sehr, um die Balance zu halten, sondern eher, als wollte sie etwas berühren, vor dem man sie gewarnt hatte und von dem sie wußte, daß diese Warnungen Lügen waren.

Sie glitt durch das gleißende Licht, und plötzlich war sie allein, allein in einer funkelnden, fließenden Stille, die vor Möglichkeiten klirrte. Nur Sonny Graff sah zu, wie sie Runde um Runde drehte, mit dieser feierlichen, ungelenken Grazie, wie sie im Wirbeln des Schnees zum anderen Ende der Bahn glitt, um sich ihm von neuem zu nähern. Zwei Scheinwerfer erloschen, und über einen Lautsprecher ertönte die Durchsage, daß man in fünf Minuten schließen würde.

Diesmal nahm sie die Kurve nicht richtig. Sie versuchte, ihre Kufen neu auszurichten, geriet aber ins

Schleudern und rutschte immer schneller in Richtung der Bande, direkt auf mich zu. Ihr Haar berührte mein Gesicht, als sie gegen das Aluminium prallte, das Gleichgewicht verlor und sich am Nächstbesten festklammerte, was ihre Hand zu greifen bekam.

Es war zufällig mein Arm.

»Oh, tut mir leid.« Sie war außer Atem. »Ich sollte noch ein bißchen üben, nicht wahr?«

»Ach was«, sagte ich. »Ist wie beim Tanzen. Kein Problem, wenn man aufgefangen wird.«

Sie legte den Kopf leicht zurück und fing eine Schneeflocke mit ihrer Zungenspitze auf. »Stimmt«, sagte sie nach einer Sekunde des Zögerns und drehte sich von mir weg, um sich wieder von der Bande abzustoßen. Die Frage, die ich noch an sie hatte, schien mir die Lippen zu versengen, als ich sie hinter ihr herrief.

»Ich bin Sonny«, stotterte ich. »Wie heißt du?«

Sie glitt rückwärts von mir weg. »Ist das wichtig?«

»Ja.«

»Nadja«, sagte sie, bevor sie nach links schwenkte. Ich sah ihr hinterher, wie sie in Richtung des Ausgangs verschwand.

Ich blieb in den Schatten stehen. Ich blieb stehen, während die bis zuletzt verbliebenen Läufer den Platz verließen, eine unbemerkte Masse Mensch, die aus dem Dunkel beobachtete, wie sie, die Schlittschuhe an den Schnürsenkeln über die Schulter gehängt, zur Bushaltestelle schlenderte und den 44er nahm. Alle Namen, die ich jemals gekannt hatte, verschmolzen zu einem amorphen Klumpen aus nichtssagenden

Worten, klanglosen Silben und bedeutungslosen Gesichtern. Ich vergaß sie einfach, die Ballerinas und Lyrikerinnen, die Chanteusen und Malerinnen, die keine waren und nie zu solchen werden würden. Ich sah Nadja vor mir, ihre halb geschlossenen Lider, bevor sie wieder in die Kurve ging. Sie mußte nur sein. Sie mußte nur sein, was sie war.

In dieser Nacht tanzte ich zum erstenmal mit ihr.

Es lief, im Gegensatz zu all den anderen Malen, keine Musik.

Ihre Handfläche verschränkte sich in meiner, kühl und ruhig, und ihre Linke lag auf meinem Oberarm. Ich bewegte mich sacht in unserem Rhythmus, ließ meine Schritte ineinander übergehen und spürte, wie ein tiefer innerer Schmerz in mir hochstieg, ein wellenartiger Schauder, der von meinen Knien aufwärts bis zu einem Punkt in meiner Mitte drang, mich taumeln ließ vor Übelkeit und dem Verlangen, dieses krampfhafte Lächeln in meinen Mundwinkeln in ein Lachen zu verwandeln. Es war ein Schmerz, der damit zu tun hatte, daß ich so ahnungslos gewesen war, damit, daß ich wußte, daß ich irgendwann wieder die Augen aufschlagen würde, mit den sanften Kadenzen ihrer Stimme und dem weichen Auf und Ab ihrer dunklen Lippen, die mir mit drei Worten alle Fragen meines Lebens beantworteten.

Ich bin Sonny, sagte ich. *Was wird geschehen?*

Ist das wichtig? sagte sie.

Ich war ein blutiger Anfänger. Ich war noch nie verhaftet worden. Ich hatte keine Vorstrafen. Ich wußte nicht, was ein Iso Grifo war. Ich hatte noch nie mit einer Frau geschlafen. Ich wußte nicht, was Könige und Narren miteinander zu tun hatten. Nichts deutete darauf hin, daß ich einmal vorsätzlich Fahrerflucht begehen würde. Ich wäre nie darauf gekommen, daß Enten etwas zu bedeuten hatten. Ich war Nadja Angström erst einmal begegnet.

Immerhin hatte ich die Fotografie von Mayners Husarenritt über die Felsentreppe gesehen. Beim Betrachten des Fotos, den Geschmack von Scampichips im Mund, hatte ich mir eine Frage gestellt und sie im selben Moment auch schon beantwortet. Vergangenheit, Gegenwart und Zukunft, war das nicht alles das Gleiche? Die Dinge geschehen, und sie scheren sich nicht um das Tempus. Sie geschehen, wann sie wollen, und sie hängen immer zusammen.

4. NADJA

»Anale Freuden.« Ich sah vom Label des Videos auf, grinste wie ein Pferd und schob meine Zunge in die linke Wange. »Da gibt's übrigens noch Teil zwei und drei, falls Ihnen das entgangen sein sollte.«

Der Typ vor mir blickte mich an, als wollte er sterben. Seine Knöchel liefen weiß an, während seine Finger die Aktentasche umklammerten, in der er die ausgeliehenen Bänder zurückgebracht hatte. Hinter ihm wartete ein halbes Dutzend weiterer Kunden darauf, an die Reihe zu kommen.

»Für Kenner habe ich was ganz Besonderes.« Ich griff unter den Tresen und hielt ihm eine Cassette vor die Nase, während ich mit der anderen Hand betont langsam das Wechselgeld vor ihn hinzählte. »Frisch von den Philippinen eingetroffen. Stoff für Fortgeschrittene – genau Ihre Kragenweite, das seh ich Ihnen doch am Schnäuzer an.«

Die beiden Mädchen hinter ihm kicherten, als er sich mit eingezogenen Schultern an ihnen vorbeidrückte; die eine hievte einen Stapel Filme auf den Tresen. Ich nahm gerade die erste Cassette aus der Hülle und scannte den Code, als Tina auftauchte und mich wissen ließ, daß der Chef nach meiner Anwesenheit verlangte.

Der Perlenvorhang klimperte, als ich den Hinterraum betrat. »Was kann ich für dich tun, Harry?«

Harry drehte sich langsam auf seinem Plexiglasstuhl um. »Sag mal, Sonny, wie lange arbeitest du schon hier?«

»Viereinhalb Jahre, wenn ich mich nicht verrechne.«

»Das werden keine fünf«, sagte er. »Jedenfalls nicht, wenn du hier weiter meine Kunden vergrätzt.«

»Ach so«, sagte ich. »Den Tresen hast du also auch schon verwanzt.«

»Du solltest mir dankbar sein, daß du dir hier dein Gnadenbrot verdienen darfst.« Er drückte zwei rosafarbene Tabletten aus einem Plastikstreifen und spülte sie mit einem Schluck Wasser hinunter. »Bei deinem Sündenregister lassen sie dich doch nicht mal mehr die Bahnhofstoilette schrubben.«

»Chronische Magenübersäuerung kann sich zum echten Problem auswachsen«, sagte ich. »Nur so ein Ratschlag von Freund zu Freund, verstehst du.«

»Ach ja? Seit wann bist du Arzt?«

»Kein Grund zu brüllen, Harry.«

»Ich werde dir sagen, was du bist!« Er klatschte seine Handfläche auf den Tisch, daß die Briefablage einen halben Meter in die Luft sprang, und bleckte zwei Reihen überkronter Zähne. »Ein verdammter Verlierer bist du! Schau dich doch an! Eine feiste Dauerwurst, die es zu nichts gebracht hat! Meine Geduld ist am Ende! Reiß dich am Riemen, das ist deine letzte Chance!«

Tinas Kopf erschien zwischen den Perlen. »Ich muß weg, die Kleine vom Hort abholen.«

Ich hätte mit Sicherheit noch irgend etwas Falsches von mir gegeben, wenn sie nicht aufgetaucht wäre. Den Rest des Nachmittags verbrachte ich damit, Mahnungen auszudrucken, mir die üblichen Reklamationen und Sonderwünsche anzuhören und die Hüllen der zurückgebrachten Tapes in die Regale zurückzustellen. Harrys Wut war immer noch nicht ganz verraucht, als er um kurz vor sechs ging, aber seinem Schnauben nach zu urteilen war der Imperator der Brüllaffen halbwegs wieder mit sich und seinen Untertanen im Reinen. Gegen sieben begann der gewohnte Sturm auf die Pornos; danach setzte eine leichte Flaute ein, während der ich mir ein paar neue Trailer auf dem Monitor ansah. Es toste gerade ein Tornado durch Texas, als der Türsummer ertönte und der junge Videofreak hereinkam, der gleich um die Ecke wohnt. Er streifte für ein paar Minuten durch die Regalreihen, bevor er zu mir an den Tresen trat.

»Badlands«, sagte er.

Ich nickte. »Acht von zehn möglichen Punkten. Anderthalb davon gehören Warren Oates.«

»Sag mal 'ne Zehn auf deiner Skala.«

»Da gibt's keine. Eine Zehn gibt's immer nur für einzelne Szenen.«

DIE REIFEPRÜFUNG, Mike Nichols, 1967. Simon & Garfunkel singen von Mrs. Robinson, aber Dustin Hoffman entscheidet sich, nicht ganz überraschend, dann doch lieber für ihre Tochter. Man schnippt mit den Fingern und schwenkt ein auf gute amerikanische Werte. Dann sitzt Katherine Ross im Bus, und Dustin rennt hinterher, absolut chancenlos, wie jeder weiß, der schon mal versucht hat, einen Wettlauf mit einem Bus zu gewinnen. Plötzlich sieht es so aus, als könnte doch noch ein Wunder geschehen, indem Dustin einen übermenschlichen Spurt hinlegt und zum Heck des Busses aufschließt. Man meint, gleich überholt er den Bus, aber in Wirklichkeit hält der Fahrer bloß an.

»Zum Beispiel?«

»Mir fällt gerade keine ein.«

»Ich glaube, du hast bloß 'nen Anfall von Denkfaulheit.«

»Steh du hier mal acht Stunden, mein Freund.«

»Hört sich an, als wolltest du dich demnächst verändern.«

»Gut möglich.«

»Tina hat letztens gesagt, du hättest sogar mal studiert.«

»Stimmt«, sagte ich. »Medienberatung, falls du's genau wissen willst.«

»Medienberatung.« Das Wort hing an seiner Zunge wie ein Tropfen Harz von einem Kautschukbaum, bevor die Beleuchtung in seinen Pupillen anging. »Na, das ist doch genau, was du hier machst, oder?«

Ich beschloß, eine halbe Stunde früher zu gehen; Harry würde sowieso nichts merken. Ich hatte bereits die Tageseinnahmen in der Geldbombe verstaut und wollte gerade das Licht löschen, als das Telefon klingelte. Es konnte sich nur um einen von Harrys Kontrollanrufen handeln.

»Harrys Horrorladen.«

»Sonny?«

Er rief mich fast nie im Laden an, und ich hatte ihn seit mehreren Wochen nicht mehr gesehen. »He, Captain«, sagte ich.

»Ich mußte gerade daran denken, wie lange wir nicht mehr gelaufen sind«, sagte er. »Drei Runden, was meinst du?«

Ich grinste in den Hörer. »Und auf dem Rückweg klauen wir ein paar Zeitungen.«

»Schaum vorm Maul.« Er lachte leise. »Dieser Zusteller war tollwütig. Und du warst so schnell, daß du mich überholt hast.«

»Ich hätte Jesse Owens überholt«, sagte ich. »Es ging schließlich um mein Leben, oder?«

»Um sieben Uhr dann«, sagte er. »Ich hol dich ab.«

Es war ein lauer Abend; aus einem der benachbarten Häuser drang gedämpfte Tangomusik an meine Ohren, während ich am geöffneten Fenster stand und ein Glas Wasser mit Eis trank. Jenseits von Mitternacht tauchte die Silhouette einer Frau in der gegenüberliegenden Wohnung auf und zog die Vorhänge zu; wahrscheinlich fühlte sie sich beobachtet. Aber ich hatte gar keine Notiz von ihr genommen. Ich stand einfach nur bewegungslos da, meinen Blick auf einen Punkt in mir gerichtet, ohne ihn je richtig orten zu können, wie einen schwach leuchtenden Stern, den man immer wieder aus den Augen verliert und von neuem suchen muß.

Einen Block weiter schien jemand Eindruck schinden zu wollen. Ein getunter Motor heulte auf, um im ersterbenden Echo seiner selbst mit einem genüßlichen Tritt aufs Gas wiederbelebt zu werden, dem Wah-Wah-Pedal aller, die den Bowdenzug den Saiten vorziehen. *Va-va-va-voom.* Es war eine Melodie, für die man ein besonderes Gehör haben mußte. Ich hatte sie lange nicht mehr gespielt.

Beim ersten Mal ritt mich der Teufel. Beim zweiten Mal war es krasser, gezielter Vorsatz.

Zwölf Touren später packten sie mich.

Ich war gerade zwanzig und kam mit einer Geldstrafe davon. Der Richter war ein ruhiger, gutmütiger Mann mit Lachfalten um die Mundwinkel und einem weißen Haarkranz über den Ohren; für mich sah er aus wie Bozo der Clown. Mein Anwalt sprach von stabilem sozialen Umfeld und bester Zukunftsprognose, von exzellenten Perspektiven und vollzogener Einsicht, von jugendlichen Hoffnungsträgern und postpubertären Dummejungenstreichen. Er hatte wirklich nicht die geringste Ahnung.

Ich fuhr sechzehn Monate, ohne auch nur einen Polizisten von weitem zu sehen; manchmal meinte ich, sie seien ausgestorben. Das entsprach natürlich nicht den Fakten, wie ich bei einer nächtlichen Tour über die Ringstraßen feststellen konnte. Eigentlich wollte ich schon die Ausfahrt vorher nehmen, aber dann veranlaßten mich die Lichtreflexe der Bogenlampen, doch noch eine Abzweigung länger zu warten. Ich weiß nicht, für wen sie ihren Empfang vorbereitet hatten; Lee Harvey Oswald hatte wahrscheinlich nicht halb soviel Beachtung bekommen. Ich weiß nur, daß ich mich unendlich müde fühlte.

Dieser Richter hatte keine Zeit. Er spielte nervös mit seiner Brille und warf alle dreißig Sekunden einen Blick auf die Uhr; wahrscheinlich war er zum Golfen verabredet. Mein Anwalt schwadronierte. Der Richter gähnte. Konsens: Bagatelle. Urteil: Geldstrafe. Die Gunst der Stunde euphorisierte mich so sehr, daß ich am selben Nachmittag in ein scheckheftgepflegtes MG-Cabrio mit steckendem Schlüssel stieg. Leider sah mich der Besitzer.

So kam es, daß ich wenig später einen alten Bekannten wiedertraf. Allerdings schien Bozo der Clown nicht in der üblichen Tagesform zu sein. Er nannte mich einen unbelehrbaren Wiederholungstäter und sprach von erhöhtem Rückfallrisiko, während mir siedend heiß aufging, daß ich diesmal nicht mit einem Sonderangebot davonkommen würde. Sie verurteilten mich zu sechs Monaten Freiheitsstrafe mit einer Bewährungsfrist von zwei Jahren und ließen unmißverständlich durchblicken, daß mich bei erneutem

Straftatbestand ein ausgedehnterer Aufenthalt in der Psychiatrie erwartete.

Ich verließ das Gerichtsgebäude als geläuterter Mensch. Ich ging in mich. Ich schwor mir, nie wieder einen Schaltknüppel anzufassen. Und ich hielt Wort, bis zu dem Tag, als sich meine Finger um den Chromgriff eines admiralblauen Triumph-Coupés legten. Ich verfluchte mich, bis zu dem Moment, als ich im vierten Gang durch eine nächtliche, endlos lange Allee von Sommerlinden fuhr, durch deren dichte Blätter der Mond schimmerte. Das Zittern meiner Hände wich einer erhabenen, kosmischen Gelassenheit, einer Sicherheit und Überlegenheit, die mich in der Beschleunigung einen Hauch von Ewigkeit spüren ließ. Ich war nicht mehr der fette Sonny, dem der Dunst des Selbstekels das Spiegelbild beschlug. Als ich meine Augen im Rückspiegel sah, verstand ich es. Ich mußte nur fahren, das war alles.

»Ewigkeit«, sagte ich. »Ja, ich glaube, das war's.«

»Aber das hast du niemandem erzählt«, sagte der Captain.

»Im Leben nicht«, keuchte ich und versuchte, meine Seitenstiche mit flacherem Atmen zu bekämpfen. »Das hätte mir bloß dreißig weitere Sitzungen eingebracht.«

Wir hatten gerade die erste Runde hinter uns und liefen an einer im Morgennebel liegenden Gruppe von Kiefern vorbei, hinter der sich die Volieren befanden, in die abends die Pfauen getrieben wurden, die tagsüber im Park ihre Räder schlugen. Der Captain hatte sich meinem Tempo angepaßt, aber mir hing trotzdem die Lunge aus dem Leib. Es würde noch eine Weile dauern, bis die ersten Endorphine ausgeschüttet wurden, aber die ratlosen Gesichter der Fachleute, die vor meinem inneren Auge ihre Hände zu wichtigtuerischen Kathedralen falteten, waren durchaus ein Ersatz für die Glückshormone, die einem die Fitneßprediger so vollmundig versprechen.

»Ich habe gesagt, der Weg wäre das Ziel«, preßte ich hervor und mußte trotz des Ziehens unterhalb meiner Rippen lachen. »Zen-Buddhismus, die motorisierte Variante.«

Als ich wieder draußen war – es gibt Dinge, über die ich wirklich nicht gern spreche –, lag eine endlos lange Reihe von zweistündig anberaumten Terminen vor mir. Mein Bewährungshelfer bestand darauf, daß ich mich einer Therapie unterzog, und so saß ich zweimal die Woche auf dem Freischwinger vor dem Designerschreibtisch und lotete die Untiefen meiner Biographie aus, während mein Gegenüber sich Notizen machte, mit wohlmoduliertem Timbre Fragen einflocht und auf die Beine seiner Kollegin blickte, die er zur Fallstudie herangezogen hatte. Er redete von Zwängen, Fixierungen, Kompensationshandlungen, Ersatzfunktionen, Statussymbolen. Ich übte mich in Reue und log, daß sich die Balken bogen. Er spielte mit seinem Federhalter. Ich schielte auf die Uhr. Anderthalb Jahre später ließ er mich gehen. Ich erinnere mich, daß er einen Händedruck wie ein Pappbecher hatte. Kurz darauf stellte ich mich in Harrys Laden vor.

Ich wollte keinen von ihnen wiedersehen. Keine

Richter, keine Anwälte, keine Schließer, keine Ärzte, keine Gutachter. Klar, bei den seltenen Gelegenheiten, wenn ich einen Autoschlüssel in den Fingern hielt, spürte ich, wie sich ein rosafarbenes Rinnsal Adrenalin im Delta meiner Adern löste. Dann dachte ich an das, was hinter mir lag, an das seifige Echo des Gemeinschaftsduschraums – He, Fettarsch, heute nacht mach ich dich zur *Frau* –, und legte die Schlüssel einfach wieder weg. Ja, sie fühlten sich gut an. Aber nicht gut genug.

»Oh, Mann«, sagte ich. »Ich bin so lange nicht gefahren, daß ich manchmal glaube, ich hab's inzwischen verlernt.«

Ich schleppte mich über die Einbahnstraße der Erinnerung und folgte dem Captain den Hügel hinauf, als uns eine Läuferin entgegenkam. Sie trug eines dieser Shirts mit dem roten Riesengockel und der Aufschrift »Nothing like a big nice cock to wake you up in the morning«, und sie lächelte uns im Vorübereilen kurz an. Sie war definitiv einen zweiten Blick wert, und als ich ihre Hinteransicht über die Schulter begutachten wollte, sah ich, daß sie sich ebenfalls im Laufen umgewandt hatte. Aber unsere Blicke trafen sich nicht, da ihr ganzer Augenmerk dem Mann galt, der neben mir über den Kiesweg lief. Der Captain und die Frauen. Es würde sich nie etwas ändern.

Bei den Bänken hielt ich an, stützte mich auf eine Lehne und atmete tief ein und aus, bis ich meine Seitenstiche halbwegs unter Kontrolle hatte. Die Sonne schien rötlich durch die letzten Dunstfetzen und tauchte den Park in ein sanftes, verwaschenes Zwielicht; alles wirkte wie auf einem Foto aus einer Sofortbildkamera, das jemand auf einer Fensterbank vergessen hat.

Der Captain ging über den feuchten Rasen bis zu dem Maschendrahtzaun, der den Abhang zur Straße sicherte, und verharrte dort einen Moment, bevor er wieder zurückkam.

Ich wies mit einer vagen Geste hinter mich. »Bei der würde ich gern mal Hahn sein.«

»Autos und Frauen.« Er ließ sich neben mir auf der Bank nieder und sah geistesabwesend in den Morgen. »Das läßt dich wohl nie los, Sonny.«

»Nur noch Frauen«, sagte ich.

Er schüttelte den Kopf. »Manchmal wünschte ich, ich wäre wie du.«

»Logisch«, sagte ich. »Ein feister Kloß mit Koteletten bis zu den Eckzähnen und dem Grips einer Kardanwelle. Da bist du sicher nicht alleine.«

»Das meine ich nicht«, sagte er. »Ich hätte nur gern einmal alles so klar vor mir gesehen wie du.«

»Was bringt das Ziel«, sagte ich, »wenn du es nie erreichst?«

»Ich habe mir geschworen, nur noch die Wahrheit zu sagen.« Er hielt eine Sekunde lang inne. »Ich habe lange darüber nachgedacht. Wer wird sich die Wahrheit sagen, wenn wir es nicht tun?«

Von mir würde er sie nie erfahren. »Das stimmt«, sagte ich.

»Sicher«, sagte er, »ich wollte sie, jede von ihnen. Ich habe es mir eingeredet, weil ich dachte, es gehört dazu, und bei Kristina hätte ich es sogar fast geglaubt.

Verdammt, ich war ganz nah dran, und dann war es doch wieder nur das Gleiche wie bei all den anderen.«

Ich sah, wie die Hueys über den Reisfeldern auftauchten. »Unsinn«, sagte ich. »Das waren Siege, Seb.«

»Ja«, sagte er. »Verlorene Siege.«

Ich verlagerte mein Gewicht und tastete nach meinen Zigaretten; die Zeit stand still, verfangen in seinen Worten, die etwas in mir zum Schwingen brachten, von dem ich nichts wissen wollte, und ich sehnte mich nach einer banalen Handlung – dem Anreißen eines Streichholzes, dem Einatmen von Rauch –, um an den nächsten Augenblick anzuknüpfen. Meine Taschen waren leer. Ich hatte die Packung zu Hause liegenlassen.

»Das ist doch pathetisch«, sagte ich. »Siege kann man nicht verlieren.«

Er zuckte mit den Schultern. »Richtig klargeworden ist es mir erst bei der Scheidung. Du erinnerst dich an Kristina, oder? Ewige Treue.« Er lachte trocken. »Und dann waren es noch nicht mal zwei Jahre. Ich habe die Lügen satt, Sonny. Ich war bloß ein Trickbetrüger, der sich selbst auf den Leim gegangen ist. Ich war schuld, von vornherein, aber das Schlimmste war, daß es mir nichts ausgemacht hat. Ich kam mir vor wie tot, weil es mir nicht weh tat. Bitterkeit, Trauer, Bedauern – ich habe nichts davon gespürt. Ich wußte nur eins, aber das wußte ich schon, während ich mit Kristina zusammen war.« Er zog die Beine an und legte seine Arme um die Knie. »Daß ich mich all die Jahre nur selbst geblufft habe.«

»Das ist doch längst vorbei«, sagte ich. »Wie lange ist das jetzt her mit Kristina? Fast fünf Jahre, oder?«

»Ach, Kristina«, sagte er. »Manchmal versuche ich mich daran zu erinnern, wie sie aussah, aber selbst das gelingt mir nicht mehr. Sie spielte einfach keine Rolle, und ich war nicht in der Lage, mir das einzugestehen. Nein« – das Wort erstarrte in der Luft, bevor er weitersprach –, »es ist nie vorbei. Ich muß immer an sie denken. Ich habe sogar an sie gedacht, als Kristina und ich die Ringe tauschten. Verdammt noch mal, ich dachte, es wäre ihre Hand.«

Es war still um uns herum. Nicht ein Vogel war zu hören.

»Sprich mit ihr«, sagte ich.

»Du weißt, wie oft ich es versucht habe«, sagte er. »Es hätte keinen Zweck. Ich weiß nicht mal, wo sie lebt.«

Ich wußte es, aber das behielt ich für mich. Ich wußte noch mehr über sie, aber ich schüttelte bloß den Kopf – weniger als Antwort auf seinen letzten Satz, sondern mehr als eine Art Versicherung an mich selbst, daß ich den Mund halten würde.

»Mein Gott, ich konnte sie ja schlecht zwingen, mir zuzuhören«, sagte er. »Sie hätte es sowieso nicht getan. Keine Chance. Es war unmöglich, völlig unmöglich.«

»Fünfzehn Jahre«, sagte ich. »Sieh doch mal in den Spiegel. Kannst du dich noch erinnern, wie du damals warst?«

Er warf mir einen fragenden Seitenblick zu.

»Worauf ich hinauswill, ist folgendes«, sagte ich.

»Du würdest einen völlig anderen Menschen treffen, wenn sie dir heute über den Weg liefe. Das Mädchen, von dem du redest, ist doch nur eine Chimäre, jemand, der einmal war. Sie wird nie wieder so sein wie damals, Seb. Wir sind alle Teilnehmer eines Rattenrennens, und die Zeit läuft. Wer sich umdreht, kriegt nur Trugbilder zu sehen.«

»Das wäre mir genug«, sagte er. »Ich will sie nur noch einmal sehen, bevor ich sterbe.«

Ich hatte den nächsten Satz schon auf den Lippen, bereit, mit meiner verlogenen Tirade fortzufahren, als ich den Sinn seiner Worte verstand. »Was?«

»Ich werde sterben.« Er sagte das, als wollte er vorschlagen, nach der letzten Runde gemeinsam frühstücken zu gehen. »Vier Monate, Sonny. Maximal vier Monate.«

Ein Knebel aus Übelkeit und Unglauben formte sich in meiner Kehle. »Das ist nicht lustig«, sagte ich.

»Nein«, sagte er. »Ganz und gar nicht. Aber ich kann es drehen und wenden, wie ich will, es ändert einfach nichts.«

»Blödsinn«, sagte ich. »Was soll es denn sein?«

»Such dir das Schlimmste aus«, sagte er. »Ich bringe es einfach nicht über die Lippen. Sobald ich es sage, wird es wahr.«

Er saß vornübergekrümmt da, hielt die Knie an die Brust gepreßt und wiegte sich langsam vor und zurück. Es machte mich verrückt. Alles in mir schrie danach, ihn an seinem Shirt zu packen, ihn durchzuschütteln und anzuherrschen, endlich mit diesem monotonen Geschaukel aufzuhören.

Die Sonne schien durch die Erlen und blendete mich. Ich spürte, wie ein hohler Schwindel Besitz von mir ergriff, eine tonlose, lähmende Angst, in der alle eigenen Worte leer verhallten, ein taubes, gefrorenes Vakuum, das alle Verzweiflung, alles Entsetzen, jedes auch noch so entfernte Beben in einem lautlos brüllenden Nichts erstickte. Ich saß nur da, während das Licht von den Ästen tropfte, unfähig, irgend etwas in Bewegung zu setzen. Vor und zurück. Vor und zurück.

»Wir haben den Krieg gewonnen.« Es war mir nicht ganz klar, was mir die Stimme blockierte, das Wissen um mein eigenes idiotisches Gestammel oder diese verlorenen, mattblauen Augen, die ich plötzlich auf mich gerichtet sah, aber dann sagte ich es noch einmal, bevor ich nicht mehr weitersprechen konnte. »Wir haben doch immer gewonnen, Seb.«

Ich habe es später erfahren, als ich seine Mutter auf dem Gang in der Klinik traf; er selbst hat es nie konkret benannt. Du stehst morgens auf und gehst unter die Dusche. Der warme Dampf beschlägt die Schiebetüren, und du reibst gerade deine Muskeln ein, als dich ein plötzlicher Hustenreiz packt, ein tiefer, rauher Hustenreiz, der dich fast in die Knie zwingt, und als du aus tränenden Augen auf den Boden der Wanne blickst, siehst du ein hellrotes Rinnsal, das sich in den Strahlen des Wassers verliert. Als du zum Handtuch greifst, hast du sie schon fast wieder vergessen, diese winzige physische Unpäßlichkeit; auf deiner Tagesordnung stehen Punkte, die dich entschieden mehr beschäftigen. Zwei Tage später spuckst du erneut Blut, und diesmal bist du verunsichert, nicht nur, weil du dich an der Seifenschale festhalten mußt, bis du wieder zu Atem gekommen bist. Der Arzt ist ein alter Freund von dir, er will dich nicht beunruhigen, es sind nur ein oder zwei kleine Tests, im Grunde unerheblich, aber danach kann er dir nur die Werte sagen, sie könnten günstiger sein, definitiv günstiger, und stellt dir eine Überweisung aus, du solltest mal einen Spezialisten konsultieren. Über die Sprechanlage ertönt eine Stimme, daß Herr Brzzzgfzzz zum Belastungs-EKG gekommen ist.

Wahrscheinlich ist es besser, wenn man nur in der zweiten Person davon berichtet. Vielleicht hat man so eine Chance, daß es einen nicht selbst erwischt.

Es handelte sich um ein zentrales, von der Lungenwurzel ausgehendes, rapide wucherndes Bronchialkarzinom. Der Tumor hatte sich bereits um die Hauptschlagader geschlungen, so daß es nur eine Frage der Zeit war, bis er in die Gefäße einbrechen würde. Sie konnten nichts mehr tun. Wie sich herausstellen sollte, blieben Seb nicht mal die vier Monate, von denen sie gesprochen hatten.

Als wir einmal zusammen durch den Klinikpark gingen, hat Seb mich gefragt, ob ich mich an die Ente erinnern würde. Nein, sagte ich, hilf mir auf die Sprünge, obwohl ich in Gedanken bei einer völlig anderen Sache war. Und dann, während er redete, fiel er mir wieder ein, dieser Nachmittag, an dem wir zum Garten aufgebrochen waren, jeder mit einer Tüte Brotkrumen, weil wir die Ente füttern wollten, die wir im Regen auf dem Teich beobachtet hatten. Der

Tümpel lag still da, und Seb meinte, sie würde vielleicht irgendwo in den Büschen brüten, während ich mit einem Ast Feuerlinien in den Boden kratzte und mich nach einem Armalite-Gewehr sehnte. An diesem Tag gab es keinen Krieg. Wir warteten, bis es dunkel war, aber die Ente kam nicht wieder.

»Schaust du morgen vorbei?« sagte Seb.

»Auf jeden Fall«, sagte ich. »Ich wollte Schwester Inga überreden, mir bei einem Essay über gestärkte Blusen zu helfen.«

Ich wußte bereits, was ich tun würde. Es war ein hirnrissiger, halbdebiler Plan, die fatale Ausgeburt eines nicht ganz dichten Oberstübchens, durch dessen Ritzen ein warnender und merklich kühler Wind pfiff. Ich achtete nicht darauf. Und nachdem ich meinen Entschluß einmal gefaßt hatte, überlegte ich nicht weiter.

Ich kann es drehen und wenden, wie ich will, es ändert einfach nichts.

Es ging ihm wie mir. Er wollte nur sie.

Akte geschlossen, Cap.

5. FAHRSTUNDE

Manchmal, in meinen Alpträumen, taucht der selbstmörderische Hund wieder auf. Es ist ein zahnloser, brauner Mischlingsrüde mit verfilztem Fell und hängenden Lidern, direkt von den Nornen des Schicksals gesandt. Ich weiß, was er tun wird, und in diesem Moment zerreißen die Schreie der Erinnyen mein

Trommelfell. Wenn ich erwache, liege ich quer auf dem Bett, in schweißgetränkten, zerwühlten Laken, die sich um meine Beine schlingen wie die Vipern um Laokoons marmornen Torso.

»Ich pack's nie im Leben«, sagte Tommy Singer. »Spätestens, wenn ich rückwärts einparken muß, kann ich mir den Lappen abschminken.«

»Alles 'ne Frage des Timings«, sagte ich. »Steuer ganz nach rechts einschlagen, langsam zurücksetzen und dabei in die andere Richtung lenken.«

»Genau das sag ich mir doch jedesmal.« Er schüttelte den Kopf. »Und dann sitze ich doch wieder auf der Bordsteinkante.«

»Bloß keine Panik«, sagte Seb. »Die Prüfung ist doch frühestens in zwei Wochen.«

»Jetzt aber bitte mal Ruhe, meine Damen und Herren.« Die befehlsgewohnte Stimme des Fahrlehrers unterband die Konversation im Raum, den Austausch der Befürchtungen, die gutgemeinten Versicherungen und das Tuscheln der Mädchenfraktion, während er um die Tische herum nach vorn ging und eine Folie auf einen bereits angeschalteten Overhead-Projektor legte. »Sie sehen hier einen blauen, einen roten und einen grünen Wagen an einer Kreuzung. Wann dürfen Sie fahren, Nina, wenn Sie in dem blauen sitzen?«

Der Mann war ein Phänomen. Er kannte nicht nur jeden seiner Schüler mit Namen, sondern redete alle Anwesenden ausnahmslos mit ihren Vornamen an, auch die ältere Dame im Tweedkostüm, die immer so angestrengt zuhörte, als würde sie einem Vortrag über die Relativitätstheorie beiwohnen. Er hatte eine unangestrengte, jungenhafte Autorität, trug seinen Scheitel wie John F. Kennedy und wirkte wie jemand, der sich als Skilehrer in den andorranischen Bergen durchgeschlagen hatte und durch einen unglücklichen Sturz dazu gezwungen war, sich nun seinen Lebensunterhalt vor roten Ampeln zu verdienen. Dafür, daß sein Berufsbild von cholerischen Ex-Feldwebeln und schenkelbefummelnden Unholden geprägt war, hatten wir ganz ohne Zweifel das große Los gezogen.

Außerdem fühlte ich mich wohl in seiner Gegenwart, im Beisein einer Kapazität, die durchaus in der Lage war, die Berufung anderer zu erkennen und mit einem Augenzwinkern zu akzeptieren. Es war das Verhältnis eines tibetanischen Mönchs zu seinem Meisterschüler, ein wohlwollendes Wissen um die unausweichliche Wachablösung, ein weises Kräuseln der Mundwinkel, ein beifälliges Nicken in Richtung dessen, der das Vermögen der Zukunft in sich trug. Er hatte mir in die Augen gesehen, mich fahren lassen und innerhalb der ersten fünf Minuten erkannt, wer und was ich war.

Ich startete den Motor, löste die Handbremse, zweigte vom Hof der Fahrschule auf die bergab führende, dreispurige Straße ab und fädelte mich hinter einem Alfa Giulia links ein. Ich bog auf die Hauptstraße, schaltete in den dritten Gang und zog an den Ziegelmauern des alten Friedhofs vorbei, während er sich zurücklehnte und seinen Terminkalender aus der karierten Jacke zog. Seine Beine blieben, wie sie waren, bereit, in die Eisen zu gehen, sobald ich den ersten Anfängerfehler beging. Er kritzelte etwas in sein Notizbuch und sah dann zu mir herüber.

»Sie fahren nicht zum erstenmal, Sonny«, sagte er.

»Äh, nein.« Es hatte keinen Zweck, ihm etwas vorzumachen, aber gleichzeitig mahnte ich mich zur Vorsicht; der Skeptiker in mir fürchtete, er könnte sich in einen dröhnenden Rechtschaffenheitsapostel verwandeln, für den es eine persönliche Beleidigung war, daß jemand ohne behördlichen Stempel ein Fahrzeug geführt hatte. »Ich hab schon mal ein paar Runden auf dem Übungsplatz gedreht.«

»Die nächste links.« Er rückte seine schmalgeränderte Brille zurecht. »Ein paar Runden, ja?«

»Na ja, ich ...«

»Sie sollten mal hier auf meiner Seite sitzen«, sagte er. »Da lernt man die Leute wirklich kennen. Zuerst mal die nervösen Hemden. Denen fehlt die Bewegungskoordination, und der erste Blick in den Rückspiegel wirft sie völlig aus der Bahn. Wenn sie den Blinker setzen sollen, schalten sie den Scheibenwischer an, und an der nächsten Steigung säuft ihnen der Motor ab. Sie machen ihre dreißig Stunden, und mit einer doppelten Dosis Baldrian schaffen sie auch die Prüfung. Überhaupt kein Problem.

Die nächste Kategorie, das sind die Schinder. Die drehen den Schlüssel, als wollten sie das Schloß herausbrechen, bei hundert Sachen schalten sie zurück in den zweiten Gang, daß das halbe Getriebe zerbröselt, und dabei reißen sie um ein Haar noch den Knüppel ab. Mit diesen Strategen muß man Klartext reden, sonst ist man in null Komma nichts ruiniert. Du zündest drei Dutzend Kerzen in der nächsten Kirche an, sobald die endlich durch die Prüfung sind.«

Ich bemerkte, daß er die Beine übereinander geschlagen hatte. »Dann die jungen Helden«, fuhr er fort. »Gerade mal achtzehn, schon den einen oder anderen Sonntag mit Papa über den Supermarktparkplatz gebrettert, und scharf auf Mutters alten Hobel, der in der Doppelgarage für sie bereitsteht. Sie meinen, es gäbe nichts mehr zu lernen, dabei haben sie nicht den blassesten Schimmer. Eigentlich nette Jungs. Schade, daß man manche von ihnen nur in der Zeitung wiedersieht.«

Er wies nach rechts, und ich bog auf den Ring und fädelte mich in den Nachmittagsverkehr ein. Ich fühlte mich nicht angesprochen, hegte aber den vagen Verdacht, daß er mir durch die Blume sagen wollte, in welche Sparte er mich einordnete.

»Ich arbeite jetzt seit gut zwanzig Jahren als Fahrlehrer«, sagte er, »und irgendwann kennt man sie alle. Die Streber, die Großkotze, die Raser, die Zaghaften, die Unbekümmerten, die Ängstlichen, die Härtefälle.« Er nahm seine Brille ab und sah zu mir herüber. »Menschen mit unterschiedlichen Schwächen, unterschiedlichen Talenten, unterschiedlichen Temperamenten. Aber eines haben sie alle gemein, nämlich das, was ihnen fehlt. Routine.«

Allmählich ärgerte mich sein anmaßendes Gehabe, sein blasiertes, herablassendes Gerede, das zweifelsohne direkt an meine Adresse gerichtet war.

Die nächste Ampel sprang auf rot. Ich verlangsamte und sah zum Opernhaus hinüber, wo ein Geiger im

Harlekinskostüm vor ein paar versprengten Zuschauern spielte.

»Routine nennt man die Kunst, etwas so zu beherrschen, daß es einem in Fleisch und Blut übergegangen ist. Routine ist Könnerschaft, die sich nicht beweisen muß.« Ich spürte, daß er mich von der Seite ansah. »Man erwirbt sie durch alles Mögliche, aber bestimmt nicht durch ein paar Runden auf dem Übungsplatz.«

Was er da gesagt hatte, begriff ich erst ganz, als ich nach der Fahrschule nach Hause ging. Ich fühlte mich wie ein Flugzeugträger, und in meinem inneren Vorführraum spulte ich die Szene wieder und wieder zurück, während ein unglaubliches Hochgefühl in mir emporbrandete, vermischt mit dem Respekt vor der Menschenkenntnis dieses Mannes, der die Welt für ein paar Sekunden von der Kleinlichkeit aller Krämerseelen befreit hatte. Ich fühlte mich stark, nein, unbesiegbar, wie der große E. A. Mayner vor dem Sturm auf die Felsenbastion, und gleichzeitig hatte ich das Bedürfnis, die Arme vor der Brust zu kreuzen und mich demütig zu verneigen vor der Lebensklugheit dessen, der mir geholfen hatte, mich selbst zu erkennen.

»Wenn man zweimal durchfällt, muß man zum Idiotentest«, sagte Tommy Singer mit düsterer Miene.

Die Stunde war zu Ende. Wir packten gerade unsere Sachen zusammen – Seb schleppte immer seine gesamten Theoriebögen mit sich herum –, während der Fahrlehrer vorn mit zwei Prüflingen sprach, die am nächsten Tag an der Reihe waren. Ich hatte noch eine letzte Überlandtour sowie die beiden Nachtfahrten vor mir, dazu maximal noch zwei oder drei normale Stunden. Ich war bereit. Bald hatten wir es alle geschafft.

Tommy Singer schien sich da nicht so sicher zu sein.

»Quatsch«, sagte ich. »Wer hat dir denn das erzählt?«

»Mein Cousin«, sagte Tommy. »Wenn man Pech hat, wird man nie mehr zur Prüfung zugelassen.«

»Bei deinem Cousin sollte mal jemand die Gehirnströme messen«, sagte ich.

»Jetzt regen Sie sich mal ab, Tommy.« Der Fahrlehrer war zu uns getreten. »Alles geht glatt. Eine halbe Stunde Konzentration, und nächsten Freitag ist alles gelaufen.«

»He«, sagte ich. »Sie haben uns zur Prüfung angemeldet.«

»Tatsache«, sagte er. »Um zehn ist Theorie, und nach der Auswertung der Bögen geht's los. Wenn der Prüfer gut gefrühstückt hat, seid ihr nach zwanzig Minuten fertig.«

Hinter uns klopfte jemand an den Türrahmen. »Dad«, sagte eine weiche, betörend gelangweilte Stimme, während wir uns umdrehten und zur Tür sahen. »Kannst du eben deinen Wagen aus der Einfahrt fahren?«

VIER GESICHTER

Der Fahrlehrer: Das Kinn gereckt, die Stirn leicht in Falten gezogen, als müßte er kurz überlegen, wo sich besagte Einfahrt befindet. Er nickt. »Bin sofort da.«

■ Tommy Singer: Immer noch erschüttert ob der freundlichen Ankündigung seiner Hinrichtung. Aufschub abgelehnt. Was, wenn der Henker einen *schlechten* Tag hat?

■ Sebastian Weiss: Seltsam ratlos, als sei ihm eben der gedankliche Faden gerissen. Macht den Eindruck, als wolle er künftig doch lieber Rad fahren, der Umwelt zuliebe.

■ Sonny Graff: Er faßt es einfach nicht. Da läutet die Türglocke des Schicksals, und jetzt kennt er ihren vollen Namen. Aber wieso denkt er plötzlich an Meloneneis?

Es war niemand anwesend, als ich ein paar Minuten nach acht nach Hause kam, ein Zustand, den ich außerordentlich begrüßte. Ich durchforstete die Küche, sah kurz in den Kühlschrank, spähte ohne rechten Willen in die Speisekammer und spielte unschlüssig mit der Klappe des Brotkastens, bevor ich zu dem Schluß kam, daß das Zuführen von Nahrung ein hochgradig profaner, geisttötender Akt war, daß mein Körper nach Askese verlangte, nach Verzicht und Maß, um endlich in Einklang mit meiner Seele zu gelangen.

Nadja, Nadja Angström! Da stand sie, die rechte Schulter an den Türrahmen gelehnt, die linke Hand in die Seite gestützt, den Blick auf das in der Bewegung erstarrte Quartett gerichtet, aus dem Sonny Graff, der durch das Diktum der Weisen gekrönte Routinier, Sonny Graff, der Beschleuniger, der Mann, den sie den *Fahrer* nannten, um gut eine halbe Haupteslänge hervorragte, bevor ihr Lied verklang und sich die Schritte der flachen schwarzen Männerschuhe an ihren Füßen auf der in die obere Etage führenden Treppe entfernten. Sonette und Madrigale lagen auf meiner Zunge; alles, was ich jetzt noch brauchte, war ein Katalysator, der meine Ehrfurcht zum Singen brachte.

Die geeigneten Stimulanzien fand ich im selten geöffneten Kabinettschränkchen meines Vaters.

Ich öffnete die Schiebetür zur Veranda, ließ die Abendluft herein, schenkte mir zwei Fingerbreit eines irischen Whiskys ein und setzte mich. Ich schwenkte das Glas mit der bernsteinfarbenen Flüssigkeit und lehnte mich zurück. Nach dem ersten Glas merkte ich, was fehlte, und legte eine Platte von Erroll Garner auf, noch so ziemlich das Beste, was ich finden konnte. Nach dem zweiten Glas stellte ich die Flasche neben mich auf den Glastisch. Nach dem dritten Glas war ich bereit, einen Blick in die Kristallkugel zu werfen, jetzt, wo alles in greifbarer Nähe lag.

Sie saß unter der blauweiß gestreiften Markise der Hollywoodschaukel und lackierte gerade ihre Fußnägel, kleine Wattebäusche zwischen den einzelnen Zehen. Die ganze Welt war hellblau, und sie neigte den Kopf leicht zur Seite, während ihr Schattenmund lautlos Worte in meine Richtung hauchte, bis ich zu ihr trat und mit meinem Mittelfinger über ihre Lippen tastete, die feuchte Kante ihrer Zähne fühlte, als sie sacht ihr Kinn hob, mir entgegenkam, die Silben sich gegen meine Fingerkuppe schmiegten und ich verstand, was ich sowieso die ganze Zeit gewußt hatte, ich, Sonny Graff, der alle Rätsel des Universums in Mindeststundenzahl zu lösen wußte, Sonderfahrten eingeschlossen. Ein leichtes Zittern löste sich vom Rand ihrer Lippen, als sie es wieder sagte. Küß mich, sagte sie. *Küß mich, und du küßt Gott.*

Zungenküsse, Fußfetischismus, Blasphemie. Ich war zu allem bereit.

Ich besiegelte meinen Schwur mit einem weiteren Glas, bevor ich darüber nachdachte, wie ich es ihr sagen würde. Sonnenklar, in der Eisdiele neben der Fahrschule. Nadja, kann ich mal eben mit dir reden, nein, nicht hier, laß uns doch kurz rübergehen. Dein Vater hat dir viel von mir erzählt? Ehrlich, nicht der Rede wert, es gibt Dinge, die hat man einfach im Blut. Okay, ich nehme drei Kugeln, Stracciatella, Zitrone, Erdbeer, und du? Nein, warte einen Moment, laß mich raten. Nuß ganz bestimmt nicht, Pistazie schon eher, nein, die Auszählung ergibt zu viele Gegenstimmen, das bist du nicht, Pistazie, und Joghurt scheidet auch aus. Hm, nicht ganz leicht drauf zu kommen, aber ich glaube, jetzt hab ich's. Ja. Also, ich tippe auf Melone.

Stimmt's?

Ich stand auf und trat auf die Veranda. Es war eine wolkenlose Nacht, und der Mond tauchte den akkurat getrimmten Rasen, die Beete und die Sträucher in blaugraue Schatten; nicht mehr lange, und Magnolien und Spyreen würden blühen. Eine kühle, leichte Stille umfing mich. Ich streckte die Arme aus und begann, mich langsam zu drehen, zu einer Melodie, in der ihr Erröten mitschwang, dieses unmißverständliche Zeichen des Wiedererkennens auf ihren Wangen. Ich drehte mich weiter und weiter, versuchte ihren Blick aufzufangen, der durch den Raum flog, aber es gelang mir nicht, er segelte einfach über mich hinweg, ein Wimpernflattern, das ich nicht festhalten konnte. Ich spürte, wie ich ins Taumeln kam, daß mir meine Beine nicht mehr gehorchen wollten.

In ihrem Blick lag keine Erinnerung. Er ging achtlos durch mich hindurch, als hätte es mich nie gegeben.

Und im selben Moment mußte ich kotzen.

Ich verlor das Gleichgewicht, während ein reißender Strom von Selbstmitleid und Bitterkeit aus meinem Mund schoß und in hohem Bogen über die Rosenbeete spritzte. Ich spürte die Feuchtigkeit des Rasens unter meinen Fingern, kam auf die Knie und würgte den nächsten Schwall auf die Einfriedung, während sich in meiner Kehle bereits die nächste Zehn auf der Göbelskala ankündigte. Ich verharrte auf allen Vieren, bis das letzte Nachbeben vorbei war, und ließ mich nach hinten ins Gras sinken.

Nein, ich war nicht betrunken, auch wenn ich nie wieder aufstehen wollte. Ich hätte es gleich erkennen müssen, in der sanften Färbung ihres Teints, im Schwanken ihres Blicks, der nach der Antwort zu einer Frage suchte, die sie sich noch nicht gestellt hatte. Ich starrte in die Dunkelheit, Bilder von Schlittschuhläufern und Schneetreiben vor Augen, und dann erinnerte ich mich an die Spielzeugfabrik, an den Hasen mit der roten Schleife und dem Glöckchen um den Hals. Ich sah den entgeisterten Ausdruck auf Sebs Gesicht und wünschte mir, daß er immer noch nicht wußte, was ein Hase war.

»Sonny!«

Oh, scheiße.

»Alles klar? Wie war die Stunde?«

»Überlandfahrt. Kein großer Akt, bei dem Wetter sowieso nicht.«

»Das ist Nadja. Ihr habt euch ja schon kurz gesehen.«

»Mein Vater sagt, du hättest ziemlich Ahnung von Autos.«

»Er braucht sich ja nun auch nicht gerade zu verstecken.«

»Kommst du mit auf ein Eis, Lieutenant? Wir wollten gerade zu Gianni rübergehen.«

»Sorry, aber ich hab's total eilig. He, ich wette, ich weiß, was deine Lieblingssorte ist.«

»Da hast du aber 'ne ziemliche Auswahl.«

»Also, Vanille und Erdbeer scheiden aus, wenn du mich fragst. Blue Curaçao, Pfirsich, Kiwi, auch eher negativ. Für mich sieht das nach einem Kopf-an-Kopf-Rennen aus. Entweder Maracuja oder Melone. Nicht ganz einfach zu entscheiden, aber ich glaube, ich hab's. Du nimmst Melone. Ja, ich setze hundert Prozent auf Melone.«

»Wie bist du denn darauf gekommen?«

»Ach, bestimmte Dinge hat man einfach im Gefühl.«

»Ich kannte mal einen, der hat das gleiche immer mit Sternzeichen versucht. Er hat aber andauernd danebengetippt. Hättest du das gewußt, Sebastian?«

Hätte er nicht, doch auch dieser Triumph wollte mich nicht zufriedenstellen, dieses brillante, flirtive Spiel mit ihren geheimsten Wünschen, die ich ihr zielsicher von den Augen ablesen konnte. Sie fand das kurzweilig, ein nettes Intermezzo mit Sonny dem Riesen, aber in ihrem Blick glimmte nicht der kleinste Funke, während ich die Geistesblitze gleich im Bündel sprühen ließ und gegen ihre Körpersprache anredete, dieses Verlagern ihres Gewichts in Sebs Richtung, ihr amüsiertes Kopfschütteln, das ihre Haarspitzen über seine Schulter streichen ließ. Sie lehnte sich leicht an ihn und schenkte mir ein nacktes Lächeln, in dem offenes Staunen über mein psychologisches Bravourstück lag, aber nicht die Spur jenes verschneiten Abends, an dem sich ihre Hand um meinem Arm geklammert hatte.

Ich hatte die richtigen Worte gefunden, ich hatte Charme und Überzeugungskraft, und dennoch brannte für mich kein Licht in ihrem Fenster. Seb gewann immer. Er gewann, weil es ihm nicht wichtig war.

Die Eisdiele war meine Idee, mein Lieber.

Doch dann, während ich daran denken mußte, wie sie rückwärts von mir fortglitt, kam mir ein ungeheuerlicher Verdacht, eine papierkantenscharfe, schmerzliche Ahnung, die mich verfolgte wie die Augen eines dieser kragenbewehrten Ratsherren auf den Gemälden alter Meister – egal, wo man sich hinstellt, sie sehen einen unentwegt an. Eine unbekannte Angst ergriff Besitz von mir, als ich mir wieder und wieder versicherte, daß er die freie Wahl hatte, daß er sie nie so sehen würde wie ich, daß es nur eine Frage der Zeit war, bis er spürte, daß sie ihm nicht das geben konnte, was er fühlen wollte. Ein Anflug von Selbstekel ließ mich meine Überlegungen abbrechen. Ich mußte mich wieder auf das konzentrieren, wofür ich geboren war.

Noch neun Tage, dann hatte ich den Schein.

Die Nachtfahrt machte ich am Dienstag vor der Prüfung.

Es war noch hell, als wir losfuhren. Wir nahmen die Landstraße und redeten wie so oft über Sportwagen. Er war ein Anhänger der angelsächsischen Tradition, während ich mehr auf italienische Renner fixiert war, obwohl ich zugeben mußte, daß der Zwölfzylinder Jaguar E aus der Serie III durchaus mit den mediterranen Boliden mithalten konnte. Trotzdem, für den Bizzarini GT Strada, den Maserati Mistral oder den Ferrari 400 Superamerica war das keine ernstzunehmende Konkurrenz. Er konterte mit dem Aston Martin DB5 Convertible, das James Bond in »Goldfinger« gefahren hatte, und bot mir eine Zigarette an.

Als wir kurz nach halb zehn zurück waren, bat er mich in sein Büro, weil er noch eine Unterschrift benötigte. Während er in seinen Papieren kramte, diskutierten wir darüber, was wohl der seltenste Wagen von allen war. Wir schüttelten alle möglichen Namen aus dem Ärmel, einigten uns aber schließlich auf den Disco Volante von Alfa Romeo; er holte einen seiner Bildbände aus dem Regal, um die technischen Daten nachzulesen.

Ich nahm den bereitliegenden Kugelschreiber auf und unterzeichnete das vor mir liegende Papier. Dabei fiel mein Blick auf drei Bilder in silbernen Rahmen, die am linken äußeren Rand des Schreibtischs standen und einen kleinen Halbkreis bildeten. Das Bild links zeigte Nadja, ein paar Jahre jünger, vielleicht mit zehn oder elf, auf jeden Fall noch in dem Alter, in dem man lacht, auch wenn man eine Zahnspange trägt.

»Ich glaube, Fangio hat ihn mal gefahren«, sagte ich.

Rechts außen stand er; damals hatte er noch keine Brille getragen.

»So ein Gedächtnis möchte ich haben«, sagte er. »Fangio hat 1953 mit einem Disco Coupé gewonnen, beim Supercortemaggiore von Meran. Ein unglaubliches Geschoß – der Wagen sieht aus, als hätten sie ein Raumschiff mit einer Seifenkiste gekreuzt.«

»Deswegen heißt er ja *Disco Volante*«, sagte ich. »Fliegende Untertasse.«

Auf dem Foto in der Mitte war eine Frau abgebildet, die ihre Arme im Nacken verschränkt hatte. Sie lächelte das Lächeln, das alle Mütter rund um den Globus lächeln. Sie war noch jung, für eine Mutter jedenfalls, aber die charakteristischen Züge waren schon vorhanden, die Linien, die ihr Lächeln formten, der Blick, der aus dem Bild zu gehen schien, als würde sie jemandem nachblicken, der nur ein paar Armlängen von ihr entfernt war.

Nein, ich sah es damals nicht so. Aber ich wußte, daß es ihre Mutter war. Außerdem wußte ich, daß ich diese Frau schon einmal gesehen hatte.

»Sechs Stück haben sie gebaut«, sagte er. »Und sie sind alle verschwunden. Einen hat Peron gekauft, der argentinische Diktator.«

In diesem Moment war mir das herzlich egal.

Ich kannte diese Frau. Und während ich noch darüber nachdachte, woher, war mir, als würde sie ihr Haar hinter dem Kopf zusammenraffen und aus ihrem Nacken nach oben schieben. Es gab keinen Zweifel. Ich kannte sie, und ich kannte dieses Muttermal unterhalb ihres linken Mundwinkels. Ich kannte sie, aber nur mit hochgesteckten Haaren.

Und in einem Punkt war ich mir ziemlich sicher.

Sie war keine Französin.

6. ZWEI ODER DREI DINGE, DIE ICH VON IHR WEISS

Ich machte meine Kreuze, war in 5, 6 Minuten fertig, gab meinen Bogen ab und ging nach draußen auf den Hof vor der Fahrschule. Jetzt hieß es Zeit totschlagen, bis ich endlich an der Reihe war; wenn sie alphabetisch vorgingen, lag ich an zweiter Stelle. Ich hatte gerade meine erste Zigarette geraucht, als Seb sich zu mir gesellte. Er hatte alles auswendig gelernt und ging davon aus, daß er höchstens einen Fehler gemacht hatte, bei der Bremswegberechnung, deren Formel er sich beim besten Willen nicht merken konnte. Ich sah auf meine Uhr und fragte mich, wie lange die anderen denn noch brauchten. Das konnte doch wohl nicht wahr sein. Tommy Singer kam nach knapp zwanzig Minuten und wußte zu berichten, daß ein paar Frühvergreiste immer noch über ihren Fragen schwitzten.

Die Auswertung der Theoriebögen kostete eine weitere halbe Stunde; danach mußten zwei Mädchen den Bus nach Hause nehmen. Acht Kandidaten hatten die erste Hürde genommen, darunter die Veteranin im Tweedkostüm, die zur Feier des Tages in einem weinroten Faltenrock und einer Bluse mit Puffärmeln erschienen war.

Alle Prüflinge fuhren in Zweiergruppen; wenn der erste seine halbe Stunde hinter sich hatte, übernahm der zweite den Rückweg zur Fahrschule, wo das nächste Duo antrat. Sie begannen mit Seb und einem jungen Typ im Sportsakko, dem die Zukunft als Kassenwart und Kegelbruder auf die Stirn geschrieben stand. Sie waren bereits nach einer knappen Dreiviertelstunde zurück. Sebs Augen leuchteten, als er zu mir herüberkam.

»Keine Chance, nicht zu bestehen.« Er grinste. »Die Frau des Prüfers liegt auf der Entbindungsstation, und das Baby kann jede Minute kommen. Er hat sogar zwischendurch in der Klinik angerufen. Der will bloß möglichst schnell fertig sein.«

Das weckte einen leisen Funken Hoffnung bei Tommy Singer, der ein weiteres Duo später, zusammen mit mir, an der Reihe war. Er mußte als erster fahren und machte seine Sache gar nicht so übel, auch wenn er den Motor an der ersten Kreuzung absaufen ließ und so erschreckt in den Rückspiegel starrte, als würde dort gerade ein Eilkurier mit seiner Einladung zum Idiotentest winken. Ich saß hinter ihm, lehnte mich zurück und schielte so unauffällig wie möglich zu unserem Prüfer hinüber.

Seb hatte recht. Gegen den Mann wirkte Tommy, als hätte er gerade die dritte Zen-Stufe gemeistert. Er sah aus dem rechten Fenster, blätterte in seinen Papieren und sog fortwährend seine Unterlippe zwischen die Zähne. Sein unsteter Blick auf die Uhr bezog sich nicht auf Tommys Fahrzeit, soviel stand fest.

»Wird's ein Junge oder ein Mädchen?« sagte der Fahrlehrer.

»Ein Mädchen.« Der Prüfer lachte nervös. »Sie hat sich ganz schön Zeit gelassen. Eigentlich sollte sie schon vor acht Tagen kommen.«

»Ganz normal. Damen brauchen immer etwas länger, um sich schön zu machen.« Der Fahrlehrer kurbelte sein Fenster einen Spalt herunter. »Aber dann geht plötzlich alles ganz schnell. Eben haben sie noch Hose und Hemd an einem Stück getragen, und im nächsten Moment fragen sie einen nach Lippenstift und Mascara.« Er warf einen Blick über seine Lehne. »Wir Männer sind doch echte Rasenmäher. Unsere Töchter werden erwachsen, während die meisten von uns immer noch glauben, ein Eyeliner wäre das Luftkissenboot von Ostende nach Dover.«

»An der nächsten Kreuzung bitte links, Herr ... Singer.« Der Prüfer sah wieder von seinen Unterlagen auf. »Wie alt ist ihre Tochter denn jetzt – die Schule müßte sie ja inzwischen hinter sich haben, oder?«

»Im November wird sie achtzehn.« Der Fahrlehrer streckte die Linke aus und bog zwei Finger ruckartig nach unten, worauf Tommy geistesgegenwärtig den Blinker betätigte. »Wir dachten erst, es würde ein Junge, damals gab es ja noch keinen Ultraschall. Und wie das so mit dem Wunschdenken ist, war sie dann auch ein bißchen wie ein Junge. Puppen ließ sie immer links liegen, und mit fünf hat sie mich gefragt, ob wir nicht ihren Namen ändern könnten. Ich hatte ihr irgendeine Piratengeschichte vorgelesen, und von da an wollte sie unbedingt ›Schrecken der Meere‹ heißen.«

Der Prüfer lachte gepreßt, als würde ihm die kleine Familienanekdote eine Zentnerlast von der Brust nehmen.

»Aus Kindern werden Leute«, sagte der Fahrlehrer. »Sie macht jetzt ihre Schneiderinnenlehre, und danach will sie Modedesign studieren. Äußerst zielstrebig, die heutige Jugend. Obwohl ich mir eine Zeitlang ziemliche Sorgen gemacht habe. Es hat mehrere Jahre gedauert, bis Nadja wieder aus ihrem Schneckenhaus herausgekommen ist.«

»Der Unfall Ihrer Frau«, sagte der Prüfer.

»Das Leben geht weiter, aber versuchen Sie mal, das einem Kind zu erklären.« Der Fahrlehrer schüttelte den Kopf. »Nadja war neun, als es passiert ist. Kein Wunder, daß sie sich immer mehr abgekapselt hat. Und Hand aufs Herz, manchmal ist man als alleinerziehender Vater einfach überfordert. Es gibt Fragen, die können sich nur Frauen beantworten, auch wenn ich finde, daß ich es alles in allem hätte schlechter anstellen können. Gestern noch der rote Korsar, heute in blauen Leggings. Einfach unglaublich, wie ähnlich sie Petra geworden ist.«

»Ich denke, wir können jetzt wechseln.« Der Prüfer beugte sich zum Fahrersitz. »Fahren Sie doch bitte da vorn rechts heran, Herr Singer.«

Tommy lenkte den Wagen auf den Randstreifen

und stellte den Motor ab. Ein Vibrato düsterer Gewißheit waberte durch seine Stimme: »Muß ich nicht einparken?«

»Na, Sie parken doch gerade.« Der Prüfer klopfte ihm von hinten auf die Schulter. »Herzlichen Glückwunsch, Herr Singer.«

Tommy fiel beinahe in Ohnmacht, schaffte es aber gerade noch, mit mir die Plätze zu tauschen, bevor er sich auf der Rückbank einem schweigenden Rausch der Verzückung hingab. Ich optimierte den Sitz, stellte die Spiegel ein, ließ den Wagen sanft anspringen und ordnete mich in den ohnehin nicht sehr dichten Verkehr ein, während ich aus dem Augenwinkel sah, wie mein Mentor mir verstohlen seinen hochgereckten Daumen zeigte. Es ging über die Hauptstraße, am Park vorbei Richtung Universität, eine Strecke, die ich genausogut mit verbundenen Augen hätte fahren können. Die beiden schienen mich, ebenso wie Tommy, überhaupt nicht zu beachten, als wären wir eine Fahrgemeinschaft von Kollegen auf dem Weg zur auswärtigen Firmenschulung. Sie tauschten sich über Windeln, Biberbettbezüge und schlaflose Nächte aus, während ich mir einen Reim auf das eben Gehörte zu machen versuchte.

Ich fühlte mich bestätigt.

Mein Instinkt hatte nicht getrogen. Französinnen hießen nicht Petra. Sie hießen Jeanette, Françoise, Claudine oder Odette, sangen Lieder von Dingen, die sie nicht bereuten, benutzten teure Parfums und sagten »Adieu« mit einem Akzent, der nach Zartbitterschokolade klang. Ja, manchmal hießen sie auch

Monique, aber es wußte doch jeder, daß die Namen in Zeitschriften und Magazinen, insbesondere *solchen* Magazinen, frei erfunden waren, von übernächtigten Dichterfürsten in halb verdunkelten Redaktionszimmern, die dafür bezahlt wurden, die Blöße von Marion, Ellen und Barbara in den Zauber mondäner Verheißung zu kleiden - eine charmante Chloé an der Croisette macht eben doch mehr her als die nackte Nele auf Norderney, auch wenn die beiden sonst völlig identisch sind. Ich war fester denn je davon überzeugt, daß das Foto auf Angströms Schreibtisch dieselbe Frau zeigte wie das Ausfaltbild an unserem Spind.

»Hinter dem Kreisverkehr bitte rechts abbiegen, Herr Graff.«

Ich war so ruhig wie selten in meinem Leben. Kalten Blutes lenkte ich den Wagen durch das Wohngebiet, während ich an den alten Schuppen dachte, an das diffuse Licht, das durch die Äste fiel, an das Geheimnis, das sich in seinen vier Wänden verbarg, an ihre herausfordernde Pose, die langen Finger, mit denen sie ihre Brüste nach oben preßte, den schmalen Streifen Schamhaar, der kaum etwas verdeckte. Ich hatte sie Dutzende von Malen betrachtet, mit dem anatomischen Interesse eines Zwölfjährigen, dem der akrobatische Aspekt näher war als der erotische, auch wenn ich eine Art vulgärer Anziehung spürte, wie bei allem, was die Aura des Verbotenen hatte. Wenn wir »Nutte« sagten, ohne eigentlich so recht zu wissen, was das bedeutete, war immer auch ein Hauch von Bewunderung dabei.

Jetzt aber war es mir unmöglich, meine Befangenheit abzuschütteln, in die sich ein schales Bedauern mischte, schal deshalb, weil ich es nicht ausdrücken konnte gegenüber diesem Mann, der mir fehlen würde auf all den Fahrten, die ich künftig ohne ihn unternehmen mußte. Ich hatte das Gefühl, mich bei ihm entschuldigen zu müssen, dafür, daß ich in seine Privatsphäre eingedrungen war, dafür, daß ich seine Frau in intimsten Stellungen beobachtet hatte, dafür, daß ich ihr Andenken – das Leben geht weiter, aber allein sein Kopfschütteln hatte bewiesen, daß dies nur eine fromme Lüge war – mit der Entdeckung des Anstößigen befleckt hatte. Ich wünschte mir, ich hätte das Foto nie gesehen, während ich gleichzeitig überlegte, ob er überhaupt von der Aufnahme wußte, bevor ich zu der Entscheidung kam, auf die letztlich alles hinauslief.

Es ging mich nichts an.

»Die nächste bitte links, Herr Graff, und dann über den Ring zurück zur Fahrschule.«

Ich nickte. Sechs, sieben Minuten, und sie standen mir offen, die Boulevards und Avenidas, Autostradas und Highways des gesamten Planeten, bereit, von mir befahren zu werden. Selbst Mayners Rekord konnte gebrochen werden, auch wenn ich nicht daran rütteln würde. Mir reichte das Wissen, daß ich es konnte.

»Wahrscheinlich nicht ganz leicht für einen Vater«, sagte der Prüfer, »wenn dann die ersten Jungs auf der Matte stehen.«

»Das geht schneller, als man denkt«, sagte der Fahrlehrer. »Und ja, bestimmte Gefühle kann man einfach nicht abschütteln. Aber ich habe da meine eigene Theorie. Wir reagieren deshalb eifersüchtig, weil wir unser eigenes Geschlecht so negativ sehen, pausenlos den Jäger in uns selbst vor Augen haben. Projektion, klare Sache. Aber man muß Abstand davon nehmen. Die nächste Generation hat ihre eigenen Vorstellungen von Liebe und Treue. Klar, Sex gehört auch dazu, aber Sie haben keine Ahnung, wie altmodisch das manchmal zugeht.«

»Sieht so aus, als kämen manche Sachen doch nicht so leicht aus der Mode«, sagte der Prüfer.

»Sie erleben die verrücktesten Sachen.« Ich konnte sehen, wie sich seine Mundwinkel kräuselten, auch wenn ich mich stur auf die Straße konzentrierte. »Vor zwei Wochen sitze ich abends noch über der Steuererklärung, da läutet das Telefon. Es war schon nach elf, und eigentlich wollte ich den Anrufbeantworter laufen lassen, aber dann bin ich doch drangegangen. Am anderen Ende ist einer meiner Schüler, und er fragt mich allen Ernstes, ob er mit Nadja sprechen könne, na ja, das stimmt so eigentlich gar nicht, weil er nicht mal wußte, wie sie heißt. Ich sage zu ihm, er soll doch morgen wieder anrufen, aber er läßt nicht locker, nein, er müsse *jetzt* mit ihr reden, und er sagt das derart nachdrücklich, nein, geradezu beschwörend, daß ich sie tatsächlich ans Telefon geholt habe. Und dann haben die beiden eine Stunde lang miteinander geredet. Ich war schon im Bad, als sie schließlich aufgelegt hat.«

Meine Hände waren klamm. Ich wußte genau, an welchem Tag das passiert war.

»Aber das ist nicht die Pointe.« Aus dem Augenwinkel nahm ich wahr, wie er sich nach hinten wandte. »Ich will gerade ins Bett gehen, als wieder das Telefon klingelt. Ich nehme ab, und wer ist dran? Der gleiche Bursche wie vorher. Das fand ich schon ein bißchen dreist, also frage ich ihn, ob er seine Pillen heute schon genommen hat, und er sagt, ›*bitte*, legen Sie nicht auf, ich habe noch etwas vergessen‹, er betont dabei jedes einzelne Wort, so daß ich es einfach nicht über mich bringe, ihn aus der Leitung zu werfen. Und dann stand Nadja in der Tür, als hätte sie schon auf seinen Anruf gewartet.«

Ist es nicht romantisch?

Mut, schoß es mir durch den Kopf. Entschlußkraft, Risiko, Unverfrorenheit, das war meine Domäne, mein ureigenes Terrain. Ich hatte einen seltsam süßen Geschmack im Mund, der davon kam, daß ich mir die Wangen aufgebissen hatte, vom Anflug jener Ahnung, die auf meiner Zunge lag und mir sagte, daß es diesmal anders war.

Im selben Moment hetzte der lebensmüde Hund über die Straße. Er hatte gerade die letzte Markierung seines Lebens gesetzt, als er die endgültige Lösung seiner Probleme erkannte. Einen dunkelblauen Ford Escort, den Sonny Graff zur zwei Querstraßen entfernten Fahrschule zurücksteuerte.

Er hatte es einfach satt, anders kann ich es mir nicht erklären.

Der Hund kam von links über den Bordstein geschossen und stürzte sich mit kaltem, entschlossenem Vorsatz in den Kühlergrill. Alles, was ich zunächst sah, war ein aus dem Nichts auftauchender, zottiger brauner Blitz; mir blieb nicht die geringste Chance, ihm auszuweichen. Natürlich stieg ich so hart auf die Bremse, wie ich nur konnte, aber da war es bereits zu spät.

Ich hatte das Knirschen des Aufpralls noch in den Ohren, als der Prüfer hinter mir losdonnerte, ob ich die 24 Stunden von Le Mans gewinnen wollte. Gleichzeitig wurde meine Tür aufgerissen, und ein tätowierter Schrank mit Rockabilly-Tolle versuchte, mich aus dem Wagen zu zerren, während er in einem fort brüllte, was ich seinem Buddy angetan hätte. Der Fahrlehrer tat alles, um ihn zu beschwichtigen, doch er beruhigte sich erst, als er mir zwei Fausthiebe gegen Brust und Schulter verpaßt hatte, die ich ohnehin nicht spürte, weil mein ganzer Körper wie gelähmt war. Ich war nicht mal vierzig Stundenkilometer gefahren. Der Hund hatte Selbstmord begangen. Der verdammte Hund hatte auf meine Kosten Selbstmord begangen.

Vorbei.

Ich schloß mich in meinem Zimmer ein und starrte die Wände an; ein unfreiwilliger Akt der Selbstverhöhnung, da ich von allen Seiten von chromglänzenden Traummodellen umgeben war. Das überwältigende Schamgefühl wechselte sich ab mit meinem Katzenjammer darüber, daß die verschworene Gemeinschaft, die Angström und ich gebildet hatten, unser Wissen um die unbestrittenen Qualitäten des anderen, auf immer auseinandergerissen war. Es nützte nichts, daß er mir erklärt hatte, daß mir keine Nachteile aus dem

Mißgeschick entstehen würden, daß ich beim nächsten Termin einen zweiten Anlauf starten konnte. Das kann jedem passieren, Sonny. Jetzt sehen Sie erst mal zu, daß Sie auf andere Gedanken kommen.

Es gelang mir nicht. Vor allem war da noch etwas anderes, was mir nicht aus dem Kopf gehen wollte.

Langsam schälten sich die Konturen heraus. Ich sah es wie in einer dieser Plexiglaskugeln, die ich als kleiner Junge besessen hatte. Der Schnee wirbelt, und wenn er sich langsam senkt, erkennt man die kleine Plastikfigur, die auf einem zugefrorenen See ihre Kreise dreht. Im Hintergrund stehen ein paar Bäume. Ich sah sie ganz deutlich, die Hütte, die im Schatten des Laubes lag.

»Lieutenant, ich hab vor der Fahrschule auf dich gewartet.«

»Tut mir leid, Cap. Ich habe sie gebeten, mich einfach nach Hause gehen zu lassen. Ich hätte das nicht ertragen.«

»Komm, davon geht die Welt nicht unter. Und in zwei Wochen kannst du dir die Theorie schenken.«

»Ja, ich seh es auch positiv.«

»Scheiße.«

»Irgendwie schon. Seb?«

»Ja?«

»Vergiß es. War nicht so wichtig.«

Als ich aufgelegt hatte, sagte ich mir, daß ich mich lächerlich machte. Natürlich war es eine Französin. Zugegeben, eine gewisse Ähnlichkeit war nicht zu leugnen, aber das mochte reiner Zufall sein, genauso wie das Muttermal – plötzlich hatte das Wort eine neue Bedeutung - unterhalb ihres Mundwinkels, so etwas wurde ja gern mal aufgeschminkt.

Außerdem war es Ewigkeiten her, seit ich das Bild zuletzt in Augenschein genommen hatte, gut sechs Jahre, seit uns der Krieg langweilig geworden war und ich mich den Dingen zugewandt hatte, die wirklich frei ab 18 waren. Ich schüttelte den Kopf. Ich hatte mich getäuscht. Ich hatte zu viele Filme gesehen. Meine Phantasie hatte mir einen Streich gespielt, das war alles.

Mein Blick fiel auf das Telefon. Er war mir zuvorgekommen. Der Captain, der sich nie entscheiden konnte, hatte sie angerufen, mitten in der Nacht, wo uns doch allen eingetrichtert worden war, daß Anrufe nach zehn - meine Eltern zogen schon leicht säuerliche Mienen, wenn das Telefon nach den Nachrichten klingelte - mit Hausfriedensbruch und schwerer Ruhestörung gleichzusetzen waren. Und er war damit auch noch durchgekommen.

Wer ist denn *das* jetzt noch?

Hals über Kopf. Er hatte alles auf eine Karte gesetzt. Er hatte nicht abgewartet, sondern sie einfach ausgespielt, zum erstenmal in seinem Leben, und wieder gewonnen. Vor meinem inneren Auge sah ich Simone, deren Gesicht von Nathalie, dann von Ina überblendet wurde. Er war der Träumer, der sich nicht wundern konnte, der immer alles mit einem Schulterzucken hinnahm, mit einem scheuen, lapidaren Lächeln, als könne er sich selbst nicht erklären, was um ihn herum geschah. Und mit einem Mal ging mir schlagartig auf, daß ich mich betrogen fühlte. Ich fühlte mich betrogen, weil ihm plötzlich etwas wichtig war.

Man muß ihr nur in die Augen sehen, um zu wissen, daß ihr Lächeln nicht von der Stange ist.

Ich hatte mir alles nur eingebildet. Es handelte sich bloß um die Wichtigtuereien eines fetten Spinners, der nicht mal richtig Auto fahren konnte.

Die Hütte, ja. Der Krieg war vorbei, die Schlachten geschlagen, das Delta befriedet. Ich wußte, daß das Grundstück immer noch unbebaut war, ich kam ja oft genug daran vorbei. Trotzdem, irgendwem mußte es ja gehören, jemandem, der sich um das Gelände kümmerte, bevor es völlig verwilderte. Unmöglich, daß seit unseren Siegen niemand mehr dagewesen war. Wahrscheinlich war die Hütte längst dem Boden gleichgemacht, nebst den paar wertlosen Gegenständen, die sich in ihr befunden hatten, die alte Anrichte auf dem Sperrmüll, das Foto vergilbt, zerrissen, vernichtet. Die Baupläne existierten schon. In ein paar Tagen würden sie den Boden für die Fundamente ausheben. Dachterrassen und Tiefgaragen, ich konnte alles genau vor mir sehen.

Solange er nicht aufgetaucht war, hatte sie mir allein gehört.

Ich beschloß, den Mund zu halten. Ich verwarf den Gedanken, ihm von dem Foto zu erzählen, und entschied mich dafür, ihn mit meinen halbgaren Theorien zu verschonen. Sie spielten nicht die geringste Rolle, genauso wie der Garten, den Nadja niemals zu sehen bekommen würde. Er würde weiter zögern, weiter warten, wie er es immer getan hatte.

Fast hätte ich mir selbst geglaubt. Aber tief in mir, in einem verborgenen, totenstillen Winkel, in den ich selbst nicht zu schauen wagte, lauerte dieses dunkle, seltsam zufriedene Gefühl, das mir sagte, daß hier nur einer die Zeit verstreichen ließ – ich war derjenige, der in den Schatten wartete. Ich ignorierte es, griff nach einem Filzstift und ging nach unten, um den Hundebildband meines Vaters mit einem riesigen Totenkopf und gekreuzten Knochen zu verzieren.

Es passierte eine Woche später, fünf Tage, bevor ich meine Fahrprüfung wiederholte.

Ich habe ihm nie erklärt, warum es so kommen mußte. Aber ich sehe sie vor mir, wie sie sich vor ihm durch die Hecke zwängt, während er die Zweige zur Seite drückt, sie einläßt in sein Refugium und hinter ihr in das Flüstern tritt. Er läßt sie vorausgehen, in das hohe Gras, bis sie stehenbleibt und in der Bewegung verharrt, als wäre schon das Geräusch ihrer Schritte zu laut in diesem Augenblick, und hält ihren Umriß fest, ihre ernste, schmale Gestalt, die ganz stillsteht und zu den Birken jenseits des von Farnen verdeckten Tümpels hinüberblickt. Ein feiner Schleier scheint über allem zu liegen, und trotzdem ist alles von windgeschützter, lichter Klarheit, ein Moment, der sich langsam ausbreitet und seine Federn spreizt, bis ihr Haar herumschwingt und ihr Profil freigibt, einen weichen, sicheren Blick, der nicht fragt, nichts streift, nur fliegt, ganz nah, nur zwei Wimpernschläge von ihm entfernt.

Er hat es mir anders erzählt, in abgehackten Sätzen, die er nicht zu Ende brachte, die sich selbst vorgaukelten, daß es noch andere Wendungen geben könnte, mit dürren, ausdruckslosen Worten, die sich an seinen Zähnen brachen. Er versuchte zu fassen, was er nicht begreifen konnte, aber ich verstand alles. Ich sagte gar nichts, fügte nur die Pausen zusammen. So ähnlich muß es gewesen sein.

»Sauerampfer«, sagte Seb.

Sauerampfer, sagt sie. Als ihr Großvater noch lebte, hat er ihr die Wiesen gezeigt. Sauerampfer, um diese Jahreszeit gibt es noch keinen, er schmeckt so, wie er heißt, dunkelgrün, er zieht ein bißchen an der Zunge, ja, so wie du mich jetzt ansiehst, aber besser. Wußtest du, daß die Hummeln in der Erde wohnen? Komm, jetzt gib nicht so an, das wußtest du nicht. Ich habe es mich nie getraut, aber Großvater hat sie immer in die Hände genommen, so daß sie nicht mehr herauskonnten, und an mein Ohr gehalten – *Sssssss*, aber ganz friedlich. Sie stechen nicht, sie können nur beißen, aber das tun sie nicht, weil sie glauben, daß sie in einer Höhle sind. Ganz warm und dunkel ist es da drin, stell dir das mal vor.

Natürlich betritt sie die Hütte; jeder würde das tun. Ihre Augen gewöhnen sich langsam an das graue Licht, und sie bekommt eine Gänsehaut, als sie den Rechen hinter der Sofaruine sieht, der wie ein verkohltes Strichmännchen in der Ecke lehnt. Sie schüttelt den Kopf, als sie das Bild an der Anrichte wahrnimmt, und zunächst erkennt sie nichts weiter als eine entblößte Blondine in einer außerordentlich enthüllenden Stellung. *Männer!* denkt sie vielleicht, und ein Lächeln huscht über ihr Gesicht, bevor ein

Nachgedanke ihren Blick zurück auf das Foto lenkt. Einen letzten Moment spürt sie den gestreiften Pelz der Hummel, als ihr klar wird, daß sie eine Hornisse gefangen hat.

»An der nächsten Ausfahrt können Sie die Autobahn wieder verlassen, Herr Graff.«

Es war ein anderer Prüfer, den Angström nicht persönlich zu kennen schien; jedenfalls wechselten sie außer ein paar Höflichkeitsfloskeln kaum ein Wort. Im Wagen herrschte ein angespanntes Schweigen, nur unterbrochen von den knappen Anweisungen des Mannes, der schräg hinter mir saß. Er war an Fakten interessiert, und genau die wollte ich ihm liefern.

Alles nur Routine.

Ich überholte einen Kleinlaster, ordnete mich wieder ein und schwenkte nach rechts. Ich bereute es bereits, bevor ich den Fuß vom Gas nahm, den Gang auskuppelte und den Wagen auf dem Randstreifen ausrollen ließ. Ich bereute es, wie ich noch nie etwas in meinem Leben bereut hatte.

»Stimmt irgend etwas nicht, Herr Graff?«

»Alles in Ordnung«, sagte ich, bevor ich neben mich griff und den Gurt losmachte.

»Sonny«, sagte der Fahrlehrer. »Es ist doch alles bestens gelaufen. Was ist denn los mit Ihnen?«

»Ich heiße nicht Sonny«, sagte ich, schon mit einem Fuß auf dem Asphalt. »Ich bin bloß der Unhold, der hinter den Birken steht.«

Ich bezweifle, daß sie das verstanden. Mir war leicht, schwindelerregend leicht, als ich am Randstreifen entlang ging, einfach immer nur weiter, während der Gegenluftstrom der vorbeirasenden Wagen mir fast die Jacke von den Schultern riß. Es war ein befreiendes Gefühl, der Wind, der an meinen Hosenbeinen zerrte, die beiden Männer, die im Schrittempo neben mir herfuhren und mich wieder und wieder anriefen, ohne daß auch nur ein Wortfetzen bei mir ankam. Und plötzlich mußte ich lachen, es platzte aus mir heraus, ein haltloses, hohles, tränentreibendes Lachen, weil ich mich an eine der um die Ecke gedachten Quizfragen meines Vaters erinnerte, die mir nur zu genau zur Situation zu passen schien.

Was versteht sich für griechische Chauffeure wie von selbst?

Auto. (Schnauben, Wiehern, Tusch.)

Er fand das witzig.

7. KÖNIGE UND NARREN

Ich parkte den Grifo im Schatten einer weit ausladenden Kastanie und wartete. Die Zeit lief.

Ich fing meist gegen zwei bei Harry an. Wenn ich aus dem Bus stieg, machte ich manchmal einen kleinen Umweg, um zu sehen, was gerade im Cinecittà lief; bei einer dieser Gelegenheiten war sie mir über den Weg gelaufen. Wenn sie mich erkannte, ließ sie sich nichts anmerken, obwohl es unwahrscheinlich war. Damals trug ich die Haare bereits lang, zum Pferdeschwanz zusammengebunden, und breite Koteletten im Las-Vegas-Stil, die ich mittlerweile wieder zwei Zentimeter zurückgestutzt habe. Die Leute vermieden es, mir allzu genau ins Gesicht zu sehen, als könnte ich sonst anfangen, ihnen Geschichten aus Kriegen zu erzählen, von denen sie lieber nichts erfahren wollten, aber sie war sowieso in Eile. Ich folgte ihr bis in eine Nebenstraße, wo sie im Souterrain eines Klinkergebäudes verschwand. Ich blieb am Eisengitter stehen und sah die Stufen hinunter, bevor ich mich so weit vorwagte, daß ich durch das Fenster spähen konnte. Drinnen sah ich zwei junge Frauen, die vor einer Wand standen und eine Reihe von Entwürfen für Kleider von ein paar Bilderschienen abnahmen.

Ich stellte mir gern vor, daß sie in Paris gewesen war.

Ein paar Tage später sah ich in die Gelben Seiten.

»Angström«, sagte sie, und allein der Name ließ mich leise schaudern. Ich fürchtete, kein Wort mehr über die Lippen zu bringen, aber es war einfacher, als ich dachte.

»Mein Name ist Unger«, sagte ich. »Ich wollte meiner Frau ein Kleid schneidern lassen. Eine Bekannte meinte, da wäre ich bei Ihnen an der richtigen Adresse.«

»Nun«, sagte sie. »Was haben Sie sich denn vorgestellt?«

»Knielänge«, sagte ich. »Rohseide, ein helles Orange, eventuell auch champagnerfarben, ärmellos. Etwas Leichtes für den Sommer, schlicht und elegant.«

»Haben wir schon einmal etwas für Ihre Frau angefertigt?«

»Nein.«

»Sie gehen dabei ein erhebliches Risiko ein«, sagte

sie. »Schließlich handelt es sich bei jeder Maßanfertigung um ein absolutes Unikat, ganz auf die Figur der Kundin abgestimmt. Bei einem legeren Schnitt ist das Risiko geringer, bei einem körpernahen sehr viel größer. Das Modell soll ja schließlich richtig sitzen, nicht wahr?«

»Die Maße kenne ich«, sagte ich. »Und ich könnte ein Foto von ihr mitbringen.«

»Das wäre eine Möglichkeit«, sagte sie. »Schauen Sie doch einfach mal vorbei.«

Ihre Stimme klang ein bißchen anders, aber das mochte an der Verbindung liegen; ich hätte trotzdem auf Meloneneis getippt. Ich sah ihren Mund vor mir, die Worte, wie sie sich formten und über ihre Lippen schaukelten; eine wunderbare Traurigkeit hüllte mich ein, und es kam mir vor, als könnte ich nicht mehr zu lächeln aufhören. Die paar Male, die ich sie in den letzten vier Jahren angerufen habe, kann man an zwei Händen abzählen. Ich will nicht, daß sie etwas merkt. Ich will einfach nur die Augen schließen und ihre Stimme hören.

Ja, Nadja, das ist Sonny. Letzten Winter trug er eine Seemannsmütze, als er dir durch die Straßen folgte. Er ist der Bursche in der Bomberjacke, der auf der anderen Seite des Supermarktregals steht, wenn du die Milch aus dem Kühlfach nimmst. Er ist der Hüne, der letzte Woche hinter dir saß, als du mit deiner Kollegin im Kino warst. Er ist der Mann, der dir um keinen Preis der Welt weh tun wollte. Er ist der Planer, der keinen Ausweg weiß. Er ist der Fahrer des silbergrauen Grifo, der dir gleich die Beine brechen wird.

■ FRÜHSTÜCK BEI TIFFANY'S, Blake Edwards, 1961. Gezeigt wurde irgendeine belanglose Komödie, aber ich stellte mir vor, es sei »Frühstück bei Tiffany's«, weil ich sowieso nicht darauf achtete, was lief, keine einzige Sekunde, und ich meinte, Audrey Hepburns Parfum zu riechen, während ich mich in die Dunkelheit lehnte und den Umriß ihres Kopfes betrachtete, die Kurve ihres Nackens, wie sie in die Schultern übergeht, während sie ins Licht der Leinwand starrte, das langsam um sie herum zerlief. Projektion, ja? Ich ging eine Viertelstunde, bevor der Film zu Ende war.

Meine Hände schwitzten in den engen Lederhandschuhen. Ich mußte ruhig bleiben. Ich hoffte, es würde nichts Schlimmeres passieren.

Ich hatte keine andere Wahl.

Sicher, ich hätte mit ihr reden können. Ich hätte ihr erklären können, daß Seb keine Ahnung gehabt hatte, wen das Foto in der Hütte zeigte, aber das wußte sie wahrscheinlich selbst. Irgend etwas war in ihr gefroren, eine unbekannte Angst, ein arktisches Gefühl der Scham, das es ihr unmöglich machte, sich wieder auf ihn zuzubewegen und damit auf diesen Punkt in ihr selbst, klamm und starr wie eine verkrampfte Faust, die sich nicht wieder lösen wollte. Seb hatte es schließlich aufgegeben, sich ihr zu nähern, und ich hatte geglaubt, er hätte sie schon lange vergessen, bis zu dem Tag, als wir unsere letzte Runde gelaufen waren.

Es war reiner Egoismus. Ich konnte nicht mit ihr reden, weil ich sie nicht daran erinnern wollte.

Ich konnte nur handeln.

Ich hatte einen Stadtplan genommen, das spitze Ende des Zirkels an die Stelle gesetzt, wo sich ihr Atelier befand, und einen Kreis gezogen, an dessen südlicher Peripherie, etwa anderthalb Kilometer Luftlinie entfernt, sich St. Anna befand, das Krankenhaus, auf dessen Innerer Station Seb lag. Der Weg zur nächsten Klinik war mehr als doppelt so weit. Es war ganz klar. Sie würden sie so schnell wie möglich ins St. Anna bringen.

Er würde nie erfahren, daß ich es war, der sie zu ihm zurückgebracht hatte.

Sie verließ das Atelier um 13:22 Uhr, ein paar Minuten früher als gewöhnlich. Wahrscheinlich würde sie zu dem indischen Imbiß in der Parallelstraße gehen, wo man bei gutem Wetter auch draußen essen konnte.

Ich ließ den Motor an.

Sie trug ein hellblaues Chiffonkleid, hatte ihre Sonnenbrille in die Haare gesteckt und eine schwarze Handtasche über die Schulter geschwungen. Sie ging zielstrebig, wie jemand, der es nicht eilig, aber doch keine Zeit zu verlieren hat. Ich schlug das Lenkrad nach links ein und steuerte den Grifo im Schrittempo aus der Parklücke.

Ich hatte es mir einfacher vorgestellt. Was, wenn sie nach rechts weiterging? Was, wenn jemand ihren Weg von der anderen Straßenseite kreuzte? Was, wenn ein anderer Wagen hinter mir auftauchte? Ich merkte, daß ich zitterte, und war kurz davor, den Plan abzublasen, als sie sich nach links wandte, um die Straße zu überqueren.

Ich gab Gas, ließ den Motor gerade so weit kommen, daß die Räder nicht durchdrehten, und ließ die anderthalb Tonnen Preßstahl nach vorne schießen, in zwei Sekunden auf dreißig Stundenkilometer, als sie den Kopf in meine Richtung wandte und wie angewurzelt stehenblieb. Sie streckte eine Hand aus, während sich ihr Mund öffnete, als wollte sie mir etwas zurufen, aber ich hörte nur meine eigene Stimme, weil ich wie ein Besessener brüllte, anbrüllte gegen das, was ich gerade tat, gegen die Drehzahl der Schmerzen, die in mir wüteten, gegen die Schmerzen, die ich ihr zufügte, gegen die ganze Schuld und den Wahnsinn und die Videoläden und Eisdielen und Fahrschulen des gesamten verfickten Universums, bevor der Aufprall sie von den Beinen riß und wie eine Puppe über den rechten Kotflügel schleuderte. Ich sah sie im Rückspiegel auf der Straße liegen und drückte in einem fort auf die Hupe, nur damit endlich jemand kam, um ihr zu helfen. Im rechten Außenspiegel konnte ich erkennen, wie sie sich aufzustützen versuchte und wieder zurücksinken ließ; dann bog ich mit quietschenden Reifen um die Ecke und ordnete mich in den Verkehr auf der Hauptstraße ein.

Mir war so übel wie nie zuvor in meinem Leben.

Etwa einen halben Kilometer später rückte das Gesetz an. Im Außenspiegel sah ich, wie sie auf der linken Spur neben mir aufholten.

Es war mir egal. Ich hatte alles getan, was ich tun konnte.

Als sie auf gleicher Höhe mit mir waren, warf ich einen Blick zu ihnen hinüber. Der Polizist auf dem

Beifahrersitz grinste, nickte anerkennend und zeigte mir seinen erhobenen Daumen. Ein Mann mit Geschmack. Ich rückte meine Krawatte zurecht, dankte dem großen Mayner für seinen Segen und sah ihnen hinterher, bis sie auf der nächsten Linksabbiegerspur in Richtung des alten Rathauses verschwanden. Von irgendwoher drang die Sirene eines Notarztwagens an meine Ohren.

Es wurde Zeit, den Grifo loszuwerden.

Man fährt nie ziellos, dachte ich, als ich am Park vorbeikam. Es war reiner Instinkt. Man nimmt einfach die Wege, die man kennt.

Ich lenkte den Wagen durch die Straßen, die immer noch so wirkten, als hätten wir unsere ganze Jugend an einem langen Sonntag zugebracht, vorbei an schläfrigen Reihenhäusern und Vorortvillen im gleichgültig perlenden Licht einer trägen Sonne, gefegten Einfahrten und frisch geputzten Fenstern, hinter denen stumm die Vorhänge blinzelten, mitten hinein ins stille Reich der Kombiwagen, Gartenschläuche und Terrakottakübel, in dem alle Helden nur dreizehn Jahre alt wurden.

Ich ließ den Grifo an der linken Bordsteinkante ausrollen und blickte zu der hohen Hecke hinüber, hinter der das Delta lag.

Als ich ausstieg, stand der feiste Junge vor mir.

Er war in diesem undefinierbaren Alter, das einen nicht konkret feststellen läßt, ob jemand sechzehn oder siebzehn ist. Unter seinem roten T-Shirt zeichnete sich die unheilvolle Kombination von Eiweiß und Kohlenhydraten ab, und sein breites Gesicht wurde noch breiter, als er einen seiner Wurstfinger auf den Wagen richtete.

»Ist das Ihrer?« sagte er.

»Nein.«

Er schien das zu überhören. »Das ist ein Grifo«, sagte er, und seine Stimme bebte vor Andacht. »Ein Iso Grifo.«

»Und?« sagte ich. »Er fährt, das ist alles.«

»Quatsch«, sagte er. »Bizzarini hat das Chassis entworfen, bevor er für Ferrari den 250 GTO entwickelt hat.« Er machte eine wegwerfende Handbewegung. »Na ja, das sagt Ihnen wahrscheinlich sowieso nichts.«

»Bizzarini.« Ich nickte. »Das Design stammte von Giorgio Giugiaro, richtig?«

Das war genau seine Kragenweite. »Und die Karosserie von Nuccio Bertone.«

»Fehlt nur noch E. A. Mayner.«

»Wer?«

»Vergiß es.«

»Mann, was würde ich dafür geben, nur ein einziges Mal so einen Wagen zu fahren«, sagte er.

»Sieht man nicht allzu oft, was?« Ich nickte in Richtung des Wagens. »Kinderleicht zu starten.«

Er drückte die Zunge gegen die Unterlippe und spähte durch das offene Fenster. »Sie wollen mich doch nicht zu etwas Ungesetzlichem anstiften, oder?«

»Entscheide selbst«, sagte ich. »Du bist alt genug.«

»Ihnen macht's Spaß, das Arschloch zu spielen«, sagte er.

»Das ist deine Meinung.«

Als ich die Straße hinunterging, fragte ich mich,

was ich hier eigentlich zu suchen hatte. Zuletzt kam ich zu dem Schluß, daß ich eigentlich nur hierher gekommen war, um schwitzende Gerüstbauer und schnauzende Poliere anzutreffen, die den Ort endlich aufrissen, zubauten, entweihten; ich wollte den Lärm der Maschinen hören, die den Garten rodeten, aushoben, planierten. Ich schüttelte den Kopf. Um keinen Preis der Welt. Ich hätte den Garten niemals betreten.

Es gab ein ziemlich unerfreuliches Gespräch, als ich drei Stunden später bei Harry aufkreuzte, um mein Geld für die letzten zwei Wochen abzuholen. Sein Repertoire an Beleidigungen war nach wie vor erstaunlich dürftig, und als Tina nach hinten kam, weil bereits zwei Kunden den Laden verlassen hatten, beruhigte er sich wieder. Beim Hinausgehen warf ich versehentlich die Tarantino-Pappfigur neben der Ladentür um.

Kurz nach sechs betrat ich das Krankenhaus.

Der behandelnde Arzt war gerade bei Seb. Ich sah den Krankenschwestern hinterher, während ich im Flur wartete und die freudlosen, frisch gewienerten Linoleumquadrate der ersten Etage abschritt. Es roch nach Desinfektionsmitteln, Urinbeuteln und Instantkaffee, nach verbrauchter Luft und abgestandener Angst. Der Arzt sagte mir, es sei besser, wenn ich nicht zu lange bliebe. Seb war sehr schwach; jede Überanstrengung würde seinen Zustand verschlechtern.

Auf dem Nachttisch stand eine Schale mit Äpfeln, eine Flasche Wasser und ein halb geleertes Glas. Sie hatten das Kopfende des Betts hochgestellt, und dort lag er, eine Kanüle mit einem Infusionsschlauch im rechten Arm; ein weiterer Schlauch steckte in seiner Halsvene. Er versuchte es mit einem Grinsen, als er mich sah, brachte aber nur eine Art rissiges Lächeln zustande. Seine Lippen glänzten von irgendeiner Fettcreme, und seine Lider waren halb geschlossen, als würde es ihn zuviel Kraft kosten, sie ganz zu öffnen.

»Lieutenant«, sagte er. »Wie siehst du denn aus?«

Seine Stimme klang dunstig; seine Zunge tastete sich ihren Weg durch die Nebelwand der Schmerzmittel, die durch die Schläuche in seine Adern sickerten. Ich sah an mir herunter und strich über das Revers. »Ziemlich ungewohnt«, sagte ich. »Aber nicht schlecht, oder?«

»Ganz im Gegenteil«, sagte er. »Aber schwarze Krawatten passen nicht zu braunen Anzügen.«

»Ich trage so selten Krawatten«, sagte ich.

»Weißt du, was ich mir immer sage?« fragte er.

»Was?«

»Daß es bloß eine Killermalaria ist«, sagte er. »Eine Killermalaria, dann ist es leichter, verstehst du.«

Südwestmonsun.

Die Luft war so schwer, daß ich sie kaum einzuatmen vermochte. Die Zeit verrann unter beschlagenen Uhrengläsern, wie der unablässige Regen auf den Umhängen.

Seine Finger umklammerten meinen Unterarm. »Du mußt es ihnen durchgeben, Sonny, sonst kommen wir hier nie mehr raus.«

»Birdman«, sagte ich. »Birdman, wir befinden uns auf X-Koordinate Victor 6, 6, 0, 1, 6, 4. Ich weiß nicht, wie lange wir noch durchhalten können. Könnt Ihr mich hören, Birdman? Ich wiederhole: Könnt Ihr mich hören?«

»Das Wetter«, sagte er. »Wir kommen nicht auf ihre Frequenz.« Sein Blick war alles andere als glasig, einfach nur klar und blau. »Dieser verdammte Regen«, sagte er. »Laß uns eine rauchen, Mann.«

»Ich hab keine dabei«, sagte ich.

Seine Augen deuteten auf den Beistelltisch. »Da sind welche drin.«

Ich zog die Schublade auf und nahm die Schachtel heraus. »Ich weiß nicht«, sagte ich.

»Das ist ein Befehl, Lieutenant.«

»Wo hast du die denn her?«

»Sie hat sie vergessen.«

»Wer?« sagte ich.

»Sie war hier, Sonny«, sagte er. »Sie war hier, verstehst du. Ich habe gedacht, ich würde schlafen, aber sie hat gesagt, daß sie wiederkommt. Sie kommt morgen wieder, Lieutenant.«

»Wann?« sagte ich. »Wann war sie hier?«

»Sie kommt wieder.« Er hielt mir seine geschlossene Linke hin; als sie sich öffnete, lag ein gelbes Einwegfeuerzeug in seiner Handfläche. »Suchst du nach Feuer, Mann?«

Mit jedem Satz wurde es schwerer, ihn zu verstehen. Die Drogen lähmten seine Stimmbänder, und die Worte vermischten sich mit seinem Speichel, der ihm aus dem Mundwinkel rann. Ich hielt seinen Arm und lauschte seinem zähen Lallen, den immer kürzeren Sätzen, die von seinen Lippen tropften. Sein Blick folgte dem Rauch meiner Zigarette, der sich im Licht kräuselte, das durch die Gardine vor dem offenen Fenster fiel. Ich fing an, Unsinn zu faseln, erzählte irgendeinen Witz, den ich nicht zu Ende brachte, schwätzte in einem fort gegen das Schweigen an, bis mir aufging, daß er schon lange schlief, auch wenn er die Augen immer noch geöffnet hatte. Ich löste seine Finger von meinem Arm und verließ das Zimmer.

Auf dem Flur nahm ich die Krawatte ab und hängte sie über einen herrenlosen Tropfständer.

Ich passierte das Stationszimmer, nahm die Treppe ins Erdgeschoß und ging zur Anmeldung. Ich mußte mich vergewissern.

Sie saß mit dem Rücken zu mir über ein paar Papieren; als ich auf den Tresen klopfte, wandte sie sich um.

»Was kann ich für sie tun?«

»Eine Bekannte von mir liegt hier im Krankenhaus«, sagte ich. »Ich wollte nur ihre Zimmernummer wissen.«

Sie drehte sich auf ihrem Stuhl zum Computer. »Der Name?«

»Angström«, sagte ich. »Nadja Angström.«

Sie tippte den Namen in die Tastatur und gab ein paar Befehle ein. »Tut mir leid, aber ich kann die Dame nirgends finden.«

»Sie muß heute eingeliefert worden sein«, sagte ich. »Am frühen Nachmittag. Sie hatte einen Unfall.«

»Wir sind völlig überbelegt«, sagte sie. »Und das schon seit Wochen. Als Notfall ist sie garantiert in eine andere Klinik gebracht worden.«

»Sind Sie sicher?«

»Ganz sicher«, sagte sie. »Die Fahrer wissen, daß wir momentan keine verfügbaren Betten haben.«

Suchst du nach Feuer, Mann?

Es war warm und leicht windig, als ich durch die Glastür ins Sonnenlicht trat. Als ich die Hände in die Jackentaschen steckte,. ertastete meine Rechte einen Gegenstand, der vorher nicht dort gewesen war. Es war das gelbe Feuerzeug, das Seb mir gegeben hatte, eines dieser billigen Modelle, die man gratis bekommt, wenn man eine Stange kauft. Ich wandte mich um und sah zu den Fenstern im ersten Stock. Alle standen auf Kippe, nur in seinem bauschte sich der Vorhang in einem gleichmäßigen, lächelnden Fließen, und ich dachte an Narren und Könige, Könige und Narren, daran, daß die Reihenfolge egal war. Könige und Narren, Lieutenant. Ich zog meine Jacke aus und warf sie über die Schulter. Jetzt wußte ich, was er mir damit sagen wollte.

Maxim Biller im dtv

»...begrüßen wir einen möglichen
Geistesenkel Tucholskys!«
Süddeutsche Zeitung

Die Tempojahre
dtv 11427

Leichtfüßig, mit entwaffnender Selbstironie und einer Portion Arroganz nimmt Maxim Biller sich in den ›Tempojahren‹ all der Unwahrheiten und Bluffs, der Schein-Phänomene und falschen Idole unseres Medien-Zeitalters an. Verschont wird dabei niemand: Von Mickey Rourke bis Marcel Reich-Ranicki – Biller ist ein mutig-respektloser Promischreck. »Er attackiert Zeitgenossen und Zeitströmungen in einer frechen, angriffsbetonten Sprache, der es nicht an stilistischer Furore, wohl aber an Respekt fehlt. Biller liebt nicht den leichten Degen, er bevorzugt den Säbel.« (Der Standard)

Wenn ich einmal reich und tot bin
dtv 11624

»Ich habe seit den Nachkriegsromanen von Wolfgang Koeppen, seit Bölls früher Prosa, seit einigen Essays von Hannah Arendt, Adorno, Mitscherlich und Hans Magnus Enzensberger kaum etwas gelesen, das dem Blendzahn der Zeit so wahr und diesmal so witzig an den Nerv gegangen wäre... Was für ein Buch!« (Peter von Becker in der ›Süddeutschen Zeitung‹)

Land der Väter und Verräter
dtv 12356

Poetisch und mitreißend, komisch und ernst erzählt Maxim Biller von der Zeit, in der wir leben. Sein Buch ist ein faszinierendes Kaleidoskop unserer Epoche: Sechzehn mitreißende, tragikomische Erzählungen über traurige Überlebende, komische Lebenskünstler, verwirrte Wissenschaftler, abgefallene Stalinisten, freche Mädchen, gemeine Schriftsteller, melancholische Mütter und lügende Väter.

Herbert Rosendorfer im dtv

»Er ist der Buster Keaton der Literatur.«
Friedrich Torberg

Das Zwergenschloß und sieben andere Erzählungen
dtv 10310

Vorstadt-Miniaturen
dtv 10354

Briefe in die chinesische Vergangenheit
Roman
dtv 10541 und
dtv großdruck 25044
Ein chinesischer Mandarin aus dem 10. Jahrhundert gelangt mittels Zeitmaschine in das heutige München und sieht sich mit dem völlig anderen Leben der »Ba Yan« konfrontiert …

Stephanie und das vorige Leben
Roman
dtv 10895

Königlich bayerisches Sportbrevier
dtv 10954

Die Frau seines Lebens und andere Geschichten
dtv 10987

Ball bei Thod
Erzählungen
dtv 11077

Vier Jahreszeiten im Yrwental
dtv 11145

Eichkatzelried
dtv 11247

Das Messingherz oder Die kurzen Beine der Wahrheit
Roman
dtv 11292
Der Dichter Albin Kessel wird eines Tages vom Bundesnachrichtendienst angeworben. Allerdings muss er immer an Julia denken …

Bayreuth für Anfänger
dtv 11386

Der Ruinenbaumeister
Roman
dtv 11391
Schutz vor dem Weltuntergang: Friedrich der Große, Don Giovanni, Faust und der Ruinenbaumeister F. Weckenbarth suchen Zuflucht.

Herbert Rosendorfer im dtv

Der Prinz von Homburg
Biographie
dtv 11448
Anschaulich, amüsant und unterhaltend schreibt Rosendorfer über diese für Preußen und Deutschland wichtige Zeit.

Ballmanns Leiden oder Lehrbuch für Konkursrecht
Roman
dtv 11486

Die Nacht der Amazonen
Roman · dtv 11544
Die Geschichte Christian Webers – das Satyrspiel zur Apokalypse der Nazizeit.

Herkulesbad / Skaumo
dtv 11616

Über das Küssen der Erde
dtv 11649

Mitteilungen aus dem poetischen Chaos
dtv 11689

Die Erfindung des SommerWinters
dtv 11782

... ich geh zu Fuß nach Bozen und andere persönliche Geschichten
dtv 11800

Die Goldenen Heiligen oder Columbus entdeckt Europa
Roman · dtv 11967
Außerirdische landen in Deutschland, und unaufhaltsam bricht die Zivilisation, unterwandert von der Heilssüchtigkeit der Menschen, zusammen.

Der Traum des Intendanten
dtv 12055

Ein Liebhaber ungerader Zahlen
Roman · dtv 12307 und dtv großdruck 25152

Don Ottavio erinnert sich
Unterhaltungen über die richtige Musik
dtv 12362

Die große Umwendung
Neue Briefe in die chinesische Vergangenheit
Roman · dtv 12694

T. C. Boyle im dtv

»Aus dem Leben gegriffen und trotzdem unglaublich.«
Barbara Sichtermann

World's End
Roman · dtv 11666
Ein fulminanter Generationenroman um Walter Van Brunt, seine Freunde und seine holländischen Vorfahren, die sich im 17. Jahrhundert im Tal des Hudson niederließen.

Greasy Lake und andere Geschichten
dtv 11771
Von bösen Buben und politisch nicht einwandfreien Liebesaffären, von Walen und Leihmüttern ...

Grün ist die Hoffnung
Roman · dtv 11826
Drei schräge Typen wollen in den Bergen nördlich von San Francisco Marihuana anbauen, um endlich ans große Geld zu kommen.

Wenn der Fluß voll Whisky wär
Erzählungen · dtv 11903
Der Zusammenstoß zweier Welten in den USA – der Guerillakrieg zwischen Arm und Reich hat begonnen.

Willkommen in Wellville
Roman · dtv 11998
1907, Battle Creek, Michigan. Im Sanatorium des Dr. Kellogg lässt sich die Oberschicht der USA mit vegetarischer Kost von ihren Zipperlein heilen. Eine Komödie des Herzens und anderer Organe.

Der Samurai von Savannah
Roman · dtv 12009
Ein japanischer Matrose springt vor der Küste Georgias von Bord seines Frachters. Er ahnt nicht, was ihm in Amerika blüht ...

Tod durch Ertrinken
Erzählungen · dtv 12329
Wilde, absurde Geschichten mit schwarzem Humor.

América
Roman · dtv 12519

Riven Rock
Roman · dtv 12784
Eine bizarre und anrührende Liebesgeschichte.

Giuseppe Culicchia im dtv

»Giuseppe Culicchia beschreibt ... unsentimental, lakonisch und genau, mit einer Sprache, die in Kürze und Prägnanz stark an den seligen Charles Bukowski erinnert ... bissig, zynisch, sarkastisch, gemein, politisch absolut unkorrekt, stellenweise bösartig, mit einem Wort: Klasse!«

Freie Presse

Knapp daneben
dtv 12616

Zwischen Gürteltieren, androgynen Nymphomaninnen, Space Invadors, House-Parties, Plastikköfferchen und verpaßten Traumfrauen ... Einer der komischsten und sarkastischsten Romane seit langem, bestechend durch seine lakonischen und genauen Porträts und Karikaturen. Giuseppe Culicchia ist die italienische Antwort auf Samuel Beckett, T.C. Boyle und Charles Bukowski. »Die muntere Jammerparade des italienischen Arbeitersohns Walter, der gern studieren, den Militärdienst verweigern und vor allem endlich mit einem Mädchen ins Bett möchte ... Ein Unglücksrabe – und ein Glücksfall für fröhliche Sommerlektüre.« (Der Spiegel)

Kommt gut
dtv 12617

Walter hat Karriere gemacht: Vom Hiwi einer exzentrischen, gürteltierbesitzenden Buchhändlerin hat er es zum Zeitungsverkäufer gebracht. In einer Videothek. Sein neuer Chef ist ein Marketingwörterbuch im Designeranzug, sein fettleibiger Kollege Supermario redet nur davon, Profimodel zu werden, und die Kunden nerven schon morgens um fünf. Einziger Lichtblick: Tatjana, die politisch korrekte Deutsche vom Goethe-Institut, die viel von Freikörperkultur hält ... »Das moderne Italien, das sich eifrig bemüht, Überproduktivismus mit Ultraliberalismus zu verbinden, ist ein Dschungel ... Hier geht es nicht mehr um Sein oder Nichtsein. Hier geht es nur noch ums Überleben.« (L'Express)

Antonio Tabucchi im dtv

»Tabucchi läßt Reales und Imaginäres ineinanderfließen und webt ein Gespinst von ›suspense‹, in dem man sich beim Lesen gerne verfängt.«
Barbara von Becker in ›Die Zeit‹

Indisches Nachtstück
dtv 11952
Auf den Spuren eines Mannes, der auf geheimnisvolle Weise in Indien verschollen ist. Forscht der Autor nach seinem eigenen Ich oder nach einer wirklichen Person?

Der Rand des Horizonts
Roman · dtv 12302
In der Leichenhalle wird ein junger Mann eingeliefert, der bei einer Hausdurchsuchung erschossen wurde. Amateurdetektiv Spino will herausfinden, wer der Tote war ...

Erklärt Pereira
Eine Zeugenaussage
dtv 12424
Pereira, ein in die Jahre gekommener, politisch uninteressierter Lokalreporter, gerät unversehens auf die Seite des Widerstandes gegen Salazar ...

Kleine Mißverständnisse ohne Bedeutung
Erzählungen · dtv 12502

Lissabonner Requiem
Eine Halluzination
dtv 12614
Eine hinreißende Liebeserklärung an Lissabon, verfaßt von ihrem größten Bewunderer.

Der verschwundene Kopf des Damasceno Monteiro
Roman · dtv 12671
In einem Gebüsch findet man die Leiche eines jungen Mannes – ohne Kopf. Reporter Firmino wird nach Porto geschickt, um das Verbrechen aufzuklären ...

Träume von Träumen
Erzählungen
dtv 12806
Was träumt ein Dichter, wenn er die Träume anderer träumt? Tabucchi erfindet für seine Lieblinge aus Musik, Literatur und Geschichte die entsprechenden Traumgebilde.

Das Umkehrspiel
Erzählungen
dtv 12851

Ilija Trojanow im dtv

»Urplötzlich wechselt er ins Phantastische oder Groteske. Er verwebt Orientalisches mit Westlich-Technischem, tobt sich im Detail aus, um dann zum kühnen Zeitensprung anzusetzen. Kurz: Er überrascht, wo er nur kann.«
Der Spiegel

In Afrika
Mythos und Alltag Ostafrikas

dtv 12284

»Afrika ist vielleicht der Teil der Welt, in dem es noch am meisten zu entdecken gibt.« Ein wunderschöner Bericht über Ostafrika, die Landschaft und Städte, aber in erster Linie über die Menschen dort. Ein Bericht, der sich durch gründliche Kenntnis und ein tiefgehendes Verständnis, vor allem aber durch ungebremste Begeisterung für den »dunklen Kontinent« und seine Möglichkeiten auszeichnet.

Autopol

in Zusammenarbeit mit Rudolf Spindler
dtv 24114

Sten Rasin mag das schöne neue Europa des 21. Jahrhunderts nicht. Doch bei der jüngsten Aktion seiner Widerstandsgruppe wird er geschnappt. Einmal zu oft. Er wird »ausgeschafft«, dorthin, von wo es kein Zurück gibt – nach Autopol, zu den anderen, die man draußen nicht will, vor denen man Angst hat. Aber Rasin ist kein gewöhnlicher Krimineller. Er ist Idealist, ein Kämpfer, und er will zurück in die Freiheit. Schnell schafft er sich auch in Autopol Verbündete… ›Autopol‹ entstand als *novel in progress* im Internet, zusammen mit der ›aspekte‹-Online-Redaktion. Aus dem literarischen Experiment ist eine spannende Science-fiction-Story geworden, ein Buch mit neuen Dimensionen.

Binnie Kirshenbaum im dtv

»Wer etwas vom Seiltanz über einem Vulkan lesen will, also von den Erfahrungen einer kühnen Frau mit dem männlichen Chaos, dem sei Binnie Kirshenbaum nachdrücklich empfohlen.«
Werner Fuld in der ›Woche‹

Ich liebe dich nicht und andere wahre Abenteuer
dtv 11888
Zehn ziemlich komische Geschichten über zehn unmögliche Frauen. Sie leben und lieben in New York, experimentierfreudig sind sie alle, aber im Prinzip ist eine skrupelloser als die andere ... »Scharf, boshaft und irrsinnig komisch.« (Publishers Weekly)

Kurzer Abriß meiner Karriere als Ehebrecherin
Roman · dtv 12135
Eine junge New Yorkerin, verheiratet, linkshändig, hat drei außereheliche Affären nebeneinander. Sie lügt, stiehlt und begehrt andere Männer. Daß sie ein reines Herz hat, steht außer Zweifel. Wenn sie nur wüßte, bei wem sie es verloren hat, gerade. »In diesem unkonventionellen Roman ist von Skrupeln keine Rede. Am Ende fragt sich der Leser amüsiert: Gibt es eine elegantere Sportart als den Seitensprung?« (Franziska Wolffheim in ›Brigitte‹)

Ich, meine Freundin und all diese Männer
Roman · dtv 24101
Die beiden Freundinnen Mona und Edie haben sich im College kennengelernt und sofort Seelenverwandtschaft festgestellt. Sie sind entschlossen, ein denkwürdiges Leben zu führen. Und dabei lassen sie nichts aus ... »Teuflisch komisch und frech. Unbedingt lesen!« (Lynne Schwartz)

Keinen Penny für nichts
dtv 24128
Verrückte Geschichten von verletzlichen Frauen, leichtsinnig und mit abgrundschwarzem Humor.